A NIGHT AT THE MOVIES

ようこそ、映画館へ

ロバート・クーヴァー　越川芳明 訳

作品社

ようこそ、映画館へ

プログラム

レディース・アンド・ジェントルメン、ようこそ当館へ。

どうぞご安心くださいませ。気分を害する映画はこれまで上映したことがありませんので。

名画座の怪人

「私たちは呪われておりますぞ、教授！　あの惑星は狂気に駆られたように、まっすぐ地球に向かって突進しています。人類のどんな力をもってしても、止められません！」「なぜ私にそんなことを言っておるのか？」と、教授はカリカリしながら訊き、腋の下の匂いを嗅ぐ。「紳士の皆さん、お許しください」と、教授は付け加えると、科学装置のスイッチを切り、立ち去ろうとして、居合わせた観客をがっかりさせる。「風呂に入らねば」だが、すでに浴槽には、宇宙からやってきた悪漢の皇帝が入っているではないか。ここにまで！　教授は落胆して腰掛けに座り、あご髭《ひげ》を口にくわえ、白いつま先とつま先をこすり合わせる。宇宙人の皇帝は、バケツをひっくり返したような頭をしているが、鉄のかぎ爪で水をぴしゃぴしゃと教授に引っかけると、キーキー耳障りな、悪意のこもった笑い声をあげる。「お前なんか、そこで錆《さ》びてしまえ」と、教授は怒りを募らせて、捨てぜりふを吐く。

郵便はがき

料金受取人払郵便

麹町支店承認

6747

差出有効期間
平成29年1月
9日まで

切手を貼らずに
お出しください

102-8790

102

[受取人]
東京都千代田区
飯田橋2—7—4
株式会社作品社
営業部読者係 行

【書籍ご購入お申し込み欄】

お問い合わせ 作品社営業部
TEL03(3262)9753／FAX03(3262)9757

小社へ直接ご注文の場合は、このはがきでお申し込み下さい。宅急便でご自宅までお届けいたします。送料は冊数に関係なく300円（ただしご購入の金額が1500円以上の場合は無料）、手数料は一律230円です。お申し込みから一週間前後で宅配いたします。書籍代金（税込）、送料、手数料は、お届け時にお支払い下さい。

書名		定価 円	冊
書名		定価 円	冊
書名		定価 円	冊
お名前	TEL （ ）		
ご住所 〒			

フリガナ
お名前

男・女　　　　歳

ご住所
〒

Eメール
アドレス

ご職業

ご購入図書名

●本書をお求めになった書店名

●ご購読の新聞・雑誌名

●本書を何でお知りになりましたか。
イ　店頭で
ロ　友人・知人の推薦
ハ　広告をみて（　　　　　）
ニ　書評・紹介記事をみて（　　　　　）
ホ　その他（　　　　　）

●本書についてのご感想をお聞かせください。

ご購入ありがとうございました。このカードによる皆様のご意見は、今後の出版の貴重な資料として生かしていきたいと存じます。また、ご記入いただいたご住所、Eメールアドレスに、小社の出版物のご案内をさしあげることがあります。上記以外の目的で、お客様の個人情報を使用することはありません。

浴槽に居座り中の我らが皇帝は、山高帽に三つ揃いのスーツ姿で、えりのボタン穴に花を、胸のポケットには尖らせたハンカチを挿して、部屋いっぱいに侍《はべ》らせた皮肉たっぷりのお喋《しゃべ》りをするブロンドのケバい娘たちには脇目も振らずにヨタヨタと歩いていき、大きすぎる葉巻きの灰を彼女たちに落とし、ときどき手の中の泡だらけの懐中時計に目をやる。その顔には、あたかも、「ああ、奇跡というしかない！　神秘だ！　永遠の幻！」と言いたいかのような、奇妙な自己陶酔した表情を浮かべている。とはいえ……、皇帝が死者であるのは了解済みで、だから、娘たちはデコルテのざっくり開いた胸元に葉巻きの煙を吹きかけられても、浮かれた連中にぴったりの卑猥な言葉を投げかけられても、そうした猥褻な行為を許すことができる。だが、このチビ野郎が絶世の美女に対する憧れを隠さないのには、さすがにうんざりで、奴が消される前に（部屋を最後まで横切れるだろうか？　誰もそこまでは予想していない）、悪い空気を一掃するため、懐かしのパーティ・ソングを二、三曲歌いだすだろう。「『不妊手術をした女相続人』はどうかしら？」と、誰がささやく。「それとも、『宙ぶらりんのアングル人！』とか、『さっさと動け！』とかは？」それに対して、「おいおい！」と、チビの皇帝が安葉巻きをヒョコヒョコ動かしながら、怒るでもなく、寛容なため息をつく。「『ろうそくを消せ』にしなさい」

夫と妻が、天地創造からの人類の強力な遺伝子に応じて、別々のベッドにもぐり込む。夫婦としての情熱の唯一の目に見えるあかしは、折りたたみ式のつい立てを隔てて優しくおこなわれるパジャマの交換ぐらいなものだが。雪のように白いシーツとシェニール織の掛け布団に包まれて、二人は互いに見慣れぬパジャマをそっと撫でながら、子守唄として夫婦間の信頼、私利私欲、戦争の勝利にまつわる歌をうたう。「わたくしは満ち足りております！」と、妻が小鳥のさえずりのようなソプラノで喘《あえ》ぎ、震える唇とキラキラ輝く瞳をカメラがアップで捉える。すると、夫がまるで祈りを捧げているかのように、いや今にも眠りにつこうとしていたかのように、瞼《まぶた》をパタパタさせながら応じる。「あなたの素敵な声はここにあるようで、ここにない。この僕に呼び起こしますよ、甘美で透明で身近な存在と」（ここで、夫は声を途切らせ頬をぷっとふくらませる）「――喪失を！」

　ハンサムな若い司祭が、少年のような微笑みを浮かべ、仕切りを背にして跪《ひざまず》き、別の種類の歌を隣の個室の便器に腰を下ろしている尼僧にそっと口ずさむ。低い不快な音が聞こえてくる。いろんな音の可能性がある。祈りの声ですらあるかもしれない。ここで密《ひそ》かにとり行なうべきことは、純粋な乙女たちによる信仰の表現ではなく、映画的な処理である。厳密に言えば、尼僧が唯一吐くセリフはひと言ではない。かすかな微笑みでさえ、彼女を冒瀆するように思える。

　額に斧を打ちつけた男が、チラチラ明滅する光の中に進みでる。目は血で染まり、まるで脳天をまっぷたつに割ったものが何であるか見定めようとするかのように、寄り目になっている。胸には槍が貫き、股には剣が突き刺さる。ごろんと転げると、軽い笑いと拍手がわき起こる。映画の照明が俳優から観客に向けられると、観客たちはまだ笑ったり拍手したりしながら、椅子から立ち上がり、出口に向かう。出口は錠がかかっている。パニックが起こる。ひょっとしたら火事かもしれない。波打つビロード状の天幕では、頭をかち割られた男がよろめきながら歩いては転び、よろめきながら歩いては転ぶ。「なんてこった！　あいつの斧を持ってきてくれ！」と、誰かが大声で言い、ドアを引っ掻く。もう一人が「そんなの無理だ。作り話《フィクション》なんだから」と、答える。「何だって――!?」

この事態は誰もが考えるより深刻だ。「選りすぐりの小品を見にやってきただけなのに」と、誰かがばかげたことを叫ぶ。観客たちは涙の跡が残る顔を行方不明のドアに押しつける。壮麗な古き名画座の館内中に鳴り響く自らの笑い声や拍手の音に虞《おそ》れおののき、とうとう胸はズキズキうずき手はヒリヒリ痛む。

ああ、かつてはそんな日もあったな、とからっぽの映画館で映写技師は考え、リールを換える。言ってみれば、黄金時代。いまやドアは開けっ放しなのに、誰ひとり入ってこない。いま映画はあまりに深遠な静寂の中で上映されているので、幽霊屋敷のようでさえない。巨大な館内を掃除する。石膏の胸像が飾られ、飲み物のスタンドがあるロビーや中二階の特等席、大理石の階段、ぐるりと張り出したバルコニー席、最前列のオーケストラ席、書斎、洗面所、電話ボックス。だが、せいぜい落ちているのは、彼自身が落としたキャンディの奇妙な包みとかポップコーンの容器ぐらいなものだ。映写技師は、わざと落としているのだ。いつかすべてを忘れて、観客がそこにいたという、うれしい妄想を味わうために。だが、いまのところ記憶力は残念ながら衰えていない。あらゆるゴミ屑――厚いカーペットにこびりついたチョコレート、最前列の席の子供の小便や席の下にくっついたチューイングガム、バルコニー席のベトベトとのコンドーム、汚れたティッシュ、つぶれたカップ、歯の欠けた櫛《くし》、割れたヘアピン、生理ナプキンの詰まった便器、チューイングガムや唾やタバコの吸いさしの詰まった水飲み場に、かつては怒りを覚えたものだが、いまは誰か人の気配を感じさせるものを切望するようになった。〈ブライダルファウンテン〉に垂れ流された糞便や、フラシ天のクッションについた真っ黒なヘア脂《あぶら》でさえも。映写技師は生命の存在を思わせるゴミをむなしく探し求めて、果てしない荒地をさまよう異星への訪問者のように感じる。いわば、失われた遺産を追い求める見捨てられた孤児。とっかかりのヒントを与えられずに、犯罪を見つけることすらできない刑事。

あるいは、絶妙のタイミングで、昔懐かしい外人部隊を扱った映画の、あの瀕死のヒーロー（あの傑作はどこにある？　あれを捜して、孤独な夜の慰めに上映しよう）が、どこまでも果てしなくつづく空漠たる砂漠をほんの少しずつ這って進み、ひょっとして何かに当たらないかと必死の思いで、砂を手で掻いてみる――枯草、貝の殼、瓶のキャップでも――いまは身近にいなくとも、かつては援軍がそこにいたと、安心できるから。ふと突然、地平線の彼方に、波打つ砂丘の中に巨大な豪華客船が見える、いや、見えたような気がする。その船に這いあがり、なんとか一等客ラウンジにたどり着くと、そこには、タキシード姿の紳士たちが互いの結氷したグラスを当てて乾杯をしたり、イヴニングドレスと金ぴかの装飾品を身にまとったご婦人方を引き連れて、うろつきまわっている。「水を！」と、彼が床から嗄《しわが》れた喘ぎ声をあげると、意に反して誰もが笑う。「わかったよ。じゃあ、ウィスキーだ！」と、ぜいぜい息をしながら言うが、紳士たちは甲斐甲斐しくご婦人方を救命ボートに乗せることで手いっぱい。この客船は、どうも沈みかけているみたいだ。男たちは甲板に集まって、頭がおかしくなった盗賊たちにまつわる民間伝承のバラッドを元気よく歌う。船が沈むとき、外人部隊のヒーローが水に溺れながらも、ついに喉の乾きで死ぬ。なんという愚か者、自分自身のむなしい希望の犠牲者。それによって、その傭兵の命をめぐって、司令官があの駐屯地で発した言葉――「諸君、名誉というものを血みどろの逆説と取りちがえてはならぬ！」――が例証されるというわけだ。

いまスクリーンには、悪ガキたちが登場。彼らは、そうした取りちがえとはまったく無縁で、冷ましているパイを盗んだり、強力接着剤をくっつけた椅子に先生を座らせたり、ネコを丸焼きにしたり、年老いた雄牛を教会に放ったりした。いま彼らは法の目から逃れて、納屋のロフトに身を隠し、次なる偉大な冒険を企てている。「学校に火をつけようじゃないか」と、ひとりが言いながら、ところどころ歯が欠けて、そばかすだらけの小さな顔をニヤニヤさせる。「ついでに、ズル休みしてるおまわりさんにも？」「それとも、ヘルメットにスズメバチの巣を突っ込むとか？」「それとも、ズボンの中に？」。この言葉で、みながクスクス忍び笑いを漏らす。「そいつは名案だけど、いったい誰がスズメバチの巣を取ってくるんだよ？」一同は笑いながら、隅っこに腰を下ろしている一番小さな子に顔を向ける。その子は焼きたてのパイで顔中が汚れている。「くちょったれ！」と、彼女は親指を口に突っ込んだまま言う。あの歯欠けの少年が、片手で額をぴしゃっと打って驚いた振りをして、目を廻しながら、後ろ向きにロフトのドアから出ていく。

その間、というかひょっとして別の映画かもしれないが、心からそんな悪ガキたちのことを好いている孤児の女の子が、ぐらぐらする木製はしごをよじ登って、干し草置き場にやってくる。間違いなく、残酷な運命が彼女を待ちかまえている。そのことは、カメラの位置で分かる。カメラはまるで彼女の下着に穴があるのが見えるほど、そのすぐ後ろを追いかけているからだ。あるいは、ひょっとして、それは水のしみかもしれない。なにしろ古いフィルムだから。フィルムを逆戻りさせ、孤児の女の子がはしごを降りてくるところを目を凝らして見る。無理だ。永遠にぼやけてしまい、永遠に謎めいたものになっている。つねに視点と対象のあいだには、埋められない距離が存在する。大きなスクリーンの上でさえも。

さてさて、もし私がその距離を埋めるとしたら、と、映写技師の男が考える。どうするだろうか？　それは、おそらくブラックホールを抱きしめるような、決定的な体験になるだろう。ちょうど、昔の探偵映画のように。探偵が接近して目を凝らしてみるが、結局、自分自身の腐敗した罪の意識が拡大されて見えるだけだ。いやいや、ぼやけたシーンだろうと、絵の具で描いた背景だろうと、ぷかぷか浮かぶ模型の船だろうと、死にかけたヒーローが血のカプセルを吐き出そうと、色あせてしまった純情な少女たちが尼僧院のトイレにいようと、ロフトのはしごを登ろうと、それらに満足しよう。あるいは、彼女がどこにいようと。飛行機事故現場か、コーラスラインの中か、映画館の暴徒の中にいるとか、あるいは、巨大なゴリラか大蟻に連れ去られるとか、クロンダイク川流域の豪雪の荒地でグリズリーに鼻をこすりつけられるとかして。作り話の奇跡は、十分に奇跡的だ。たとえば、ここで、彼女が鉄道の線路に縛りつけられていて、口は猿ぐつわを噛まされ、巨大な機関車が向かってくるあいだ、彼女の胸がドキドキ上下する。彼女の声にならない悲鳴が汽車の汽笛と混じり合い、効果音や照明効果、モーション、アクション、舞台装置までもが――リボンのようにきらめく線路と、彼女の口の濡れた猿ぐつわが同時に見え、彼女のふくらむスカートが遠くの丘陵と重なり合う――コンセプチュアルアートの作品ように、一瞬だけひとつになる。この映像に人はハッとする。ちょうど、かつて、神聖だと思われたもの、これほどは説得力もなければ、真の畏怖や震えを呼び起こすこともなかった映像をかいま見たときに、人がハッとしたように。

ときどき、映写技師の歯は、巨大なスクリーン上をこのようにちらちら揺らめくものにガチガチ鳴る。彼が好んでそう呼んでいたような「巧妙な抽象作用の行き着く果て」が怖くなったのだ。たぶん、この孤独な場所、ただの沈黙よりも薄気味悪い部屋のせいかもしれない。だが、場面が進行し、音楽が大きくなり、銃が火を噴き、リールがカタカタ廻るあいだ、映写技師はそこに天使たちの姿を見たような気がする。あるいは、額にバンダナを巻き、スカートをはいて、この世ならぬ不気味な光を発して歩きまわる天使に似た存在を。あるいは、それを言うなら、まったく別の存在を――いや、それよりもずっと恐ろしく、まるで、それらの骨が（あたかも骨を持っているかのように！）内側から燃え盛っているかのように。そのとき、たとえ映写技師が出鱈目《でたらめ》にいろいろなフィルムを差し挟んでも、それらは連続性という恐ろしい魔法にかかっているように見える。あたかも、意味それ自体がそれら（そして映写技師を、映写技師自身を、だ！）を追いかけているかのように。フレームの縁から鼻息荒く、牙を剝き出し、血のりを滴らせて、突進しようとしているかのように。

そんなとき、映写技師は自分自身が映写することで、観客席が記念碑的な不入りになった事実にびくっとなり、すべてを止め、あらゆる客席の照明を点け、見捨てられた映画館の中をぶらつき、けばけばしく飾り立てられたスペースに、たとえ彼一人だけのものだとしても、生命の気配を、感じるのだ。換気扇や発電機のスイッチを押すと、ぶんぶん鳴りだす。ぎしぎし軋《きし》むエレベーター装置を作動させ、あらゆる飲料売場を開け、丸天井に浮かぶ数筋の雲を追い払い、星々を点灯させる。そこに残っているもののすべてを。影を追跡するために、技師が飾り房のついた重たい緞帳《どんちょう》を送りだすと、付随していたあらゆる旅人たちが急降下したり、横に滑っていったりする。さらに、洪水のように押し寄せるフットライトのスイッチをパチンと点けて、スクリーンを吊りさげ、紗幕をさげ、舞台前部《プロセニアム》の塔鐘を鳴らし、昔の案内係が持っていたラッパを鳴らす。この映画館には田舎町を照らすに足るだけの電力があり、技師はそれを全部使い切ろうと、まるで風船を膨らませるかのように、上にも下にも館内中に揺らめかせる。巨大な配電盤の前で頭を悩ましていると、それだけで厄介な亡霊を追い払った気になる。亡霊が消えていくと、頭に浮かんだものが配電盤上に広がっていき、まるで新たに配線工事をしたかのように——ポン、ピカッ、ウーン——思われる。自分のうなじあたりに、鉄の爪が当たったたような感じなのだ。技師はそれから中二階に行き、スイッチを押すと、ポップコーン・マシーンがポンポンポンと鳴り、レジの音がチーンと鳴り、飾りのついた清涼飲料の売場がゴボゴボ言いだす。大きなダブルドアを思い切り押して開ける。ヴェルヴェットのロープを何本も垂らす。上映開始のブザーにもたれかかる。

ほかに隠し部屋もある。劇場が定期的に改装するあいだに壁で仕切られたり、コンクリの床の下に作られたもので、ときたま技師は大きな空間から逃げ出して、背をちぢめて天井の低い、迷路のようなトンネルを通って、それらの隠し部屋を訪れる。緑と紫色の砂糖菓子をかじり、手が切れそうな半透明のパラフィン紙をにぎりしめ、それでラジオドラマでやるような、ぱりぱりと火の燃える音をさせながら。そこは長いこと使われていないかつての衣装部屋、犬舎や馬屋、ビリヤード場、シャワー室、診察室、ジム、ヘアサロン、ガレージや稽古場、舞台装置作業所、大道具部屋などであり、鏡はひび割れ、壁ははげ落ち、破れたポスターとか、へりがぼろぼろになった昔の衣装とか、カビで汚れた雑誌が散らかっている。まさにゴーストタウンの中にあるゴーストタウン。孤独な映写室を飾る記念品を盗みにそれらの部屋に侵入する。すなわち、劇場案内人の制服の真鍮製のボタン、有名な子役俳優の紙人形、昔のプログラム、ひとつにつながった切符の束、色のついたゼラチンフィルター、劇場の正面を飾るばかでかい文字看板などだ。〈情熱、熱血、欲望、死の物語！〉というのが、彼が最後に作った宣伝文句だった。何年も前のことだ。〈人類がこれまで知らない奇妙奇天烈な恋！　結末を人にもらしてはいけない！〉。彼がそれを覚えている唯一の理由というのが、「熱血」という文字が出せなくて、「流血」と書いてしまったことだ。それで、観客が誰もこなかったのかもしれない。

技師はここに長く留まらない。いわば、この遠い過去の迷路の下にも、さらに何層にもわたって、階段によってつながった隠れた地下都市があるという話だが、たとえそれが事実であっても、これまで見つけたことがなかったし、見つけようとも思わなかった。そこは、強い憧れがありつつも、あえて探索しようとは思わない最後の辺境なのだ。遅かれ早かれ、この気乗りのしない気持ちから生じた暗い不安のせいで、照明のついた上の部屋に駆けのぼることになる。遠い過去にトンネルの床に塗られ、いまなお消えていない赤い線が出口への道をしめす。鼻を下向きにして、ぴったりついてくる影に包まれて進みながら、もう一度、自分の小さな映写室の家庭的な温かみを懐かしく思う。寝台やコーヒーポット、壁にピンで留めた仲よく並んだスティール写真。ある取り壊されたリヴォリだかチヴォリだかの孔雀の剝製、彼のお気に入りの、銀条細工のほどこされた金色の切符もぎり鋏《ばさみ》。固ゆで卵やナッツの入った袋。ブリザードや砂嵐を映し出す、あるいは想像の上昇飛行のために下降する雲を映し出す、かつての素晴らしいスライド〈懐かしきあの日！〉。その他にも、落ちてくる薔薇とか上がっていく水泡とか空飛ぶ妖精とかのスライドがあり、ただ単に「どうぞタイトルは声に出さずに。声に出すと、ほかのお客様に迷惑になります」（技師はいつも声を張りあげて、反響する館内でその文句を叫ぶ）と書いてあるスライド。きちんと積み重ねた新聞に載っているゴシップ記事、アニメのフィルム、劇場オルガン《マイティ・ワーリッツアー》用の楽譜。古びてぼろぼろになった『心と真珠――あるいは、たかり男の失恋物語』のポスター。それには、遠い昔の口上が書かれていた。「あなたの人生を変えるかもしれない映画！」（実際に、変えたのだ！）。それに、巻き枠、ブリキの容器、大箱、短い抜粋、フィルムが。フィルムが！

　ああ、そうだ！〈冒険映画〉があったっけ！　そう思いながら、技師はロビーへと階段を二段飛びで登っていき――パッ！　と、照明の明るいところへ出た。喜劇があった！　いまは大きなロビーを駆けぬけ、あちこちで消灯のスイッチを押しながら、はためくマントのように、後ろに暗闇を引きつれていく。すべての映画がまだあそこにあるのだろうか？　よくもあんなところに置いてくることができたものだ。大理石の階段を息もつかずに駆けあがる。靴のかかとの音が、まるで後ろから追いかけてくるかのように、うつろに速度を刻む。映写室のトンネルの中に入り込む。恐怖心と興奮が胸の中に、あたかもスクリーンに順に出てくるクレジットタイトルみたいに、一気にひろがっていく――ロマンスがあったんだ！

「ごめんね」と、キャットウーマンがハスキーな声でうめきながら、肩ごしに技師のほうを覗きながら、自分の肌をバリバリと引き裂く。「もっと気楽な格好になるわね……」腰を下ろし、パンツを膝までだらんと下げた我らがスーパーヒーローといえば、純朴な少年の心の持ち主で、人間的な行為を良いものとして見ればいいのか、悪いものとして見ればいいのか、秩序だったものとして見ればいいのか、ダイナミックなものとして見ればいいのか、まるで拷問にかけられているようで、だから、これからうんこをすべきなのか、それとも空に飛びたつべきなのか分からない。せっかくのX線透視術は使えないのか？　キャットウーマンが燃えるように熱い肉体を押しつけてくると、技師は「だけど――自己耽溺に浸れば、悲劇をまねくだけ！」と、うめき声をあげる。「へえ？　でも、それがどうしたのよ」と、彼女は囁《ささや》き、耳に息を吹きつける。「なんだってそうでしょ」いやまあ。どうしてこんなところで急に泣きたい気分になるんだろう？

「ラヴ！」と、純情な少女が歌う。それだけが少女のセリフだ。ふたたび歌う。「ラヴ！」フィルムは端から端まで、まぐわいというか、最終段階のまぐわいに達したカップルと思えるもので犇《ひし》めきあっていて、少女がどこにいるのか分からない。「ラヴ！」戦いの雄叫びがあがる。戦争、ひょっとして宇宙からの敵の侵略かも。突然、鳴り響く爆発音。跳飛する弾丸。パニックに陥る群衆。「ラヴ！」少女はまるで何度も同じところをめぐるレコードの針だ。「ラヴ！」「やめろ！」人の体がいくつも城塁から転がり落ちる。馬が城門をギャロップで駆けぬける。「ラヴ！」「いまは、昔と違うんだ！　愛だけじゃ」と、誰かが叫ぶ。ひょっとして技師かも。「ラヴ！」この娘は手に負えない。「誰か、後生だからあの子が歌うのをやめさせてくれ！」彼らは一様に声を張りあげ、自分の持っている武器で――矢、大砲、殺人光線、吹き矢、魚雷艇――少女めがけて攻撃する――。

「ラヴ！」

猿人がクモザルやアリクイをめぐるエロチックな夢から覚めると、見知らぬ場所にいるではないか。ランチョン・マット大のべとつく腰布だけを身につけて、美人の女教祖の前に立たされている。女教祖はいちどに二本の煙草に火をつけ、一本を技師に渡すと、こうつぶやく。「どうなの、おデブさん。去りたいという気持ちがあったの、それとも留まりたいという気持ちがあったの？」技師は、何と言っていいのか、言葉につまる。そこで、バルコニーに出て、煙草をむしゃむしゃ食べる。大都市へ移送されたようだ。遠く下の方に小さな灯りが（恐るおそるやけどした舌に触れながら、考える。なんてこった、星が落ちたんだ！）それらを取り巻く暗闇に脅《おびや》かされているかのように、ぶるぶると震えている。女教祖が背後に歩み寄り、技師の腰布の下に手を走らせる。「悲しいの、ジャングルボーイ？」技師は知っている。世俗の愛着というものは、情熱という木の果実であり、怒りを掻きたてもすれば、欲望を掻きたてもする、と。だが、そうした知識をどう使っていいのか分からない。

かくのごとくあくなき文明の魔手によって、高貴な無垢がいたぶられても、なす術《すべ》がない。「そのレバーから離れて！」と、科学者が金切り声をあげながら、実験室に駆け込む。だが、そこには誰もいない。自分しかいない。科学者と、ここ何年間も、科学者自身が縫い合せている人体のあちこちの部位だけ。レバーさえない。それは、科学者の方向を違《たが》えた狂気の人生と同様に、そうあってほしいという願いにすぎない。科学者は完璧な落ちこぼれであり、おまけに、ずうずうしくもある。いつ自分の歯を磨くべきなのかということさえ思いつかないのに、どうして生命など作れようか。科学者が作ったものは、ゴミにすぎない。嗅いもよくない。たぶん、彼がなしえた発明品は、所詮、それぐらいのものかもしれない。多種多様な模造性器。なるほど、人間の頭脳よりは発明しやすい。必ずしも科学者が悪いのではない。彼が愛情からそれを作ったのは、誰にも否定できないから。ある映画を思い出す（というか、思い出したように見える。複雑なモンタージュ技法が施されていたっけ）。その映画の中で、狂気の科学者が、鬱々たる正気の中で失敗をくり返したあと、実験で成功を遂げ、まず脛骨《けいこつ》から始まった、生命の厳《おごそ》かな事実について、自分が創造した怪物に対して講義をおこなう。「私の発見によれば、諸君、大事なことは、名誉など忘れて、銭っこをめざせ、ということだ」それに対して、怪物が暗い表情で答える。「ああ、いまオレに分かったが、この世界は、そこをただ通り過ぎなければならぬ者にとって、無意味なのだ」と。そして、脛骨をはぎ取り、それで科学者の頭蓋骨を叩き割る。「それでも、我々は意味があるかのごとく行動しなければならぬ」

技師は一度に二つの映写機にフィルムをセットしながら、考える。たぶん、自分自身の頑固なまでのロマンチックな性向は、このことが原因なのだ。つまり、人生の意味の探求ではなく、意味をめぐって気まぐれにあれこれ思考を弄《もてあそ》ぶことが。なぜなら、手につかんだ愚にもつかぬ骨を、他にどうしろというのか。ときどき、一つの映画では飽きたらなくなると、一度に二本、三本、いや数本の映画を映写機にセットして、彼自身の分割スクリーンやモンタージュ、多重映像《スーパーインポジション》を作りだした。あるいは、多重映写機を使い、一連のありえない画面融合《ディゾルヴ》や、心臓を止めるような飛躍したカットやコマ止め、人を不安にさせるような、ゆっくりした映像と速い映像の同時併置、呼吸困難の人みたいな、フェードインとフェードアウトなどの流れを生み出す。ときには、自動車の衝突とかセックス中のカップル、銃を携帯する兵隊、カウボーイ、ギャングなどからなる分厚いコラージュを作りあげる。彼らは一斉に動きまわり、ついには、その効果たるや、低速度撮影された流れ雲、浜辺を洗う波みたいに見えてくる。一度に連続ドラマの全編を流して、そこにあるヒーローを走らせ、同時に彼が焼き殺されたり、爆風で吹き飛ばされたり、埋葬されたり、溺れさせられたり、銃で撃たれたり、車に轢《ひ》かれたり、縛り首になったり、酸性の化学薬品を浴びせられたり、二つに引き裂かれたりする姿を映した。さもなくば、好みの純情娘を選びだし、海賊や船乗り、盗賊、ジプシー、ミイラ、ナチス、吸血鬼、火星人、大学生に一斉に襲わせるという映像を作りだしたが、それは最後には、互いの顔に浮かんだ驚愕の表情が白くぼやけて、この宇宙を神秘的に肯定しているみたいに見えるようになる。とはいえ、それは、意外でもないが、とても愚かに見える。ときには、映写機の照明をすっかり消して、暗闇の中で、悪鬼や死肉を食らう悪霊グールの声に耳を傾ける。その他にも、ロボット、ギャロップを踏む馬のひづめの音、自動車のブレーキの音、ドアのきしる音、人の悲鳴、快楽あるいは恐怖の喘ぎ声、車のクラクション、犬のうなる声、鼻をかむ音、人の顔や体を拳で打つ音、車道、弓の的、月に向かうロケット。

これらの技巧のいくつかは、技師自身の考案になるもので、その他は、偶然の産物だった。ヒューズが飛んだり、映写機が変に傾いたり、ラベルを貼りちがえたフィルムを映したり、レンズに蠅が止まったり……。ある夜のこと、積みあげてあった〈大災害もの〉のコラージュを楽しんだ。あまりに重ねて分厚くなったため、映像は一つにくっついてしまった。ようやく一つのフィルムを取りはずすことができると、ダムのひび割れの映像は消えたが、まだその他のフィルムの航空機の残骸、熱で溶けた溶岩、崩壊する石造建築、氷の塊、大きく揺れる椰子の木、顔面蒼白の船長の顔などが散らばったままだった。このとき、ふと（一つに重なっていたフィルムがばらばらになると、「トラブルに見えるかしら、船長？」と、ある女性が恐怖心と切実さで押し殺した声で尋ねる。技師は慌てて手直しする前に、この質問を考えておくべきだったのに）二つ、あるいはそれ以上の画像を絵筆で塗っていくように互いに交差させる技法を思いつく。すると、馬に乗ってひた走るカウボーイがスラップスティックのコメディアンの邪魔をし、そのあとフィルムが分かれると、決闘場に到着するが、カスタードパイを顔に投げつけられたり、瀕死のヒロインがサーカスもののモンタージュから現われ、空中ブランコに足を吊るされ、左右に大きく揺れる。次のフレームでは、悲しく嘆く恋人の両手が象の足を抱いている。あるいは、若い兵士が塹壕から勇敢に飛び出て、大学生のフットボールチームによってこてんぱんにやっつけられる。一方、チアガールたちは無人地帯で窮地に陥り、応援用のポンポンを銃弾で吹っ飛ばされる。

突然、技師もまた顔にパイを押しつけられ、空中ブランコに乗り、無人地帯で窮地に陥った気分になるが、これはやめられない。楽しすぎるのだ。というか、そうした気分に近い。家畜の群れがどっと逃げだし、ホテルの上階の部屋を抜けて、窓から出ていったり、あの怪物のおぞましい傷痕をディナーの皿に移して、それを割ったり、胸にひげをつけたり、チュチュをつけたバレリーナをハリケーンが襲ったりする。こうした境界の侵犯は堕落である、いや危険でさえあると思うが、と同時に、自分のフィルムライブラリーを一気に刷新できるし、解放的な気分に浸れもする。しかもそうする必要があるのだ。生意気なテストパイロットが複葉機で曲芸飛行中に、身を乗りだしてガールフレンドに手を振ろうとして、意外にも、海底一マイルも沈み込み、大烏賊《おおいか》の足につかまれ、一方、潜水艦のクルーは、上空一マイルを上昇しながら宙空を踏みならし、彼らを苦しめる――いや、苦しませないではおかない――危機感は、映写技師自身の心の中に根本的に宿る危機感でもあるのだ。技師はそのことをしっかり理解している。こうするか、何もしないか、ふたつにひとつだ。沈むか飛ぶか。

そんなわけで、ある意味悔しいが、めくるめくような宿命論に導かれて、国産コメディーの中から、〈警官と泥棒〉をテーマにしたフィルムを取りだす。その映画の中で、間抜けでお喋りの主婦がキッチンで家族のために朝食を作りながら、のべつ幕なしにぺらぺら喋りまくる。フレームが固定されると、赤ちゃんがハイチェアから吹っ飛ばされ、警官のボスは、自分に投げつけられたパンケーキを、頭をひょこっと引っ込めてよけたまではいいが、片手をゴミ処理機に挟まれる。主婦は、山芋で潰瘍が治って驚いたわ、などと言いながら、身を乗り出し、夫にキスをしようとして、蓋のないマンホールに落っこちる。それでも、主婦の悲しくて妙ちきりんな独白は、この都市の下水溝のどこかから聞こえてくる。その後、さらにフィルムが分かれると、キッチンの中に取り残されたギャングは、仕事に出かけようとする眠たげな夫のキスをもらう。ギャングはそれにむかつき、ピストルを取りだし、マグカップを撃ち抜くが（いったいあのレフティはどこに行ったんだ？　あのしょうもない銀行はどうなったんだ？）、あわ立て器から卵がしたたるだけ。

レフティ（もしそれがレフティなら）は、改造ダイムラー車に乗って逃走中。ごった返す都会の街をうるさくサイレンを鳴らすパトカーに追いかけられて、どの方角からも銃弾が火を噴き、あたかも歩道がめくれあがったかのごとく、歩行者たちが倒れたり、転んだりする。その隣では、うつろな目をしたヒロインが救命ボートで漂い、共に生き残った最後の漂流者、すなわち片目にパッチをして、片足は義足の禿げ頭の船乗りに、ぼろぼろになった貞操を奪われようとしている。ほかの者たちがフレームの外にいて、カメラが捉えるこのシーンを見守るなか、船乗りは身を乗りだし、彼女を自分のものにしようとする。「災難は、この世界じゃ当たり前のことだし」と、船乗りはそっとつぶやき、エロチックにボートが揺れるなか、彼女の耳についた塩をなめる。「あいつらが最後の大詰めを涎《よだれ》を垂らしながら覗いていても、責められないぞ」スクリーンいっぱいに、苦悶しながら屈服した彼女の唇が開くところが映しだされると、もう一つのカメラが後ろに引いて、ごった返す街なかでブレーキの音をきしらせるカーチェイスの躍動的な映像を捉える。技師が二つのフレームを重ねると、レフティは美しい洞窟のような彼女の口の中へ激しく突っ込んでいき、奥歯を吹っ飛ばし、歯茎に火をつける。一方、船乗りは、突然、高層ビルの壁をなめており、いやらしい指を都会の下水溝に差し入れる。「なんてこった！　信じられん！」と、船乗りは叫び、指を引っ込める。そして、救命ボートが沈む。

もちろん、こうした混乱のさなかにあっても、技師は自分がひとり孤独に、不可能な交尾の追求をしている、狂気じみた両極の抱擁を追求しているのだと分かっている。あたかも、恐怖映画とコメディ映画のあいだの境目がエロチックであるかのように——それは一種のポルノ映画だ。なるほど、それで船乗りは目をくり抜いてくれ！　と叫んだのか。我を忘れて、フィルムのコマを重ね合わせる。上昇するロケットと杭で打ち抜かれた吸血鬼の心臓とか、死神の顔と突きだした尻とか、チーズケーキと鎖に繋がれた囚人たちとか。すべて、何度も何度も自分で確かめるために。何も真実ではなく、すべてが真実であることを。スラップスティックはロマンス、ヒロイズムはダンス曲。キスは殺人。後方映写《バックプロジェクション》が最後に残された自由の手段となる。偉大なスターたちは、時計のように時を刻むものだ。存在ほど時に似ているものはないのだから。飛びだしナイフを持った尼僧のように、何ごとも加速していかない。出だし（名状しがたい何か）がハッピーな結末となる。いや、そうではないかも。

それから……

翌日

……時が白い帽子をかぶり、勇敢に地平線の彼方で馬を走らせていた、あの昔のタイトルが語っていたように、それは起こるのだ。技師の最悪の願望が実現する。たぶん、西部劇には手をつけるべきでなかったのかもしれない。それはせいぜいよくて向こう見ずな行動と言うべきか。というのも、それらの光の生き物たちは重力の影響を受けないが、映写機はそうではないからだ。映写技師が試みるたびに、がらくたがガラガラと出てくるだけだ。しばしば、部屋が巻いていないフィルムでいっぱいになり、殺人蔦みたいに顔に絡まる。だが、いまちょうど酒場の乱闘シーンに、ブロードウエイの華やかなダンスショーを重ねたばかりのところで（おお、愛しい人よ、と技師は思いにふける。不安におののく人よ。男どもの悪魔じみた荒野が、女性的な時間の理想化された侵入を受ける）、すると、ふと気まぐれに思いつく。酒場のシーンをひっくりかえすと、動きが逆になって喧嘩の拳や脚が床や顔を打つことを。

ここでコーラスラインの娘が不調をきたすスターの代役として、踊りながら前進してスポットライトを浴びる。まさに目の前に迫ったスターの座の甘美な第一歩を踏みだそうとするのだが、なんと目を剝きながら、殴り合いの混乱、椅子、飛ぶ酒びんなど、底なしの大騒ぎの中を真っ逆さまに――フシュー！　と、びしょ濡れの酒場にすべり落ち、そのまま足から先に、画面のいちばん下にある回転ドアから姿を消す。素晴らしい！　映写技師は笑う。結局、苦労しただけの価値はあった！　そもそも喧嘩のきっかけを作った白髪まじりの山師は、酔っぱらって意識を失っていたが、舞台の上で目覚め奇妙な興奮を覚えてもがく。いまフィルムがなんとコーラスガールズのつやつやのパンティと、足首でとめるピンクのシューズのシーンに変わりかけ、重力がどっちの方へ技師を落としたいのか分からないからだ。かくして、技師は、あたかも女性が挨拶するみたいに膝を曲げる。睾丸が空っぽの鞍袋みたいに、ショーガールのパンティのガーターベルトからぶらんぶらんしていたが、耳の方にふわふわと上昇してくるように見える。技師は口を開けて、たぶん歌うか、さもなくば悲鳴をあげるか、酒をねだるかするが、義歯が漫画の吹きだしのセリフのように飛びでてくる。「こりゃ、恥ずかしぃ！」と、がなりたて、観客一同が立ちあがって賞賛を送るなか、一度に二手の方向へ、空をつかみながら落ちていく。「その目を閉じてくれ！」

一方、酒場では喧嘩もおさまった模様。殴られたり酔い潰れたりしていない荒くれどもの開いた目が回転ドアに向けられる。技師は映写機を元に戻し、フィルムを横向きに見ていて筋違いを起こした首をなでる。暗い気持ちで、映写機の中でガラガラと転げ落ちる音に耳を傾けながら、足もとの床が抜け落ちて、あの娘が間抜けにも目を剝いた表情を見せた、例のシーンをもう一度見たいと思う。フィルムが裂けて引っ搔き傷のような乱れが出て、ちょっと慌てて歯車を手の上で押さえてフィルムを元に戻す。映写機のスプロケットに戻すそのプロの手つきによって、過去の幻影が修復される。とはいえ、そんなことはしたくないのだが。回転ドアは不動だ。口はあんぐり開けたまま、目はぱっちり開けたまま。背後で映写機がフィルムを動かす以外に、あまり動きはない。それから、ゆっくりとカメラが前方に進みでて、その前でドアが開く。カメラアイが前景の泥道、遠景の砂漠という不毛な広がりを捉える。人によって乱されない、まったく生命力の感じられない光景だ。娘は姿を消した。

技師はレバーを〈後戻し〉にするが、映写機の中で何かが引っかかる。画像が暗くなる。慌てて、震える手でスイッチを押して機械をとめると、フィルムをリールごと空いている映写機に移し、それから、両方のフィルムを巻き戻して、互いに重ね合わせる。すでに変化が起こっているようだ。窓から投げ飛ばされた男が逆向きに戻ってきて、口にはもうひとりの歯がまるごとはまり、舞台ではミュージカルが始まる。あまりに時間を浪費しすぎたのだろうか。二つの画面が分かれると、年老いた山師が町の酒場に舞い戻り、それでもまだショーガールのコスチュームのままで、顔にはぶつけられた卵の跡があり、一方、ショーガール自身の姿はどこにもない。実のところ、不調をきたすスターはもはや不調でなく、ふたたびスポットライトを浴びており、懐かしのカウボーイの唄を声張りあげて歌っている。唄の中身は、今時のカウボーイのイメージだ。「ファントム・ライダー！」と、彼女が大声で歌いながら、あたかも蠅を追い払うかのように、腰を強く振る。「星たちが、退屈な夜に、明るく輝き――」

技師は両方のフィルムを終わりにして、孤児の娘が出てくる、えげつないギャング映画をかける。水のあとはあるが、ロフトのはしごに彼女の気配はない。尼僧院にもいない。司祭が空っぽの仕切り部屋に向かって囁く。あたかも玉座を占める割れ目に告白するかのように――真っ逆さまに落ちる飛行機にも乗っていないし、パニックに陥る群衆の中にもいないし、ぼんやりしてもいない。汽車が蝶結びのリボンを轢く！　吸血鬼が風を吸う！

技師は映写機を止め、耳をそば立てる。静寂。クーリングしているフィルムがかすかにカタカタ鳴り、心臓の鼓動の音が聞こえるだけ。最初は、自分の部屋を離れるのが怖い。外では何が起こってるんだろう？　冷めたコーヒーを電気コンロで温め、大きな広告用ポスターをじっくり見る。彼女は見つからないが、そもそもそれらの映画に出演していなかったのかもしれない。出演していたとしても、ただの娘だ、見分けがつくかどうか、自信もない――ひょっとしたら脚は分かっても、顔は。だが、たとえば、この猟奇映画で、串刺しにされる娘がいなかったか。どうも思い出せない。それにしても、銀河と銀河の間をしきる皇帝を乗せたあの破れた熱い盾は誰のものなのか。皇帝の目は欲情と不安でぎらつき、指をかぎ爪に曲げていた。コーヒーが沸騰して、コンロの火の上で指を鳴らすみたいな音を立てている。技師はぐいっとプラグを引き抜き、外に向かって突進するが、ぶざまにもドアにはね返され、くらくらめまいがする。タイツとピンクのパンプスを履いたあの老山師が、どっちへ落ちていくべきなのか分からなかったように、技師も頭が混乱している。

大洞穴のような館内は、ささやき声まで室内で反響していき、まるで縮んだり大きくなったりしているみたいだ。天井のドームが恐ろしい有限性を思わせながら、技師の上にのしかかる。通路さえもが外に広がっていくかのようで、よろけながら進むと、スクリーンがどんどん遠ざかっていく。「待ってくれ!」と叫ぶ。すると、舞台が急に近づいてきて、技師の胸と衝突し、技師を客席の最前列まで押し戻す。しばらくそこに横になり、もし配電盤に手が届いたならば、天井に見えたはずの星空を眺め、ある聖書の物語を思いだす。その物語の中では、町の長老たちが大天使たちに非難されて、掟を守らない市民とともに、手遅れにならないうちに、罪悪の諸行をとめてくれるように訴えるのだった(踊る娘たちもいて、その有様はどこか祭りのパレードのようだった)。「あなた方は、我々の友達になれないのですか?」と、彼らは訴えていた。いま技師は思う。もちろん、なれる、と。それは可能じゃないのか。技師はこれまであまりに孤独で……

技師は四苦八苦しながら立ちあがる。頭の暗い洞穴の中にある始源の願望が、まるで古い幻灯機のロウソクみたいに灯り、舞台裏の階段を意識がぼんやりしたまま登っていく。頭上には、運命が、ちょうどあの孤児の娘の、おしっこをもらした跡の残るお尻みたいに、技師の上に重くのしかかってくる。それから、いくぶん怖いもの見たさに、舞台のそでをうろつき、自分が最も怖がっているものを見つけようとする。華麗な緞帳の飾り房や裾襞《すそひだ》を足で蹴り、劇場の垂れ幕や引き割り幕を掻き分けながら突き進み、スクリーンを確かめる。穴が開いているだろうか。いや、ところどころ色が剝げているだけだ。すり切れている部分もあるが、それはこれまでと変わらない。配電盤、照明の列、縁取り、垂れ幕、花綱飾り、上の通路と同じだ。すべてが、いつも通りの状態と言える。つまり、映写技師は長年この仕事に従事していてよく分かっているつもりだが、知るなかでは最悪の状態ということである。劇場の電話を何度も試してみる。空っぽのゴミ箱を覗いてみる。薄暗いスクリーンの背後の通路を歩いてみる。いま、我々は技師とともに暗い通路を下っていくが、技師が独り言をささやく——まるで新人警官の気分であり、初めてのパトロールに出て、顎を常に上げて姿勢を保ち、奇妙ながら見なれたどの街角にも危険が潜んでいると感じて——この狭い渓谷には、何かあったっけ？　と。懐かしい映画のセリフが、まるで教理問答集みたいに、思いだされる。彼女は、いわば幼い娘にすぎず……ほとんど技師は知らなかった、どんな運命が……登場人物の何人かはいまでも存命で……技師は人影——何かをしっかり握っている手とか、帽子をかぶった悪党たちとか、広げた脚とか——が頭上にちらちら揺らめいているのに気づくが、そちらに目を向けると、そこにはない。すべてお前の頭の中にあるんだ。そう技師はささやき、自らを嘲《あざけ》るような狂気じみた笑い声をあげる。そうしたことで、少しホッとしたようだ。リラックスして、軽く口笛を吹き始める。

するると、技師の目に見えた。技師の大事なスクリーンのど真ん中、ちょうど鼻の高さのところに！　狂ったようにひどい小さな穴がいくつも散らばっているのを。音の外れた口笛がすぼめた口から、タイヤがパンクしたみたいにもれてくる。後ずさる。銃弾の穴か？　いや、それほどはっきりしたものではない。しかも、スクリーンの背後の壁はちっとも傷ついていない。むしろ、スクリーンの向こう側で誰かが先の尖った金属製のヒールで蹴っていたような跡だ。息が止まりそうだ。恐るおそる何があるのか、よろめく足でぐるりと前にまわる。しかし、ステージには誰もいない。それこそ技師が恐れていたことだ。からっぽの全座席に見つめられて、落ち着かない気分で、スクリーンに開けられた穴に近づく。それらは雑なゴチック体の文字になっていて、劇場正面を飾る広告文字に似ていなくもない。そこに書かれているのは、〈真夜中の男に気をつけろ！〉だ。

技師は驚きの声をあげる。その声が館内中に反響する。劇場自体が震えているかのようだ。かけがえのないスクリーンは、だめになった。今後の映写は、まるで時それ自体が刻印されたみたいなこのひどい傷に耐えねばならないだろう。技師はうんざりして、後ずさる。まるで、大きな防火耐熱幕が落ちてくるようだ。な、何だ？　首をひっこめ、引き割り幕の道の中に入り込む。シルクのムチのようにふりかかってくる。照明は点いたり消えたり、点滅をくり返す。その色は万華鏡のように変化する。川が上昇し、雲が鉛のおもりのように落ちてくるのが見える気がする。うず巻く幕という幕を必死ですり抜けて、配電盤の方に向かい、やっとたどり着くが、そこには誰もいない。耐熱幕はすでに飛び去り、引き割り幕は舞台のそでで、クローゼットの中のガウンのように、きちんと元通り収まっている。すり切れた金属製の糸のついた緞帳は、スクリーンの前に落ちている。劇場の幕も二手に分かれ、照明も消えている。あっ、そんな……！

館内へ駆けおり、通路をまっしぐらに走ると、音楽が始まる。もしそれが音楽だと呼べればの話だが。逆廻しで演奏している感じなのだ。それに、悲鳴や警笛の音、大げさな笑い声がまじる。技師は映写室から向かってくるまぶしい照明の波に逆らってもがきながら進む。ちらつく影は生きているようで、ガンマ光線のように技師の体をめがけて飛んでくる。「オレにはそんな槍などいらない。相手はただのライオンの子供じゃないか！」誰かがドーム中に響く声でどなる。爆弾の落ちてくる音がする。背後で巨大な鏡の落ちてきたような衝撃音がする。「気をつけろ！　あああああ！」

「失礼しました！」「グレート・スコット、あれ、なんて呼ぶの？」「ロマンスが危険な日々に燃えて輝き――」「あなた、そんなつもりじゃないでしょ――」怒号が強まり――「そんなひどい真実が？」――技師の動きは夢の中のように鈍くなる。技師には分かる、突きでているバルコニーのへりまでたどり着くことができれば、映写機の光線から逃れることができる、と。だが、そんな光の嵐に向かって身を乗りだそうとしても――「お前は致命的なミスをおかしたようだな！」――彼には感じられる、自分の体がまるで外宇宙のエイリアンに侵略されたかのように、それに抵抗する意志を失っていることが。「だめだ、だめだ！」と、技師は叫びながら、自分自身の演技に驚嘆する。そのまま突き進み、一瞬、光に目がくらみながらも、麝香《じゃこう》の匂いのする後部座席に隠れるように落ちる。

その暗がりに手足を伸ばして倒れ、冷たく固まった足をつかむが、背後からは容赦なく光の嵐が襲ってくる。こんどは何だ、と思案する。それで思いだされるのが、古い戦争映画で、その中で、飛行機が墜落して二人の飛行士が生き残ったものの、そこは敵の領地で、二人は雌牛の群れの先頭と最後部に雌牛の格好をして逃亡を企てる。だが、敵の農夫に見つかり、村の雄牛と一緒に納屋の中に閉じ込められる。老農夫がつぶやく。「子牛かステーキか！　子牛かステーキか！」「こんどは何か？」最後部の飛行士が叫ぶ。雄牛が交尾を始めたからで、先頭の飛行士は飼い葉の匂いを嗅ぎながら言う。「たぶん、我々の命運は、あんたが妊娠するかどうかにかかってんだ」大雑把に言うと、同じことが技師にも言えるのだ。そこから逃げられないが、そこに留まっても大変なことになる。すでに稲妻は足もとまできている。ちょうど向こうから汽車がやってくるみたいに。猿ぐつわをかまされ、線路に縛られたあの娘が抱いたはずの気分を、いま技師は味わっている。「我々の全員が生きて帰れるわけじゃない。ここを出ていく前に、私は――」「ああ、ジョン。行かないで！」「狂ったって？　人生の秘密を解いてやったこの私を、あなたは狂ったと言うのか？」「ヒゥーーーウーーー！」「頼む！　何をしてもいいのか？」通路を四つん這いになって、カーペットに爪を立てながら進む――「捕まえられるなら、捕まえてみろ、ポリ公」――それから、墜落した飛行士たちが敵意を持たない牧場を恋いこがれるように、何かに取り憑かれたように、立ちあがろうとして――「我々のどちらかが、こいつを受け入れよう、どちらかが……」もし映写室を危害から守ることができるなら。そう思いながら、控えの選手みたいに、重たい体を携えてのしのし進む……

だが、手遅れだ。そこは壊滅状態。ドアにすらたどり着けない。光るフィルムがもつれて藪のようになり、生まれたての怪物の赤ん坊みたいに襲ってくる。それを掻き分けながら突き進み、映写機のカムがひとつふたつ、拾い忘れたコインみたいに落ちていて、それに口紅の跡のついたレンズがあるだけで、ほかに何も残っていない。フィルムの下のラインの向こうに見える剝製の孔雀は、羽根をむしり取られている。カラーフィルターは、コーヒーポットの上で焼けている。技師は間抜け顔でこうした廃墟を茫然と見つめ、動けない。なぜか、まるで心ここにあらずで、技師の頭蓋骨は空っぽのようだ。引きはがされた広告写真やオルガンの楽譜、フィルム缶、割れたスライドガラス、穴の開けられたチケットの束が、とてつもない結末のように、そこら中にばらまかれている。『心と真珠』の広告ポスターいっぱいに、あの娘は走り書きをしていた。〈まずは狩りを、それからパーティを！〉と。壁に残っていた唯一の広告写真は、猟奇映画のもので、いまようやく誰かがそこで串刺しになっていた。技師だ。焼くために串刺しの回転が始まるところだ。技師は片手で燃える目を抑え、もう片方の手で、カチャカチャいいながら、技師に巻きつこうとしているフィルムの触手をはねのけながら、逃げのびる。

技師はよろよろと中二階に入っていき、喉に絡みつくセルロイドのくずを取り除く。頭は短絡的な動きと殺人のイメージから抜け出せなくなる。照明のスイッチを入れる。何も起こらない。引っ込んだアルコーブ席の照明も消えており、大理石の階段のランプ、ロビーのシャンデリアも消えている。向きを変えて走りだそうとして、背の高い柱にどしんとぶつかってしまう。少なくとも、倒れてはこなかった。柱につかまりながら、技師はそう思う。大理石は触れてみると、温かく感じる。抱きしめようとしていると、あの娘の狂気じみた笑い声が暗い劇場中にうつろに響き、技師の頭上を、吹き抜ける風みたいに通り過ぎていく。さもなければ、バタバタと羽音を立てながら飛んでいくイナゴの群れか。劇場を支える柱が動いているように思える。まるで、劇場自体が、円形パノラマみたいに、ゆっくりと旋回しているかのようだ。技師はある古い映画を思いだす。殺人者は気づくと制御不能になったメリーゴーランドに乗せられ、木馬たちが火花を飛ばし、悲鳴をあげ、まるで自爆を命じられたテロリストみたいに、唖然としている群衆に向かって突っ込んでいくのだ。技師はそこから放りだされ、セメントにモザイク風に大理石の破片をちりばめたテラゾー材の磨き込まれた床をなす術なく滑っていきながら、少なくとも滑稽な尻もちの大きな音で主張している様子だけは分かる。しかしながら、技師がぶつかっていったのは、唖然としている群衆ではなく、エレベーターロビーわきの水飲み場で、その滑らかなセラミックの肌触りは、人造肉体のように冷たく感じられる。洞穴の中で水がごぼごぼ、ぴちゃぴちゃいう音が聞こえてくるような気がする。まるで劇場中の水飲み場から水で溢れているかのようだ。そう、技師のズボンまで濡れていて、靴の中までびしょびしょだ。

技師に分かるのは、下の秘密部屋に通じる吹き抜けの階段から遠くないところにいるということだ。四つん這いで水をはね返し進みながら、ふと思う（たぶん戦争映画の爆弾シェルターか、鯨の母なる腹のようだと思ったのだろう）ひょっとしたら下の部屋にしばらく隠れていることができるかも、と。徹底的に考えろ。だが、階段のいちばん上まできて、冷たいすきま風が吹いてきたように感じる。身を乗りだし、片手で手探りしてみる。階段がなくなっている。あやうく真っ逆さまにその未知の領域に落ちるところだった！　そこは必ずしも真っ暗なわけではない。舞踏会のダンサーたちがうず巻くように動く姿がおぼろげに見える気がするからだ。それに、演習をしている軍曹たちの姿、漫画のネコ、休むことを知らない原住民たちが、まるで煙幕に投影しているかのように、こちらに静かにうねるようにやってきながら、消えていく。草のスカートを履いた女性の目玉が飛びだしそうになっているって？　手遅れだ。消えていった。まるで下のほうのあり得ない裂け目に吸い込まれてしまったかのようだ。

技師は目をぱちくりさせ、後ずさる。部屋は動きを止め、沈黙に包まれる。水飲み場からも音は聞こえない。床は乾いている。ズボンや靴も。終わったのか？　あの娘は行ってしまったのか。ポケットの中にねじれた甘草キャンディを見つけ、何も考えずに、カタカタ鳴る歯と歯のあいだに滑り込ませる。それからすぐにまるでクローゼットのドアを開けたような、軋む音を立てて、隙間に飾ってあった石膏の銅像が滑り落ちてくる。映写技師は飛び退いて壁を背にするが、銅像が足にぶつかる。キャンディは消えている。まるごと飲み込んでしまったのかもしれない。ひょっとしたら、もとからなかったのかもしれない。かつて見た宇宙人の陰謀を描いた映画を思いだす。長いこと使われていなかったが、いま（映画の中の「いま」だが）ローリングする床とか突然顔をだすお化けよりもずっと恐ろしい装置を取り付けたカーニヴァルのびっくり館で、悪辣な会合が開催されたのだった。主人公が世界を救おうとして、そのびっくり館に入っていき、ありとあらゆる罠に遭遇する。死の光線や落ちてくる石造り建築から、中世の拷問具「鉄の処女」、時間の罠、悪魔的な生命復活マシーンまで、まるで技師のアイデンティティが危うくなるほどだ。ほくそ笑むびっくり館の操作係が異世界の宇宙人の言葉で「不在の方法論」と呼ぶ手段で。そうした〈あり得る不可能性〉の迷路の中で、主人公は、彼自身の飽くなき欲望と狂気の信念以外に、何に対しても自信が持てない。その信念ですら、パロディのように頑《かたく》なに秘密の通路があちこちに見られるなか、ばかばかしくもあり、堅固でもある。つねに、どこかにもう一つのドアがある。かくして、丸太作りのはしごが影になった壁に光を放つようにかかっているのがかすかに見えても、技師は驚かない。自分が投げ込まれた柱とシャンデリアの窪みの向こう、殺人トカゲと青い水星人の腰のあたりだ。ただ、よろめきながら、水星人のカビ臭い息のほうに歩いていき、頭上のはしごのおしっこの跡が残る下着を覗き見て、はしごを登ろうとして、足首をいきなりかじられて、びっくりする。あれらの穴はあるのか？　上によじ登っていき、いつものように現実を捉えようと必死になり、それらの穴に手を伸ばすが、つかんだと思いきや、消えてしまう。はしごもだ。技師は、ロビーの壁から約一メートル上空にいて、破られたチケットの半券だけを持っているのだった。下までは遠い道のりだが、あっという間に落ちてしまう。

堅いテラゾー材の床に横になり、金メッキをした檻の中に入れられたたかり男よろしく、へとへとになっていて（足は骨折していないだろうか。頭は？　どこかが痛い）、頭上の格天井《ごうてんじょう》で囁く声、幽霊のようにきらめくシャンデリアの水晶のチリンチリンという音に耳をそばだてるが、上を見たら聞こえなくなってしまうと分かっている。悪名高き〈鉄の爪〉と大量殺人を感傷的に描いた、あの古い映画に出てくる波止場の探偵みたいなものだ。「何が怖いって、それは見たいものだけを見ることじゃなくて、見たいという理由だけで見ていると思っているものが、実は……逆にあなたを見ているというのを、発見することなんです……」静かな船の斜檣《しゃしょう》の影になっている、湿っぽくみすぼらしい河岸に立ち、夜霧がタグボートを覆い、エロチックな夢みたいに迫ってくるのを見ながら、探偵は大きなガレオン船が幽霊のように漂ってくるのが見えたような気がする。いや、見たいと感じる。片目の海賊たちが、まるでクリスマスツリーの飾りみたいに、桁端《けたはし》にじっとぶら下がっている。技師は、未知のものへの麻痺するような恐怖感に捉われながらも、危険と冒険——もう一つのドアというか、いうなれば、もう一つのドーム——への憧れに胸を衝《つ》かれる。「私は、暗闇の向こうの暗闇に」と囁きながら、揺れる街灯を見あげる（だが、いま技師は自身に警告しなかったか）「脅かされている……」海賊たちは、手には短剣を持ち、歯と歯のあいだにナイフを挟み、まるで冷淡な救命ボートを脅かすかのように、マストから飛び降りる。上から落ちてきながらも、彼らは体を丸めて、死んだ警官や人目を忍ぶスリ、浮浪者や街娼などに変身する。どことなくそのうちの一人には、見覚えがある。どこかあの娘の幽霊みたいな唇に挟まれた煙草が、蛍みたいに踊るその姿に（ひょっとしたら、本当の蛍なのかもしれない。技師の偏愛する夢の中の唇）あるいは、暗い路地に消えていきながら、あの娘の尼僧の服が太股《ふともも》にしっとりはりつくその姿に。で、彼はあの娘を追いかける。技師が知るように、あの娘は煙が立ちこめるたまり場へと技師を導く。貧しい新人俳優や縞模様《しまもよう》のシャツを着た船乗りたちでいっぱいだ。ドアのところで、顔に傷があり陰気な顔をしたモロッコ人に制止される。技師が嗄れ声で、杯状にした両手に向かって、「〈鉄の爪……〉は？」とつぶやき、煙草に火をつける。モロッコ人は顎で酒場のカウンターの方を指し示す。罪を許すときの仕草に似ていなくもない。技師はふらふらと歩いていく。ふわふわとした感じで、お祭り気分の連中の中を漂う。まるで、自分の一部は甲板に残されて、揺れる街灯の下で、上演された一本の予告編のフィルムみたいに、小さく丸まっているかのようだ。技師がリボルバーをカウンターの上におくと、カウンターの向こうに見えた。「もしお前さんの追っかけているのが〈鉄の爪〉なら」と、バーテンダーがつぶやきながら、汚れた布で神経質にグラスを磨いていたと思いきや、カウンターの向こうで倒れる。背中にはナイフが突き刺さっている。技師には、バーテンダーの向こうに見えたのだ。酒場は空っぽだった。どこかに煙草を落としてきたようだ。ひょっとしたら、バーテンダーに押しつぶされたのかもしれない。照明が明るい。技師のズボンには、冷たい金属の手が入っている。技師は悲鳴をあげる。そして、それが自分の手であるのに気づく。

技師は、シャンデリアの下に、依然として体を丸めたまま横たわっている。そこは自分が望んでいた映画館のロビーではない。ある種の十八世紀フランスの舞踏室のように見える。ゲートルを履いたり、フロックを着たり、かつらをつけた人々が技師のまわりでメヌエットを踊っている。街中から遠く聞こえてくるマスケット銃の銃声も技師の存在も忘れて。技師は頭上を見あげ、シャンデリアの向こうの鏡の天井を見て、そこに自分ではなく、そっと唇を開けて自分に微笑んでいるあの娘を認めて、びっくりする。雪のように白い歯は魔法のように不気味な光を放ち、目尻は小さな石炭みたいに赤く燃えて、妙な憧れを抱くかのようにくすぶっている。「彼女は完全に今時のタイプの娘だ」と、誰かが言う声が聞こえてくる。「家にいてテニスをしようがタンゴを踊ろうが、お喋りにもお茶にも、気後れなどしないタイプの。笑うときに見せる真珠のような歯は、驚嘆に値する。しかもよく笑う。というのも、あの娘にとって、人生とは歓喜を描く連続映画のようなものだからだ」笑顔が広がり、目が涙で曇っても、目の中の輝きは、二台の映写機のように光を放つことをやめない。「待った！」と、技師が叫ぶ。だが、部屋はひっくり返り、ごろごろ転がり、舞踏室の人々はみんな広場に滑りでてきて、そこで〈テロ集団〉が人々を網にかかった魚みたいに一網打尽に。

捕まったのは、貴族たちや映写技師だけではなかった。他の連中も夢の帳《とばり》みたいに滑り落ちてくる。冒険家やカウボーイ、無宿人、歌う家族、鉄道の車掌、喜劇役者、自転車に乗った新聞配達の少年、ジプシー、ミイラ、革の帽子をかぶったパイロット、不思議な犬、夫にかまってもらえない人妻。きらめく胸当てをつけたローマ軍の兵士、盗賊の一味や金山の鉱夫、お喋りのロバなど、誰もが湿った煙草の吸いさし、広告写真、ぺちゃんこになったポップコーンの紙袋などと一緒に落ちてきて、彼が以前聞いたことがあるような、柔らかな笑いと拍手に包まれる。「またも、素敵な混沌の中に！」と、ロバが悲しげに嘶《いなな》く声が聞こえてくる。真っ暗だが、お祭り気分でいっぱいのオペラハウス広場の、警察が張ったバリケードの向こうに群衆が集まり、血と頭脳をよこせと叫んでいる。「大衆は、絶対に間違ったことは言わない！」と、群衆は悲鳴をあげる。「どんちゃん騒ぎを始めよう！」

アーク灯が夜空をよぎり、どこか遠いところで、古代のラッパが鳴り、ブザーが鳴る。映写技師は無理やり立ちあがらされ、酔っぱらった伯爵夫人とアニメの豚のあいだに挟まれて、目に見えないオルガンの轟《とどろ》きわたる演奏に合わせて行進する。ギロチンへとつづく通路は、厚いカーペットが敷かれ、赤いヴェルヴェットのロープが両脇に張られており、大理石の階段がその先にある。そこには、一段と高い台があり、フードをかぶった死刑執行人が巨大な切符切りのわきで、忍耐強い客席案内人みたいにじっと待っている。拡声器の声が、轟きわたるオルガンの音や電気チャイムの音にも負けずに、彼らの罪を述べ立て（高慢とか魔力、貫禄、大胆など）、すべてが「夜の生き物、世界で最も恐るべきホラーのコレクション、聖像的な取り引きが生んだ忌むべき成りあがり者、国家の恥であり、完成するのに三世紀かかり、史上最も鮮烈な見せ物のかたちで、皆さんの前にもたらされたのです！」と、告げている。ギロチンの刃が上がったり下がったりしている音が聞こえてくる。まるで歯車式の機械がスローモーションで動いているかのようだ。ゲートが閉まるたびに、見物人の悲鳴と喝采が高まる。「何か手違いがあったんだ」と、技師は泣き言をもらす。配電盤に手を伸ばすことさえできれば！　出口の標識はどこだ？　ずっとあったはずなのに……！「私はここにいるべきじゃないのに！」「じゃ、映画から出てきたに決まってるよ」と、酔っぱらった伯爵夫人が技師の後ろでつぶやき、ガーターをはずして、群衆に投げ捨てる。技師の服に照明が当てられる。前に突き進むと、照明はそこに取り残されている。まるで空気それ自体がぼろぼろになり、色を失ったかのようだ。足下で目をくらますようなフラッシュライトが焚かれ、明るい光が通り抜ける。

「すべてあなたの頭の中での出来事よ」と、技師は階段の下で、女性案内人が囁く声を聞く。案内人は手持ちの小さな懐中電灯で階段を登るように指図する。「だから、あたしたちがそれを断ち切るのよ」

「何だって――！」と、技師が叫ぶと、案内人の姿は消える。最後の端役というわけだ。アニメの豚がどもり気味に別れを告げると、死刑執行人は技師の首をまるで当選した宝くじみたいに、あるいはビンゴの玉みたいに、高々と持ちあげる。技師は大理石の階段をのぼりながら、最後の締めのセリフを探すが、喋るパートがないようだ。「どうせ、すぐにここから立ち去るのだ」と、フードをかぶった執行人が、皮肉をこめずに述べながら、技師の足を蹴とばす。「だから、本日の特別演目は見られない」「私は自分がそれだと思っていたのだが」と、技師はつぶやくが、執行人は情け容赦なく、聞く耳を持たない。執行人は身を乗りだし、あらゆる希望は尽き果て、ギロチンの冷たいボルトの足をつかむ。そのとき、技師はその下にガムがくっついているのに気づく。キャンディの包み紙、フラシ天の覆いに引っかけた小便の匂いにも。ようやく仲間が来た！　技師が顔をしかめながら述べると、ギロチンの刃が落ちてきて（最後の最後に、救出か）、死すべき運命を特徴づける、あの大きな画像の動きに身を任せる。そして、なぜか、かつて見た映画を思いだす（『あれやこれやの復讐、あるいは……の復活、呪い』）。その映画の中では――

ラザロ[1]のあとに

タイトルとクレジットが、真っ白な画面にゆっくりと浮かびあがり消えていく、その画面は明るいけれど雲がかかった空であることが後でわかる。最初は、無音。やがて、遠くのほうから、徐々に大きくなりながら、「私は生き返った！　生き返ったぞ！」と、うつろな声が聞こえてくる。そのうつろな叫び声は大きくなりながら、同じ言葉をくり返しながらこだまする。やがて完全に重なり合い、大きく広がってうつろな音の波となる。それはクレジットの最後がフェードアウトすると同時に、完全に消え去る。

どんよりと雲に覆われた空の下、ゆっくりと斜め下に向かって、曇天の平原にある村へ。カメラはそのまま泥道を通って村の中に入ってゆく。泥道は、次第に村の象徴ともいえる大聖堂につづく目抜き通りとなる。道路わきの家々は小さく質素で、密集している。家の外壁は粘土でできていて、あるものは漆喰《しっくい》を塗ってある。光はあるが、明るすぎるということはなく、実際、影はない。いくつかの家のドアの周りが暗い色合いに塗られており、空っぽの花瓶が窓辺に飾られているか、あたりに散らばっている。木はないし、草も花もない。動物もいない。どこも空っぽで、音ひとつしない。ドアはすべて閉じられており、窓の鎧戸《よろいど》も閉まっている。長く固定した、観念的なテーク。カメラがゆっくりとパンするあいだ、大聖堂は頻繁にちらちらと映るが、焦点はぼやけたまま、単に背景として曖昧に提示されるだけだ。

音なしがつづき、カメラは村の奥の方へ突き進み、ときたま小さな道や路地をパンで捉えるときに動きを止める。それらの道や路地は目抜き通りよりも狭く、轍《わだち》ができており、曲がりくねっている。一度か二度、カメラはわき道の前で躊躇して、わずかにズームインし、動きを止め、ふたたび後ろに引いてパンすると、そのまま前に動きつづける。最後に、他の歩道と変わらないあるわき道の前に来ると、わずかにズームインして、ためらい、それから、ゆっくりと前に突き進み、目抜き通りを後にする。

同じように影を作らない光が歩道を照らしている。変わらぬ沈黙と、ひと気のない景色。家々は、どちらかと言えば、先ほどよりみすぼらしく、ずっと密集している。カメラの動きは、依然として急ぐ様子はないが、轍だらけの道路を通るあいだ、安定を失いぐらつく。カメラはいまや頻繁に向きを変え、ずっと小さなわき道に入り込むが、道路の状態はますますひどくなる一方で、どんどんぐらつくようになる。ときどき短く立ち止まり、あれこれ小さな被写体にフォーカスを合わせる。

たとえば、閂《かんぬき》のかかったドアや鎧戸が閉まった窓だったり、一本だけ干からびた草だったり、小さなフェンスだったり、石ころだったり、粘土の壁の肌理《きめ》だったり。

道路は狭くなり、その表面もひどくなる一方で、カメラの揺れも激しくなり、やがてほとんど何かにフォーカスを当てることもできなくなる。停止。取るに足らない屋根の一部の映像。短い揺れ。停止。でたらめな、ある道路の映像、ある家のある一角の映像。揺れ。停止。どこにでもあるような家の映像。その家と隣の家のあいだの狭いスペースの映像。この家と家のあいだにありながら、光が溢れている（それでも影がない）スペースに、紐が一本渡してあり、そこにぼろぼろに裂けた白い布切れが吊りさがっている。家をパンで捉え、ゆっくりとズームインする。粘土の外壁、鎧戸の閉まった窓、閉じられた玄関のドア。ゆっくりと大写しし続け、ドアに近づき、その把手《とって》に向かう。

ふと、コウモリの羽の音みたいな、短いバタバタいう騒がしい音がして、沈黙が破られる。カメラは紐に吊るされたあの布切れに戻る。それは、以前と同様、死んだようにだらんとぶら下がっている。カメラは一瞬ためらったのち、ゆっくりとパンして、ふたたびドアを捉える。まだ視界にある布切れは、かすかに動きを見せる（音はしない）。カメラは一旦停止して、ふたたび布切れをパンで捉えると、待機する。

突然、カチッという大きな音が、驚くほど増幅されて響く。カメラは鎧戸の開いた玄関の窓を鋭く通りすぎ、閉まったままのドアへ向かい、ズームでドアの把手を捉えると、一旦動きを止める。把手は動かないが、カメラはしばし待ったのち、ふたたび、ためらいがちにあの窓、いまは鎧戸が開いている窓をパンで捉えはじめる。窓の向こうの、うす暗い部屋から、青白いやつれた顔が外をじっと見ている。まるで怒ったような眼で。あるいは審判の眼か。やがて顔は影の中にフェードアウトし、うす暗闇だけが残る。カメラはためらい、非常にゆっくりと窓をズームで捉える。

ふたたび、布切れか羽の、ばたばたという音。すばやくパンして、洗濯紐を捉える。焦点の調整。白い布切れは、まったく不動。だが、その下端が紐の上まで捲《めく》れあがり、布切れはいま輪っかのようになっている。

カメラは徐々にパンして、シャッターを降ろした窓を通りすぎ、ドアを捉える。そのドアから、ある老婆が姿を現わす。老婆はほとんど二つ折りというほどのひどい猫背で、重々しく真っ黒な服を着て、分厚いスカートはくるぶしまで届く。靴は、ときどきその先端が見えるだけだが、ぴかぴかに磨かれている。頭にかぶせた重々しい黒いショールのために、顔かたちは見えない。彼女は軽いカチッという音を立ててドアを引く。その音は前にも聞いたことがあるが、それほど大きくはなかった。ふたたびカメラは老婆を捉え、老婆は古びた轍だらけの道路を去っていく。カメラはためらい、控えめな距離をおいて、老婆の後をつける。

老婆は轍のあるわき道を抜け、足を引きずってわき道を歩いていく。カメラの動きは安定しない。老婆を撮影範囲内に捉えることが難しいようだ。老婆が道路の埃《ほこり》の中をゆく足音だけで、あとは無音。老婆は頻繁に角を曲がり、そのたびにカメラは一瞬その姿を見失う。だが、すぐにカメラも角を曲がり、つねに数歩先をゆく老婆を捉える。ほとんど感じられないほどだが、さびれた道路は広くなり、舗装もましになり、カメラの動きも安定してくる。

突然、最後の角を曲がったとたんに、大聖堂の階段がぬっとカメラの前にのしかかるように出現する。被写体から遠ざかるように、カメラをズームバックさせて、大聖堂の前の何もない広場から目抜き通りまで引き、ようやくフレームの中に大聖堂の全貌を収めることができる。老婆は遠くに見える階段を途中まで登っている。体を屈め、スカートを持ちあげて、一歩一歩、ゆっくりと大儀そうに登る。ついに上まで到達して、大聖堂の扉が彼女を受け入れるようにあんぐりと口を開け、彼女は中に入り、内部の暗闇によって飲み込まれる。

遠く、かすかに。鈍く鼓動する。ティンパニの音楽のように。どんよりとしているが決然とした心臓の鼓動のように、ひかえめで暗鬱な音楽。大聖堂に向かって、非常にゆっくりとしたズームイン。音楽がかすかに大きくなる。

突然、大聖堂の開いた正門のクローズアップ。そこに立つ司祭。その瞬間、葬送曲がけたたましく聞こえてくる。司祭の顔は、遠く村のほうを見やっているが、以前にあの老婆の小屋の窓辺で見られた表情と同じだ。禿げ頭で、青白く、しかめ面で、薄い唇を結び、大きな目は遠くを見つめている。たぶん怒ったような眼か、審判の眼で。それとも、何かに怯《おび》えた眼で。

葬送曲の重厚な小節に合わせて、依然としてまっすぐ前方を見据えている司祭が大聖堂の階段を降りてくる。カメラは司祭にしっかりフォーカスを合わせるが、そのとき、司祭の背後に、黒服を着た人々が見える。同じ厳粛なリズムに合わせて、やがて棺と分かるものを運んでいるのだ。階段のいちばん下まで降りると、司祭は何もない広場を横切り、目抜き通りを歩いて、カメラのほうに向かってくる。

カメラのフォーカスは、いま司祭を離れて、その肩ごしに、司祭の背後を並んで追う三人の男を捉える。司祭と同じように、彼らは黒いローブをまとい、痩せこけて真剣な面持ちだ。現に、彼らの顔は司祭とまったく同じだ。まっすぐ前方を見据え、葬送曲のリズムに合わせて、ゆっくりと歩いている。

その三人の男たちの背後に、棺がやってくる。大きく、黒びかりし、見事に彫刻されて、エレガントで、磨き立てられ、曇った日に行き渡る影のない光によってきらきら輝き、片側にそれぞれ六人ずつ並んで、合計十二人によって高々と肩に担がれている。司祭の三人の助手と同様、彼らも司祭の複製だ。青白い額に、突き出た頬骨、前方を見据える大きな目など。彼らは黒いスーツを着てラペルに白い生花を挿している。重荷を背負って、葬送曲のリズムに合わせて大げさに棺を左右に揺らしながら前進する。担ぎ人の一人がちょっと顔を歪《ゆが》める。ひょっとしたら苦笑を浮かべ、すぐにそれを抑えようとしたのかもしれない。

棺の後ろからは、会葬者たちがやってくる。全員女性だ。全員、腰が曲がって、黒いショールをかぶり、厚手の黒いスカートをはいている。彼女らの引きずる足もとで、埃が舞いあがり、あたりに漂う。しかし、磨き立てられた靴のピカピカのつま先は見える。女性の一人がカメラのほうをちらっと見る。またも、同じ顔だ。大勢の女性が棺の後についていく。腰を曲げて歩く姿は黒い海のようだ。群れなす黒い羊のようだ。女性の一人は肩をわなわなと震わせ、ひときわ悲しみに打ちひしがれているようだ。彼女はちらっと見あげる。声を立てずに笑っている。あるいは、くしゃみをしそうなのかもしれない。あるいは、すすり泣いているのか。ふたたび顔を下げる。

カメラが女性たちからゆっくりと引いていき、上に向けて、いまちょうど真上を揺れながら通りすぎる棺を捉える。それが曲がるときには、横板に彫られた模様に光と影が踊るが、カメラの真上に近づくと、真っ白な空を背景にただの大きな黒い塊《かたまり》にすぎなくなる。

ゆっくりとカメラが持ちあがり、揺れる棺と同じ高さになる。棺はカメラから横に遠ざかり、揺れながら近づく。その下では、担ぎ人たちが無表情で上を見ている。棺には蓋がない。

さらにカメラは持ちあがり、棺の真上にきて、行進を捉える。驚くべきことではないが、死んだ男は、他の男たちと変わらぬ表情だ。もっとも目はやや剝きだしに飛びだし、薄い膜で覆われ、視力もなく、唇は乾いてひび割れ、死に際に狼狽して浮かべた苦笑で歯に食い込んでいる。死人は柔らかいビロードのクッションの上に寝かされ、担ぎ人たちと同様に、フォーマルな黒い喪服をまとい、ラペルには萎れた白い花が挿してある。細い白い手は爪が伸びたままで、胸の上で組んでいる。

タイトル後の最初のシーンと同じカメラ位置でカットを入れて、村をやや遠景に捉えてみたりする。司祭と三人の助手に導かれた葬儀の行列は村から出て、目抜き通りをやってくる。カットで音楽が急に小さくなっていたが、葬儀の行列が近づくにつれてゆっくり大きくなる。会葬者は全員が黒い喪服でかため、女性は黒いショールを、男性は黒いスーツまとっていて、頭《こうべ》を垂れて道に沿って列をなす。そうした会葬者が数百人はいる。このカメラの近くからはるか大聖堂まで、何列も道に沿って行列がつづく。誰かが偶然ひょいと顔を上げると、その顔は女性であれ、男性であれ、司祭や棺の担ぎ人、死んだ男の顔と瓜二つで無表情だ。だが、会葬者のうちの一人は唇を嚙んでいるように見える。もう一人は、目をくるくる回し、また別の者は肩をそっと震わせている。大勢の会葬者の中で、三、四名だけがそうした例外だ。

葬儀の行列は、カメラの真横にきて、それから通り過ぎていく。音楽は最大にまで高まり、それからゆっくりと小さくなっていく。カメラは、道路に出て、くるりと回転して、行列を追う——極端に近くから。——それから、そこで一時停止し、老婆たちが通りすぎるのを待つ。彼女らの磨きあげられた靴があげる白い砂埃がスカートのまわりに舞いあがる。

最後の老婆が通りすぎるとき、カメラは後ろから追いかけるが、いま後方から、やや遠景のイトスギの林に向かってゆっくり揺れながら進む棺の行列を見守る。だが、このイトスギ林以外には、何もない不毛の土地だ。カメラは遠く目立たない距離から行列を追う。最初は固定して、次第にゆっくりと棺の動きに合わせて、前後に揺れながら。

イトスギ林のある墓地は、古代の石壁に囲まれている。まず行列が、それからカメラが墓の入り口と悲しげな木々の下を通りすぎる。石壁とイトスギは、カメラがそれらの下をくぐるようにカメラのフレームの中央に向かって曲がってきたように思えるが、次にはさっと隅のほうに消えていく。墓地には壊れた墓石や枯れた花輪、死者の写真を収めた小さな銀色の額（またもや同じ顔だ）などがあちこちに散らばっている。雑草や花、芝などが荒々しく繁っている。行列は、掘ったばかりの墓の穴の前で動きを止める。シャベルが掘り起こした土の山に突き刺さっている。音楽が突然、止まる。

墓の穴を覗き込む司祭の顔のクローズアップ。司祭の背後では、会葬者たちが無言で墓地に入ってきて、墓地を埋めつくす。風が立てるような、かさかさとかすかな音がする。カメラはゆっくりと後ろに引いていき、墓地をより大きく捉えようとする。何千もの会葬者がこの中にひしめきあっている。彼らは人目を気にしながらそっと手を顔に持っていき、それから胸の前で手を合わせる。風の音は次第に弱まり、聞こえなくなる。

いま、担ぎ人たちは棺を担いだまま、掘ったばかりの土の小山に登り、カメラはそれを追って斜め上を向く。彼らは棺の動きを止め、白い空を背景にして黒々と映りながら、イトスギの木々のてっぺんに囲まれる。静かな、意味の不分明な囁《ささや》き声が聞こえてくる。最初はほとんど耳に聞こえない程度だが、だんだん大きくなる。司祭と助手たちの唇が、かすかに動いているように思えるが、すぐに口は固く閉じられる。それでも、囁き声は次第に大きくなりながら聞こえてくる。司祭が担ぎ人たちに目を向け、そっとうなずく。そのとたんに、囁き声がやむ。

担ぎ人たちは慎重に棺を下に降ろしていく。カメラが斜めにその動きを追う。棺が口を開けた墓穴の中に入っていくと、カメラは棺の真上を通過して、中の様子を捉えるのに十分なほどに近づいて、穴の中に降ろされていく棺の縁をつかむ担ぎ人の二十四の白い手を捉える。穴それ自体は真っ暗で、底なしみたいに見える。棺の中と棺のまわりの影が次第に深まっていく。

突然、死体の胸に置かれた両手が震えるように持ちあがり、哀れを誘うように担ぎ人たちのほうへ、つまりカメラのほうへも伸びる。二十四の手は驚いて一斉に棺を手放す。まるで台本に書かれていたかのように。大勢の会葬者から、ほとんど叫び声ともいえる、短く大きなざわめきがあがる。棺は瞬く間に暗闇の中に消えていくが、音はまったくしない。ひとしきりのざわめきが消えてあたりが静寂に包まれる前に、墓をアップで捉えていたカメラも地面まで焦点を引いて、棺から約三メートルのところに位置を取る。

その後、あたりは静寂に包まれるが、カメラは地面と同じ高さに位置を保ち、ゆっくりと墓の縁に向かってズームアップ。壁をネズミが引っ掻くようなかすかな音が聞こえてくる。音はやみ、また鳴り、やんで、また鳴りつづく。それから、ついに、長い爪が伸びた青白い震える手が墓穴から現われて、穴の縁をつかむ。そのあと直ちに、もう片方の手も現われる。何かをつかむ仕草をするが、最後にシャベルを発見して、それをつかみとる。いまや何かを引っ掻く音が増大している。死体の頭部が墓場の縁より上に現われる。目がまだ突きでたまま、唇には苦笑が浮かんでいる。頭はゆっくり回転する。木製の操り人形みたいに、ぎこちなく。やがて、死体はカメラをまっすぐ見据える。ゆっくりと引きながらズーム。死体は、やっとの思いで墓場から這いあがると、ふらふらしながら、やせ細った体で立ちあがり、墓地の端をよろよろと歩いていく。

突然、一人の男が、たぶん担ぎ人の一人だろうが、前に突き進み、カメラをわきに押しのけ、死体に飛びかかり、掘ったばかりの穴の中に一緒に転がり落ちる。男は懸命に立ちあがろうとして（一瞬、すべてが動きだす）、死んだ男を自分の頭から退けようとして、投げつける。死体の手足は激しくねじれながら、ふたたび墓穴の中に戻される。列席者たちから、ほとんど悲鳴に近い、泣き叫ぶ声があがり、それから静寂が襲ってくる。

その担ぎ人の顔のアップ。墓穴を見下ろすが、その薄い唇は酷使のためかめくり上がり、目は興奮か恐怖のあまり、少し突きでている。それから、ゆっくりと視線をあげ、あたりを見まわす。一人ぼっちだ。墓地にはひと気がない。

担ぎ人は墓地の入り口まで転げるように歩いていき、村につづく埃っぽい道路を見つめる。そこもひと気がなく、わびしいかぎりだ。村は、はるか向こうの木のない草原にぽつんとあり、大聖堂がそびえている。担ぎ人は手足をはげしく振って、口をあんぐりあけたまま、駆け足でその道路を戻っていく。カメラは控えめな距離を保ちながら、男を追いかける。担ぎ人は村境までやってきて、立ち止まり、まるで頭が混乱しているみたいに、あたりをきょろきょろ見まわす。村は、出だしと同じように、どんよりと雲に覆われた空の下で、まったくひと気がなく沈黙に包まれている。男はわき道のひとつに向かって歩いていき、覗きこみ、急いで別のわき道をめざす。男は悲鳴をあげているように見えるが、何の音も聞こえてこない。男はわき道のひとつに姿をくらまし、カメラは動きを止め、目抜き通りと彼方の大聖堂を捉える。いま、初めはかすかだったが、次第にはっきりと、以前と同じような虚《うつ》ろな声が、すでに何度もくり返され、エコーとなって鳴り響く。「私は生、き、返、った、ぞ！　生、き、返、っ、たぞ！」。その言葉は何度も折り重なり、判別しがたくなり、やがて聞こえなくなる。

物干しに動きなく吊るされる一枚のぼろぼろになった白い布切れに場面転換。カメラは粘土の壁と閉め切った窓の前をゆっくりと移動しながら、ドアのところまで行く。静寂。カメラは、ドアから二メートル弱のところに立ち、青白い手で拳を握ったりひらいたり、不規則な呼吸をくりかえしている担ぎ人にゆっくりと移動。男は前に突進して、ドアを拳でどんどんと叩く。このノックの音は聞こえないが、かすかながら、心臓の鼓動は聞こえてくる。男は窓の鎧戸をガタガタいわせ、それから、ふたたびドアを激しく叩く。ドアの把手を試しにつかんでみる。開いた。心臓の鼓動ははっきりと早まる。すばやく家の中に駆け込み、カメラもそれを追う。

部屋は白い壁、汚れた床しかなく飾り気がない。真ん中に椅子がひとつあるだけで、家具もない。椅子の上には、黒いドレスとショール。鼓動は、いまはっきりと耳に聞こえてくる。担ぎ人はドレスを手にとり、しげしげと見つめ、着ている喪服の上にそれを羽織る。男の動きはぎこちなく、過剰な不安におののいているようで、顔からは緊張感と恐怖が窺われるが、同時に、ある種の快感と、強い決意みたいなものも見てとれる。女ものの黒いドレスを身につけると、頭にショールをかぶり、身をかがめ、上目づかいに見る。彼女が目の前にいた。男はかすかに笑みを浮かべ、大げさにうなずき、駆け足で家から出ていく。

通りに出ると、担ぎ人は一瞬ためらい、それから隣の家の中にドアを開けて突進していき、カメラもそれを追う。またもや内部は質素な部屋で、喪服が椅子の上に乗っている。またもやドレスを身につけ、ショールをかぶり、身をかがめ、上目づかいに見る。担ぎ人はいま、まるで激しい貪欲か性欲に襲われたかのように、ニヤけた顔をしていて、痩せた白い手で、揉み手をしている。このシーンのあいだ、鼓動の音が絶え間なく聞こえてくる。

担ぎ人は、ある空っぽの家に飛び込む。喪服を載せた椅子もない。だが、窓辺の汚れた床に、白い生花を見つける。かすかな笑みを浮かべ、花を手にすると、自身のラペルのボタンホールから萎れた花を取り除き、新鮮な花を挿す。くるりと向きを変え、いまでは自信たっぷりに微笑むと、萎れた花を差しだす。彼のそばに立っている担ぎ人に。

担ぎ人は、ショールを頭に載せ、身をかがめ、鏡の中の彼女自身をじっと見る。鏡の中に、彼女の背後に、もうひとりの担ぎ人がかがめた彼女の背中の向こうから、微笑んでいるのが見える。

担ぎ人は何も載っていないテーブルの前に座り、新鮮な花をしっかり襟に留める。横を向き、萎れた花を自分のそばに座る担ぎ人に差し出す。その担ぎ人はそばに座る担ぎ人にそれを差し出し、さらに、その担ぎ人はそばに座る担ぎ人にそれを差し出す。その四人は微笑みながら、テーブルの背後に立っている担ぎ人のほうを振り向く。その男は、軽くお辞儀をして、いま汗で濡れている顔に笑み浮かべながら、萎れた花を受け取る。

ショールだ。男はそれをかぶり、身をかがめ、担ぎ人を見あげる。その担ぎ人はスカートをまくりあげて、中から別のドレスとショールを取りだす。それを身につけ、もう一人の老女のそばで身をかがめ、担ぎ人を見あげる。その担ぎ人はスカートを捲《まく》りあげ、また別のドレスとショールを取りだす。それらを身につけ、また別の二人の老女のそばで身をかがめ、担ぎ人を見あげる。その担ぎ人はスカートをまくりあげて……。心臓の鼓動はつづく。

目抜き通りのカット。担ぎ人はひどく興奮して、駆け足で家から家に出たり入ったりしている。ときたま、担ぎ人が出ていったあとドアが開き、老女たちが外を覗く。皆、背中が曲がり、黒いショールをかぶっている。

担ぎ人は鏡を見ながら、ネクタイを結ぶ。後ろを振り返り、笑みを浮かべながら、三人の老女が見守るなか、新鮮な白い花を担ぎ人から受け取る。

担ぎ人はショールを身につけ、空《から》のワイングラスを掲げて、テーブルの向かいにいるやはり空のグラスをもった担ぎ人と祝杯を交わす。二人のそばにいる担ぎ人がそれぞれグラスを満たすために注ぎ、お辞儀をする。萎れた花をラペルに挿しながら急いで去っていく。

担ぎ人は苦笑しながら、新鮮な白い花をカメラに手渡す。カメラは壁の鏡のほうに動く。そこに映っているのは、ラペルに花を挿し入れようとしている担ぎ人だ。

ストリートはショールをかぶった女性でいっぱいで、皆、担ぎ人が家から家に押し入るのを見守っている。萎れた花が落ちると、慌てて戻り、拾いあげる。そのとき、つまずいたり転んだりするが、すぐに立ちあがり、また別の家の中に突進していく。心臓の鼓動は、少し高まる。

担ぎ人は黒いドレスを着て、頭をショールで覆い、もう一人の担ぎ人を見あげ、自分についてくるように顔を振って指図する。部屋のすみにある藁《わら》の茣蓙《ござ》のところまで連れていくと、そこに座り、色っぽい目で担ぎ人を見あげると、スカートの中に手を入れ、白い花がいっぱい入った粘土製の花瓶を取りだす。担ぎ人は微笑みながら、花瓶から花を受け取り、花瓶を担ぎ人に手渡し、その担ぎ人は花瓶から一本花を受け取ると、花瓶を担ぎ人に手渡し、その担ぎ人は……。

部屋は空っぽだ。担ぎ人はズボンのチャックをあけ、中に手を差し入れ、ショールとドレスを取りだす。すばやくそれらを身につけ、スカートの中に手を入れ、新鮮な白い花を取りだす。心臓の鼓動が高まる。

ショール、花、ラペル、鏡、笑み、高まる鼓動などのすばやいショット。

担ぎ人は、わき道を猛スピードで走りながら、家という家に手当り次第に入っては出ていき、家の中は担ぎ人でいっぱいになる。黒いショールをかぶった小柄の老女たちが、あとを追う。その足跡には、小さく潰れた白い花々が落ちている。

藁の莫蓙に座った老女が新鮮な白い花を、身をかがめてきた担ぎ人に手渡す。担ぎ人は自分の萎れた花を担ぎ人に手渡す。老婆は萎れた花を受け取った担ぎ人のズボンをつかむ——声を立てずに笑いながら、彼は黒いショールをかぶり、転げそうになりながら、老女の顔に近づく。老女は倒れるが、新鮮な花を一輪、向かってきた担ぎ人に投げる。白い花々、顔々、黒い喪服、高まる鼓動。

目抜き通りに場面転換。急激な鼓動の高まり。担ぎ人は走るのをやめる。耳をそばだて、笑みが消える。ショールをかぶった女性たちが見守り、耳をそばだてる。こめかみの血管がずきんずきんと波打つ。最初はかすかに、心臓の鼓動とリズムを合わせているが、やがて心臓の鼓動にとって代わる。葬送曲がふたたび流れる。

びっくりした担ぎ人は、一歩あとずさるが、すぐに音が聞こえてくるほうへ走りだし、道路の轍や窪みを飛び越え、転んでは立ちあがり、ドタバタ走る。カメラがぎこちなくそれを追う。担ぎ人が彼と同じような者たちがいる道路を慌てふためきながらよろよろ歩いていくと、それまで音を押し殺したようにしか聞こえなかった葬送曲は、ゆっくりと大きくなる。角を曲がったとき、カメラは一瞬、その姿を失うが、揺れながら追いかけて、ふたたび担ぎ人を捉える。担ぎ人は、そんな角のひとつを曲がると、いきなり、思いもよらなかったことに、大聖堂の階段にたどり着く。そこでふとためらうが、それでも階段を一度に二段ずつ、それから三段ずつ駆けのぼっていく。

中に入ると、教会は暗く、ひと気がない。担ぎ人は祭壇のほうに駆けていく。室内にうつろに響く足音が、静かな葬送曲にとって代わる。祭壇のところで、司祭の、複雑な仕組みになっている、豪華な法衣を見つける。そのうちの一つを身につけ、脱ぎ、他のものを身につけ、とうとう、正しい順番にすべてを身につけると、法冠《ミトラ》を頭に載せ、高圧的に心配顔の担ぎ人の前に立ちはだかり、白く長い人差し指で助手の一人の職服をしめす。担ぎ人は、その職服を鷲づかみすると、身につける。それから、冷たい目で震える担ぎ人を睨むと、次の助手の職服を身につけるように命ずる。その担ぎ人は、言われた通りにして、次の助手の職服を指さす。担ぎ人が必死で最後の職服をかぶっているあいだに、葬送曲が突然、けたたましく鳴る。第三の助手が職服を着ると、ほかの二人の助手と司祭の背後に並び、彼らはそろって、そろりそろりと音楽に合わせて、大聖堂から外に出ていく。葬送曲は、空っぽの大聖堂の高い壁から、太鼓の音のように弾みながら響きわたり歪《ひず》んだ音になる。

陽光が大聖堂の開け放たれたドアから奥の端まで射しこみ、聖堂内の片側がすべて影で覆われるなか、司祭と三人の助手、二列の担ぎ人によって背負われた棺、会葬する老女たちがゆっくりと大聖堂から出ていき、大きな階段をくだり始める。一人ひとりがドアの前を通りすぎるとき、一瞬、顔にぱっと光が当たり、それから、階段に消えていく。

カメラはゆっくりと戻って、弱々しく祭壇に座りこみ、襟には萎れた花をつけた担ぎ人を大写しにする。その担ぎ人は最後の老女が開け放たれたドアから出ていくのを見守る。最後の老女が去ってしまうと、葬送曲はふいに小さくなり、ずっと遠くから聞こえる。担ぎ人は立ちあがり、よろめきながら前に進む。へとへとで、石の床の上を、足を虚しく引きずりながら行く。

担ぎ人は大聖堂のドアから村の目抜き通りを見下ろし、通りの両脇に列をなして見守る会葬者のあいだをゆっくりと進む行列を見つめる。カメラの目が捉えるかぎり、村人たちの二つの列は、互いに数名ずつがどちらかの側に位置し、頭を垂れている。が、やがて像がぼやけていき、列は一つになり、遠くのイトスギの林につづく。

担ぎ人は階段をぐったりとして転げ落ちるように降りていき、行列のほうへ向かい、カメラもそれを追う。担ぎ人が女性たちを押しのけて、棺の片側までたどり着くと、葬送曲の音はゆっくりと大きくなる。担ぎ人は、棺を担いでいる者たちの人数をかぞえる。六人だ。それから、びっしりと並ぶ老女たちを掻き分けて反対側に行き、ふたたび担いでいる者たちの数をかぞえる。六人だ。そこで立ちすくみ、顔をしかめ、目の前を強引に突き進む行列を混乱し信じられない思いで見つめる。そのとき、明るい光が射しはじめたように思える。担ぎ人はもういちど四苦八苦しながら前に進み、やっとのことで、いちばん近くにいる棺担ぎ人の肩を使ってよじ登る。棺の中を覗くと、やっぱり空っぽだ。あたりを見まわし、村を、大聖堂を、老女たちを見て、下の担ぎ人たちの頭を見て、自分の肩ごしに墓地のほうを、村人が立ち並ぶ道路を見る。棺は横にぐらぐら揺れる。誰も彼に気づいていないようだ。棺のへりを越えて、棺の中に滑り込み、フラシ天の中敷きを心地よさそうに押し、わきに彫られている立派な彫刻をなでる。びくびくしながら、下のクッションの中にもぐり込み、胸の前で両手を組む。軽い笑みが顔全体に広がり、乾いた唇ににやけた笑みが浮かぶ。目が突きでて、その上に膜がかかる。ラペルの花はずっと前に萎れてしまっている。その間ずっと棺は左右に揺れつづけ、その全体をカメラが捉える。音楽はフルボリュームに上がり、朗々と響き、澄み渡る。

墓地の開いた墓穴に場面転換。地面の高さで、カメラは掘り起こしたばかりの土の山から墓地の入り口や道路へ、司祭と三人の助手に導かれてこちらにやってくる葬儀の行列までを捉える。暗鬱で虚《うつ》ろな曲は、そのシーンになった瞬間に突然やんだが、行列が入り口を通りすぎ、開いた墓穴に近づいてくるにつれて、その音はゆっくり大きくなる。行列の動きが止まると、音楽も急にやむ。風が吹いたように思えたが、すぐにやんだ。棺を担いでいる者たちが真上までやってきて、カメラを見下ろす。司祭はカメラをちらっと見やり、後ろを振り返って担ぎ人たちを見る。低い囁き声が起こり、その声は急に大きくなる。司祭は顎で合図すると、担ぎ人たちはカメラのほうに棺をさげていく。突然に暗闇が訪れ、囁き声が急にやむ。静寂。それから、暗闇の中で、近くで、ネズミが壁をカリカリ引っ掻くような、かすかな音がする。静寂。ふたたび、カリカリ引っ掻くような音。前より大きい。沈黙。ふたたび、少し大きなカリカリ引っ掻く音。ふたたびかすかな音で。静寂。

▼1　ラザロ　イエスが死から蘇らせた男。ヨハネ福音書11章。

ジェントリーズ・ジャンクションの決闘

　あのメキシカン野郎、ジェントリーズ・ジャンクションに十二時十分に到着するはずだ。ひょっとしたら、すでに到着しているかもしれない。どうもはっきりしない。あのクソ野郎はいつもそうなのだ。こっちの判断がはぐらかされる。あいつのことをいけ好かねえ、卑劣な奴って、言うだけじゃとても足りない。人を騙すことを何とも思っちゃいないイカサマ師ときてるから。

　ヘンリー・ハーモン保安官は苛々《いらいら》しながら、そうした不平を漏らし、長い先の尖ったブーツを床の上に載せて休ませた。それから、でかい穴の開いたパイプを、拍車のついたブーツのかかとにカチンと打ちつけると、机の上の、ほかのパイプが並んでいる棚に戻す。空いている場所は二カ所あるが、どちらにこのパイプがあったのか分からない。もう一つのパイプがどこに行ったのかも。ええい、クソったれ、あの野郎はすでにここに来ているはずだ。そいつが、野蛮なあの毒蛇のやり口だ。保安官は苛立ちまぎれに、ため息を漏らす。散らばっていた紙を引き出しに詰め込み、煙草ケースに蓋をして、イサベルの写真をパイプ棚の近くに戻すと、可動式の机の蓋を閉めて鍵をかけた。

あのクソったれ！　保安官は怒りにまかせて、自分の膝を思いっきり叩いた。そう、保安官は、ほんとうにあの土色のクソったれ野郎を憎んでいたのだ。

保安官はぐったりしたまま立ちあがり、ズボンをぐいっと引きあげると、大きな手の甲の部分で、からからに乾いた口をぬぐった。体が大きく、肩は雄牛のようにがっしりしていた。長身でドアから出入りするときには身を屈めなければならず、ジェントリーズ・ジャンクションの住民に対しては、痩せこけた頬骨ごしに、その冷酷な青い眼でじっと見おろすのだった。ヘンリー・ハーモン。渾名《あだな》はハンク。タフで正直な男。話し方は、はっきりしている。腕は逞しく、素早く、公平で、確実だ。この保安官事務所では、その眼に太陽は映っていなかったが、それでもジェントリーズ・ジャンクションの本通りに面した古びた回転ドアのほうを向いて、眼を細めた。もしすでに到着しているとしたら、あの通りのどこかに。ハンクは何をすべきか分かっていた。男というもんは、自分で人生を決めるのだ。一度決めてしまったら、それを通すしかない。

（あの招かれざる指名手配中のメキシカン野郎。奴はいま酒場の中にいるぜ。大いに笑い、酒を飲む。極端なまでに背が低いが、痩せちゃいない。むしろ、ずんぐり。そう、その言葉がぴったりだ。蒸留酒みたいに茶色い眼をして、肌は浅黒い。冷酷でもなく、正直でもない。ヒーヒーヒー！　メキシカンは、ばか笑いをする。正直だと！　ズボンを引きずり、ガンベルトは、ぶるぶる揺れる素晴らしいビールっ腹《ばら》の下のあたりに。笑うと、純金製の歯がきらり。この古ぼけた酒場は、陽気さと混乱でいっぱいだ。メキシカンのくせに、奴は皆んなにちやほやされている。奴が純金の入れ歯を見せて、分厚い唇で、あれこれ話すと、酒場中が引きつけられ、爆笑に包まれる。大したことじゃない。メキシカンの奴が話すのは、二つのことしかない。カレンティタとプティタ。カレンティタ――英語でなんて言うのか？　ホットな小娘かな？　それとプティタ。奴の知ってるすべてのスケどもさ。こやつ、メキシコ人の盗賊ドン・ペド、女のことはやたら詳しい。そう、紳士諸君《セニョレス》！　奴は酒場にいる男どもの女房たちともデキている。実は、もっとたくさんの人妻ともな。酒場の男ども、ドン・ペドの行状を知らないわけじゃないが、奴と一緒に適当に笑っているみたいだ。ひょっとして、連中は、苦々しい思いを隠しているんだろうか？　誰に分かるだろう。実のところ、疑念でいっぱいだ。というのも、ドン・ペドって奴は、暴露の名人だからな。酒場の中で一人だけ、笑っていない老人がいる。テーブル席に一人で座り酒を飲んでいる。メキシカンが笑い、皆が笑うときに、合わせて笑ったりしない。ひょっとして、この不機嫌な男は耳が悪いのか。耄碌《もうろく》してしまっているのか。メキシカンの奴、この男の背後にまわり、柔らかな土色の手をその惨めな肩の上に置く。老人はまったく相手にしやしない。はるか遠くのほうを見ているだけだ。「おい、友《アミーゴ》よ、えらく寂しそうだな！」と、メキシカンのペドは、満面に笑みをたたえて、のたまった。そこにいる匿名の誰かによって、男の妻がその夜亡くなったという情報がもたらされる。「ヘイ、シャラップ！」と、メキシカンが応じる。「誰に向かって言ってんだ。このペド様は、サベ・ビエン。何でもお見通しだぜ」笑い声が大きくなる。「ドン・ペドはいつだって知ってるんだ！」と、か弱い声が叫ぶ。裕福な銀行家《バンケロ》である、ジェントリー氏の声だ。セニョール・ジェントリーの奴、顔は羽根をむしられたニワトリみたいに白く、眼は赤く濡れている。酒場の男どもは大笑いで同意する。と

いうのも、遅かれ早かれ、自分たちの女房はメキシカンの下で死ぬことが分かっているからだ。それこそが――英語でなんて言うか？――伝説ってものだろ。）

ハンク・ハーモンは、保安官事務所をどしんどしん歩いて帽子掛けのところまでいく。ガンベルトとホルスターを手にすると、腰のまわりに留める。手の動きは素早く、銃はすでに手中にある。銀色のシリンダーを回転させて、中を覗き込む。銃弾は三発。三発は空だ。つまり、三人の悪党が死んだ。新たに三発、銀色の銃弾を装填し、そっと撃鉄をもとに戻すと、銃を暖かく甘美な匂いのする空洞にやさしく忍びこませる。帽子を帽子掛けから取りあげると、体の横でくるくる廻しながら、長く細い脚で、雨風にさらされて色が褪せてしまっている古びた木造のポーチに出ていく。回転ドアをこづいて開けると、ぴかぴかに磨き立てたブーツを後ろに蹴りあげて閉める。

真昼の太陽に向けて細めた冷たく青い眼。ハンクは、自分の町であるジェントリーズ・ジャンクションをざっと見渡す。本通りはひと気がなかった。ペンキを塗った木造の家々は、強烈な陽射しを受けてぎらぎら輝いているが、窓という窓はぴしゃりと閉まりカーテンが引かれている。からからに乾いた、いつにない沈黙。ゆらめく地平線が、焼けた一枚の硬貨のへりみたいにこの町をぐるりと取り囲んでいるが、その地平線に向かって、靄《もや》のような熱い砂塵が浮遊している。一人の好奇心でいっぱいの子供の鼻が、通りに向いた窓に押しつけられる。それ以外に何もない。空っぽの通り。物音一つしない。ああ。やっぱり、そうだったか。

それじゃ、まずどこに？　フレムの雑貨店は人の気配がない。ドアが半ば閉まっている。なんてこった。保安官は人々の活動を見るのが好きだった。男どもが作業している姿が好きだった。あるいは連中が稼いだ金を持って汗びっしょりで馬に乗って町に繰りだしてくるのとか、フレムの店の玄関ポーチで、仕事の合間に寛《くつろ》いだりする姿を。女どもが町に出ている姿を見るのも好きだった。彼女らが買物をしていたり、帽子を見せびらかしていたり、幼児を散歩させていたりするのを。子供たちが遊んでいるのを見るのも好きだった。子供たちが野球を始めたり、玩具のピストルで追いかけっこをしたり、教会で一緒に歌ったりするのを。保安官は、自分がそれほど信仰に篤いほうだとは思っていないが、それでも、教会には行くことにしていた。そうしないと、物事がうまくいかないように思えたのだ。好きだった。秩序と完全さが好きだったのだ。教会では賛美歌を歌い、献金の皿に硬貨を差しだした。ほんとうに信仰に篤い人間だったら、人生の中心に信仰を据えて、そこから他のすべての物事を眺めるに違いない。そう保安官は思ったが、そうした考えには、どこか引っかかるものがあった。どこか女々しくて、ウソっぽく感じられたのだ。ハンク・ハーモン保安官は、はっきり言えば、しっかり地面に両足をつけた男だった。

保安官は向こうの、ジェントリーの銀行を見やった。錠が閉まっていた。そうか、メキシカン野郎がすでにいるんだな。そう保安官は確信した。判事と連邦裁判官を乗せた駅馬車はまもなく到着予定だ。だが、十二時十分に間に合うだろうか。それとも、いつになるか分からないのか。いまできるのは、そう望むことだけだ。駅馬車が到着すれば、この町も少しは活気づくだろう。いまのところ、町はひと気のなさと静寂に押しつぶされそうだ。あまりに不自然だ。皆んな隠れている。まったく町中のすべての住民が。たくさんいるはずの赤ん坊もだ。保安官は、埃《ほこり》っぽい通りにぺっと唾を吐いた。町の住民は保安官が何をしなければならないか知っていたが、それを一人でやらせようとしていた。毎度のことだ。

保安官は肩をすくめると、大きな帽子を額の上にしっかり留めた。それから、腕時計をちらっと見やった。十一時三十五分。そろそろか。それでも、保安官は「十二時十分」を頭から追いだすことができない。あるいまいましい理由で頭の中に叩きこんでしまったので、もはや追いだすことができないのだ。まあいいさ。たとえあのクソ野郎が百年前にここに着いていたって、あいつに会うのは、十二時十分だ。あるいは、百年後に来なくても、会うのは十二時十分だ。自分の人生の成り行きを決めるのは、他ならぬ保安官自身なのだ。玄関ポーチからどんと地面に舞い降りた。ブーツにつけた拍車が、真昼の静寂の中で、チリンチリンと鳴りひびいた。

（さて、あの悪名高いメキシカンはどこにいるんだ？　なんと保安官事務所の中だ。煙草ケースの中に乾燥させた牛糞を詰め込んでいるではないか。ヘンリー保安官の机の上にあるのは、写真――なんて《コモ》？　そうだ《シ》！　やつの女《カレンティタ》の！　みずから美女《ベル》と名乗る、保安官のチョー美人の女だ。メキシカン、ちびた鉛筆でその写真の上に、特大の自分自身をなぞる。盗賊ドン・ペドの、絶対に誤解を受けないポーズで。お祭り気分の大爆笑が回転ドアの外から侵入してくる。そこから、ジェントリーズ・ジャンクションの大勢の男たちの笑い声も一緒にやってくる。メキシカンの奴はデスクのありとあらゆる書類入れや引き出しから中身を取りだすと、事務所の真ん中にうずたかく積みあげて、その山にマッチで火を点ける。紙の山が燃えているあいだに、壁という壁に、途方もない早業

で、卑猥な言葉を書きあげる。むろん、紙を全部燃やすわけにはいかない。あたりきさ！　半分燃えたところで、消しておく。ヒーヒーヒー！　それぞれの紙の欠片《かけら》を見て、消えた半分が何だったのか、保安官の奴は自問するはずだ！　ちびでデブで土色をした盗賊は、腹から会心の笑い声をあげながら、よろめき歩く。小便をして、笑い、よろめく。やつの金歯がジェントリーズ・ジャンクションの薄暗い保安官事務所の中で、荘厳にぴかぴかと輝く。）

「いいか諸君、しっかり聴いてもらいたい！」ハンク・ハーモン保安官の声が、はっきり朗々と響きわたった。一同は、無表情で、ためらいがちに後ろを振り向いた。保安官を怖れていたし、保安官もそのことを知っていた。柱のように背が高く痩せた保安官は、町の古い酒場の回転ドアを入ったあたりのところに立っていて、幅広の肩とがっしりした体型が、外の強烈な陽射しを受けて黒いシルエットをなしていた。連中は保安官を怖がっていた。が、嫌ってもいた。俺にこの場にいてほしくないのだ。保安官は驚かなかった。ある意味、その事実を楽しんでいた。どうせ最後には、一人で決着をつけなければならないのだ。だが、ひとまず連中にチャンスをくれてやろう。あとで自分たちがどこでくじけたのか知ることになるだろうし、後ろめたく感じるだろう。英雄になれなくても、男になるための努力はせねばならないのだ。保安官は右手をそっと拳銃の台尻においた。「諸君、これから十二時十分にあのメキシカン野郎に会うことになっている。君らの助太刀が必要だ」と、言うと、保安官は眼を細めて、ぐるりと部屋中を見まわしたが、活気のない無表情な顔があるばかり。顔を背ける者もいた。こちらと目を合わせぬ者もいる。「こちらが一つになって立ち向かえば、捕まえることができる。あの悪党に公平でまっとうな裁判を受けさせるのだ。ジェントリーズ・ジャンクションは、金輪際、あいつと関わらなくて済むようになる」そこで一拍おいて。「さもないと、とんでもない惨事に巻きこまれる。たくさんの住民が傷つくことになる。それも、手ひどくな」

保安官は、そこで待った。自分が行動したり喋ったりしなれば、誰一人そうしないことを知っていた。こちらが沈黙を破るまで、連中が苦しむだろうということを知っていた。知っていたが、保安官は気にしなかった。気にしていたとしたら、それは、連中をこの痛々しい沈黙で少し懲らしめてやるためだ。ハンク保安官は知っていた。この町の法と秩序が保たれるのは、他ならぬ誰のためなのかということを。保安官は連中と、一人ずつ分けて話し始めた。集団になると、ときどき連中は、頭の中がごちゃごちゃになる。たとえば、いまこの場がそうだ。もし必要ならば、ほんとうに助太刀が必要になったら、他の連中をおだてて、一時的な協力をあおぐことにしよう。残りの腑抜けどもは、手をこまねいているがいい。だが、柔らかいものほど曲げやすい、アーチ状の建物が頑丈であるように。連帯。それこそいま保安官がめざすべきことだった。「十五分後に、ここに戻ってくるからな。諸君は全員、ここで待っていてくれ。拳銃を腰につけて、私と一緒に出ていけるように準備しておいてくれ」と、言うと、連中の腑抜け顔を睨みつけた。連中は俯《うつむ》いたり、顔を背けたりした。バーテンは黙々と雑巾でカウンターを掃除していて、保安官と目を合わせなかった。誰一人、一言も口をきかなかった。保安官はくるっと向きを変えると、勢いよく古びた回転ドアから外に出ていった。

（世界中の誰もが笑っている。酒場中がやんややんやの大騒ぎ。暗い顔をした老人の後ろで、あのメキシカン野郎が老人の耳を血がにじむほど引っぱっている。「おい、友よ《アミーゴ》！　どうして笑わんのだ？　みんな陽気にやってんだ。お前も笑えっ！」だが、それでも老人は陰気で惨めな表情を変えない。あたかも、何にも聞こえないか、耳が引きちぎれないと思っているかのように。「このペド様が、笑えと言ってんだっ！」盗賊のメキシカンは、両手の土色でぶよぶよの人さし指を塞《ふさ》ぎこんだ男やもめの口の中に突っこむ。そのまま下に押し広げられた口は、怯《おび》えたにやにや笑いに見える。酒場の男どもはみな、目を見張ってそれを見て大笑い。ああ！　ああ！　おお怖い！　ひどく笑えるぜ！　並外れたにやけ顔して泣いてる男ってのは、ひどく笑える見世物だぜ！　あっ！　顔の肉が崩れる。肉は白髪から白い喉まで切り裂ける。チュウチュウしゃぶるような奇妙な音を立てて頭蓋骨からはがれる。残っているのは、悲しげな眼窩《がんか》の中の大きな濡れた目だけだ。そう、もちろん、ひどく笑えるのだが、ううううん……不気味か？　そう、実のところ、言ってしまえば、不気味だ。ビア樽のように丸々と太った土色のメキシカン野郎、ふっくらした両手に引き裂いたばかりの肉の塊《かたまり》を持って、いかれた若造のようにクスクス笑っている。片方の手を見て、それからもう片方の手を見る。ひとりでに笑いがこみあげてきて、大きなビア樽の腹が揺れに揺れる。ああ、なんと可笑しいことか、メキシカンのビア樽の腹の動きは。笑いに笑う。ヒーヒーヒー！　いまや全員が笑っている。爆竹の音がして、カーニヴァルやロデオの雰囲気が漂う。ヒーヒーヒーヒー！　メキシカンの盗賊ドン・ペドと一緒にいて、誰が笑わずにいられようか。ええ？　ああ町の酒場の中は楽しい！）

大きな白斑点のある鹿毛《かげ》の馬が陽の下で待っていた。真昼の太陽を浴びて、ジェントリーズ・ジャンクションに、いま日陰はない。ハーモン保安官は馬を解き放つと、鞍に見事に飛び乗った。もう少しで十一時四十五分。急がねばならなかった。栗色に斑点のついた馬の腹に鋭く乗馬靴の拍車を当てて、素早いギャロップで南西へと向かい町の銀行家、ジェントリー老人の広大な領地をめざした。もはや一刻の猶予も許されない。

鞍にふんぞり返るように収まる長身の保安官、屈強な大馬のひづめが乾いた黄色い砂埃を舞いあがらせる。舞いあがる砂埃を煽《あお》る風はない。のんびりと元の場所に収まる。乾いている。重苦しい、だが乾いた一日。ヘンリー・ハーモン保安官は突き進む。そんな一日を活気づかせようとして。

ジェントリーの牧場で、ハンクは馬を止める。鞍から素早く飛び降りると、馬の手綱を地面に垂らしたままにして。「ここにはいないわ、ハンク。酒場よ」と、戸口のところで、小柄な女性が困惑した表情で言った。

「酒場からやってきたんだ」と、ハンクは冷たく言い放ち、女性のわきを抜け、家に中に足を踏み入れた。彼女は制止しようとしたが、保安官の動きが早すぎた。分厚いカーペット、それもアレゲーニー山脈からこっち側じゃ最上の部類に属するやつが、保安官の靴音を消し去る。だが、銀色の拍車が警告するかのようにチャリンチャリンと鳴る。ぴかぴかに磨き立てた家具、金箔の縁取りをした鏡、飾られたジェントリー家の家族写真などを煽るかように。保安官が寝室のドアを勢いよく開けると、臆病風に吹かれた銀行家のジェントリー氏が、青ざめた顔で、目を潤《うる》ませて縮こまっていた。「さあ、いくぞ、ジェントリー」

「あんなメ、メキシカンなど、放っとけよ。保安官」と、ジェントリーは泣き言を言う。「わざわざ無用なちょっかいを出さなくたって——」

保安官は、嫌悪感を剝きだしにして、ぺっと唾を吐く。絨毯《じゅうたん》があろうとなかろうと。「俺はあの野郎を追っかけているんだ、ジェントリー。一緒にくるんだ」

銀行家は返事をしない。そのふわふわ飾り立てた寝室に、青ざめた顔をしてしゃがみこんで、ぶるぶる震えているだけ。乾いた赤い唇をぺちゃくちゃ舌でなめながら。

「いいか、よく聴け、ジェントリー！　いま町は厄介なことに巻きこまれているんだ。深刻な事態なんだ。女のスカートの下に隠れて、見て見ぬ振りをしたところで、厄介なことが逃げていってくれるわけじゃない！」

「分かってるさ、保安官。でも——」

「ジェントリー、つべこべ言わずに、さっさと立て！」

銀行家は顔を赤らめ、よろよろと立ちあがった。それでも、まだ保安官と目を合わすことができなかった。「保安官、信じてくれ。私も協力したい。だって、これまで長いこと一緒にやってきただろ。だがな、保安官、こんどばかりはちょっと違う。ちょっと違うんだ！」いま銀行家は見ていた、自分を見下ろす保安官の冷たい視線を。銀行家の赤い目は懇願していた。「保安官、これだけは言っておく、無駄なことはよせ！」

「ジェントリー。怖じ気づいたのか」

「だ、だからって、何だ。もしそうだとして、どうだって言うんだ。も、もしあんたが、その熱く煮えたぎる肝っ玉がすわってるって言うんなら、さっさとひひひ、ひとりでやっつけたらいいじゃないか！」銀行家がふたたび目を背けると、その視線の先にはフレンチドレッサーの上にある大金の入った封筒があった。震える目をこっそり保安官に向けた。保安官は腑《はらわた》が煮え返るようなむかつきを覚えた。

「よく聴けよ、ジェントリー」と、保安官は言い放った。「一人で立ち向かわなきゃならないなら、そうしてやる。だがな、俺がやられたら、この町はただじゃ済まないぞ！」ジェントリーは潤んだ目で保安官を見あげて、びくっとする。その手は、まるで悪寒を感じたかのようにシャツの襟をつかむ。保安官はその手の脅しを好まなかった。強引に脅して自分の言いなりにさせる。それは合法的なことじゃない。だが、ときにはそうしたことも必要なのだ。ときにはこの町の男どもは、ガタガタ泣きわめく赤子の集団同然になるからだ。「いいか、ジェントリー。あのメキシカンがこの町を乗っ取ったら、法や節度が何であるか忘れ去られる。誰もが他人の女房や娘を寝取ることになる。子供や老人が盗みを働き、町は丸裸になる。通りを横切ることも安全じゃなくなるんだ。全部、崩れ去るんだ、ジェントリー。俺がここにいるかぎり、神に誓ってそんなことは絶対に許さん！　分かったか？」

銀行家はうなずき、視線をおとした。惨めったらしく下唇をチュウチュウなめていた。青白い顔の痩せた男で、弱々しい目の下にいつも青い隈《くま》ができていた。いまみたいに、その身が危うくなると、鼻水が出て、唇が引っ込み、門歯が見えた。

「じゃあ、その銃を身につけて、十五分後にはフレムの店の前にくるんだ。さもなきゃ、さっさと荷造りをしな――あんたとあんたの女房のガキどもも！」

「わかったよ、保安官。い、いくよ」ジェントリー氏はどもりかけていた。クソ野郎はほとんど泣きわめいていた。「な、なんども言うなよ。行くって」

　保安官は向きをくるっと変えると、ドアから勢いよく出ていった。ジェントリーみたいな奴には、いつもうんざりだった。こちらの平静さをくじかれる。出ていくとき、黒服を着て、ベールで顔を覆った夫人が部屋の隅で丸くなっている姿がちらっと目に入った。何のつもりなんだ？　愚かな女だ。それでも保安官はその衣装のことを気にしないではいられなかった。外に出ると、大股で歩くその下の大地が心地よかった。走って愛馬に飛び乗った。「さあ行くぞ。ひと仕事だ！」


（誰よりも満たされたメキシカン、ドン・ペド、いまやあちこちに同時に出没する。平原に火を放ったかと思うと、牧場の牛や馬を盗み、列車を脱線させる。ドン・ペドはつねに人生に喜びを見つける。けっして悲しんだりしない。いま学校にやってきて、幼い子供たちに驚嘆すべき立派なイチモツを見せつける。ほら、子供たちよ！　なんと子供たちはみなドン・ペドのことが好きなことか！　ひとたびこの盗賊がやってくる気配がすると、やったあ《オーレ》！　生徒たちはみな椅子からひょいと立ちあがる！　本を捨てよ！　これをしなさい、あれをしなさいも終わり！　ドン・ペド！　ドン・ペド！　もっと！　もっと！　教師は――というか、そう、女教師自身も参加しているのだ。

言葉を発するには、あまりに不自由な姿勢で。口に猿ぐつわをかまされ、机に縛りつけられていたのだ。メキシカンは、女教師がただ見栄をはるためにはるばる東部から持ってきたペチコートをめくりあげる。と、生徒たちはそこに群がり、女教師がその中に何を隠しているのか探ろうと必死で覗き込む。ほら！　ほら！　幼い生徒たちは子供じみた奇声をあげると、メキシカンが自身の巨大な千枚通しでもって、女教師が何年ものあいだそこに隠してきたものを壊そうとする。ポーン！　ほら見て！　すごーい《オーレ》！　幼い生徒たちは、年長さんたちを真似てのたうちまわる。それを見て、ドアや窓に押し寄せた年長者たちは歓喜の笑顔で、できることならば、もう一度子供の頃に戻りたいと願う。メキシカンは、いまや音を立てて、女教師の真っ赤なリンゴをむさぼる。見世物の締めのリズムに合わせて、むしゃ！　むしゃ！　むしゃ！　あるいは、メキシカンは、むしろ、いや同時に、酒場でトランプに打ち興じているかもしれない。そう、そう、酒場にいるではないか！　テーブルの上には、五枚のエースが表になっている。三枚はスペードのエースだ。スペードのエースは三枚とも、金歯を見せてにやつくメキシカンの手慣れた指の下にある。リッチな銀行家のジェントリー氏は、妻も母も三人の娘たちも、破滅的な賭けで失っていたが、びくびくしながら提案する。保安官が、その、そう聞いたんですが、失礼、こんな表現を、我らが友人のセニョール・ドン・ペドを、かかか、片づけてやるって。偉大なるメキシカンの盗賊、ドン・ペド、奴の高笑いが爆裂。ヒーヒーヒー！　ペドを殺すだと！　ホーホーヒー！　メキシカンの笑い声は、とどまるところを知らない。奴がその名を轟《とどろ》かせている、雷のような勢いだ。ホーーーーヒーーー！　お願いです、ドン・ペド！　お願いです！　世界中の誰もがよろめき、笑って、顔の前で手を団扇《うちわ》のように振りながら、通りに出ていく。あるいは、ひょっとしたら奴はあの小さな教会にいて、賛美歌隊の少年たちに、どうしたら、シルクの合唱隊の衣装を着て、幸福を見つけられるか、能書きを垂れているかもしれない。ヒーヒー、ほら、こうやって、みんな！　さあ、一緒に！　上の桟敷では、太った牧師が迷える、迷える魂《アシ・エス》たちのことを力なく嘆いている。「神よ！　赦《ゆる》してやってください、子供たちはどうしたらいいいか、分からないのだから！」ああ、子供たちよ！　なんと子供たちはみな、ドン・ペドのことを崇めていることか！　ドン・ペドは確かに崇められるべき人だからな！　マジで。極端なほどに！）

ハーモン保安官は、汗したたる大馬を小さな白い教会の前で止めると、ひょいと地面に飛び降りて、柱に馬をつなぐ。十一時五十分。長い痩せた足で小走りに教会の大きな観音開きのドアまで行き、つば広のカウボーイハットを脱ぐと、白髪をさっと後ろに撫でつけた。額のあたり肌が赤くなっているのは、帽子の跡だ。えへんと咳払いをすると、ずかずかと教会の中に入っていった。誰ひとりいない。牧師だけだ。敬虔なスルー牧師。まるで保安官を待っていたかのように、薄暗い説教壇にひとり立っていた。羽根枕のようにふわふわした小男で、目はショットガンの散弾のように細い。保安官は、たった一部屋しかない教会の中央通路を、いつか遠くない日に、美女のベルと連れ立って歩きたいと思う通路を、牧師のいるところまで大股で歩いていった。

しかし保安官が一言も発しないうちに、牧師が言った。「われわれの町に、大悪魔が足を踏み入れておるぞ、保安官」その声は温かく甘美で、喉のぜい肉は、糊の利いた襟から物欲しそうに突きでてせかせか動いている。「ジェントリーズ・ジャンクションは、罪悪に染まっておる」

保安官はおごそかに頷くと、ブーツに視線をおとし、それから牧師のほうを見あげた。「まさにそのことで伺ったんです。この町のことで。ここを偉大な町にしてきたすべてのことが、いま忘れ去られている」

「偉大だと？」善良なるスルー牧師は、一段と高くなっている説教壇から保安官を見おろした。小さな目に大粒の銀色の涙が溢れていた。「あなたが思うより、この町はずっとひどくなっておる」と、喘《あえ》ぐように言い、すすり泣きはじめた。

「あなたを頼りにできることを誇りに思うよ、牧師さん」と、保安官はつぶやいたが、スルー牧師の衝動的なすすり泣きに幾分ひるんだ。

牧師の濡れた目は、悲しそうに保安官を見おろした。「まだ時間のあるうちに」と、牧師はおごそかに鼻声で言った。「自分自身の救済を探しなさい」

保安官は落ち着かずに、そわそわした。個人的なことに触れられるのは好きでなかった。「牧師さん、あなたのご指摘どおりに、救済を探すつもりです。ジェントリーズ・ジャンクソンの皆の救済を」

スルー牧師は二重顎の肉を波打たせながら、ゆっくりと首を振った。「ヘンリー、息子よ」と、牧師はやさしく声をかけると、ハンカチで涙を拭った。

「いまから二十分後に、あのメキシカンを追いかけます。あなたにも同席してほしいのです。牧師さん、あなたが必要だ」

「どちらの暴力が答えになるのか」と、牧師がため息をつき、体をまっすぐ起こし、説教壇をつかんだ。「疑問の余地はない」

「ちょっと待ってください、牧師さん。われわれは皆、事態がどんなか分かっている。あのメキシカンが原因で、この町にトラブルが起こってるんです。俺はその原因を取り除くつもりだ。単純な話ですよ」

「原因はここにあるんだ、保安官」と、牧師は赤みを帯びた手を黒い職服の胸のあたりにおく。

「われわれ一人ひとりの」

「やめてください。牧師さん――」

「いいかな、息子よ、この悲しみの柵囲いの中に混沌と悪があるならば、それはきっと神の――」

「俺を息子呼ばわりするのはやめてくれ、スルー！　誰に話しているか、分かってんのか？」

「ヘンリー、われわれは皆んな、一人の父なる神の息子なんだ。われわれは人間の法律ではなく、神の法律に従って生きねばならない。われわれの義務は、気まぐれな魂をしっかりロープに縛りつけて、主のために投げつけて焼き印を押すことだ！　群れなして――」

「そんな戯言《たわごと》なんぞ、止めろ。スルー！　あんたに一緒に来て――」

「へ、ヘンリー・ハーモン！　ここは主のまします場だぞ！　あらゆる神聖なものに誓って――」

「黙って、俺の言葉を聞くんだ、クソめ！」ヘンリーは牧師に向かって叫んだ。「俺はあんたに来てほしいんだ、フレムの雑貨店に十二時きっかりに――てことは、いまから十二分もないんだ！　武器を身につけてきてほしいってわけじゃないから、そんな恨めしそうな顔をしないでもいい。証人として来てほしいんだ。この町の屑どもに、神がどっちの味方か、教えてほしいんだ。分かったか？　俺たち自身の手にかかっているんだぞ、スルー、事態を暗転させないかどうかは！」
保安官は自分の言葉が、牧師の湿った赤ら顔にゆっくりと染みこんでいくのを見守った。ビーズのような丸い眼が一瞬、きらりと輝いたが、それからその輝きが薄れ、去ったように見えた。「おまえには、分かっておらんのだ、ヘンリー。私はこの世の人間じゃないのだ。だが、わかった。よかろう。そこに行こう」

〈ペドの奴は酒場の中か？　かもしれんな。爪先立って、ナスのような鼻をカウンターの縁に押しつけて。いや、それとも、テーブルに座って、あの太いが、超人的に器用な土色の指で、トランプを配っているかもしれん。そう、きっと酒場にいるはずだ。あのメキシカンこと、ドン・ペドは底なし——底なしって、人は言うんじゃないだろうか？——そう、底なしの渇望があるからだ。もしくは、フレムの雑貨店で、爆竹の古樽の上に、まるまるとした卵みたいに、腰かけてるかもしれん。ナイフの刃で厚切りの熟れたチーズを突き刺し、その金歯はきらきら光る。あの偉大なメキシカンの盗賊は底なし——ここでも、この言葉がぴったりのように思える——飢えが底なしだから。あるいは、ひょっとして、もっと可能性があるのは、ジェントリー氏の銀行にいるのかもしれん。カウンターの窓口につま先立ちになり、ジェントリー氏の鼻先に銃を突きつけて。牛乳みたいに真っ白な顔の、あの銀行家はひどく気前がよく、盗賊に要求されたものを、すばやく差しだしているかも。ドン・ペドの要求は、ちょっとじゃない。奴は底なし——ぴったりの言葉だ——貪欲は底なしときてるから。一枚の百ドル札で黒い火薬入れを包み、それを荒っぽくジェントリー氏の剝き出しの尻の穴に突っ込み、この気前のよい男をジェントリーズ・ジャンクションのお祭り気分の通りに向けて、ロケットみたいに打ちあげようとする。ハ、ハ！　奴の機知も底なしだ。あるいは——そう、みなさん、これは間違いない！——メキシカンの盗賊こと、ドン・ペドはいま、あまり埋めこまれたことがないジェントリー氏の奥方のあそこに埋めこみ作業中かも。まさに安全が確保された部屋の、ドル紙幣をまき散らしたその上で。どっ！　どっ！　どうぞ、突き進んでくださいな！　それこそ底なし中の底なしですから！）

ふたたびメインストリートに戻ると、ハーモン保安官は鋼の強さを持つ鹿毛の愛馬の手綱を締めて鞍に跨がり、静かに考えごとをしながらゆっくりと進む。フレムの雑貨店で他の連中と落ち合うまであと五分。通りは死んだように閑散としている。馬車のやってくる気配はない。他の連中が間に合うといいのだが。そう保安官は願うが、あいつらを当てにするほど愚かではない。だが、保安官が考えているのは、そんなことではない。ここしばらく、何か別のことが頭に引っかかって仕方ない。些細なことだが、悩みの種なのだ。十一時五十五分。あと五分。えい、ままよ。もういいだろう。保安官は手綱をぐいっと引っぱった。愛馬が後ろ足で立った。「ハッ！」と、保安官は馬に命じた。愛馬は街道からわき道に逸れる。

保安官はジェントリーズ・ジャンクション・ホテルの前にやってくると、馬から降り、馬をつないだ。ホテルの中に入り、フロント係に軽く会釈をしながら、その前を通りすぎ——ホテルでは保安官を知らない人などいなかった——階段を上がっていった。一二一〇号室の前で一瞬ためらったが、そのまま入っていった。可愛く、口が悪い処女こと、ベルは大きな四柱式ベッドの上に裸で寝そべって、だらしなく体をぽりぽり掻いていた。

「ノックぐらいは、しなよ」と、彼女は冷たく言い放った。

保安官は顔を赤らめた。「すまん、ベル」と、ぐっとこらえて言ったが、彼女から眼を背けることはできなかった。すごい、ナイスバディだぜ。色白ながら、赤味を帯びている。保安官は、忘れずにドアを閉めたが、なぜいま、なぜ今日、自分がもう一つのあることをしなきゃならないのか、思いだせなかった。「だがな——ベル、実は、これからあのメキシカン野郎と会わないといけないんだ！」

彼女は保安官を無表情のまま見つめただけだった。保安官の心は傷ついた。彼女はベッドから起きあがろうともしなければ、その場のぎこちなさを和らげる動作をしようともしなかった。「あら、そうなの」と、彼女は平然と答えた。「あたしたちの代わりに、よろしく言っといてね」

「なあ、ベル！」保安官は一歩前に進みでた。彼女は少しも体を動かさなかったが、保安官は彼女の中で激しい嫌悪感みたいなものがわき起こっているのを感じることができた。何だろう……それが何であるか、探りあてることはできなかった。探りあてるというのが正しい言葉であるとすればだが。それでも、彼女のユリのように白い手は、保安官が一途に愛撫してきたその手は、保安官が買ってやった金の指輪をはめるための手は、いま彼女自身の股間を這い、中に吸い込まれる。彼女のあそこにあるのはまあ素敵なものには違いないが、そんなふうにあからさまに誘惑されるのは嫌だった。「ベル、頼むから！　お、お……俺は無事に戻ってこられるかどうか――分からない。あいつは乱暴な奴だから。で、ベル、俺が知りたいのは、つまり、その場に行く前に、ということだが、おまえは、いや、あいつが――分かるだろ、俺の言いたいことが。あのメキシカン野郎が――」保安官は息を飲み込んだ。「俺からそれを言うのは難しいんだ、ベル。だが、あいつのことを皆んながなんて言ってるか、知ってるだろ。俺はそれを知りたいんだ」そんなことを言うなんて、馬鹿だった。保安官は、こなければよかったと思った。少なくとも、そんなことを訊かなければよかった、と。

「さっさと鬼ごっこやってきなよ、保安官」と、ベルが氷のように言い放った。

保安官は、ぷるんぷるんと揺れ動く乳房を、柔らかな白い腹を、指が潜り込んでいく柔らかい毛に覆われた秘所をぎらつく眼で見ていた。そのとき、保安官は開いている窓に気づいた。かすかに卑猥な笑い声が聞こえてきた。微かな匂いも。そのクソ野郎のトレードマークだ。「ベル、おまえは――！」保安官は呆気にとられた。

「あの豚野郎が！」ベルは突然、しくしく泣きだした。シーツの上に体を投げだし、枕に顔を埋め、泣きながら体をわなわなと震わせていた。彼女が横になっていたシーツは、ひどく汚れていた。

保安官は、口のまわりの筋肉をぐっと緊張させ、眼を細めた。もう一度最後にベルの血のついたお尻をじっと見ると、踵《きびす》を返して部屋から駆け足で出ていき、階段を降り、ジェントリーズ・ジャンクション・ホテルから出ていった。

（メキシカンの盗賊ドン・ペドは、いろんな才能があることで知られているが、愛すべき魔女である母親が名づけたその才能ほど、人の注目を集めるものはなかった。重大であろうがなかろうが、どんな機会でも、準備万端だった。あの無限の頭脳の中に、どのような題材《ネタ》に対しても、果てしない種類の究極のコメントを用意している。甘口にあるいは辛口に、無言であるいは大声で、科学的にあるいは哲学的に、メキシカンがおのれの内奥に触れると、正しき言葉が神々しい輝きをまとって出現するのだ。奴の五臓六腑が複雑に反応して、憤怒には憤怒を、愛には愛をもって、しかし必ず卑猥なユーモアをまぶした言葉が出てくる。それは必ずしも完全に満足のいく完璧なものとは言えないが、しかし、それほど満足のいく言葉は他にない。ああ！　それこそ、われわれの嬉しい悩みじゃないか！　いざ来たれ、ドン・ペド！　友達になろうじゃないか！　それが汚いことなら、きれいに汚くいこう！）

保安官は、のろのろ辛そうに走っていた愛馬をフレムの雑貨店の前で止めた。時刻はちょうど正午で、天頂に登った太陽の陽射しが刺すように強い。鹿毛の馬は汗を滴らせ、口から泡を吹いている。保安官は馬から降りると、馬をつないで、店の入口の階段をドシンドシンと駆けあがり、店の中に入っていった。そこには、フレム一人しかいなかった。

「フレム、これから十分後に、あのメキシコ野郎に会う。ジェントリーとスルーも、やってくる。地区判事と連邦裁判官も、もうすぐ駅馬車で到着するはずだ」皆んなで力を合わせれば、できる！いや、やらねばならないんだ！「駅馬車はまだか？」

フレムは保安官を枠なしの眼鏡ごしに見あげた。いかにものんびりとして、噛み煙草をもぐもぐ齧《かじ》っていた。体の向きを変えると、一メートルぐらい先にある真鍮製の痰壺の中に、分厚い黄色い牡蠣のような煙草の塊を吐き捨てた。「いぃんや」と、引き延ばした声で。「まだや」

一瞬、ぎこちない沈黙が流れた。保安官は銀行家ジェントリーとスルー牧師の不在が気になった。

「なあ、フレム。ロープはあるか?」

フレムはため息をつき、もう一個の塊を痰壺めがけて狙いを定めた。のろのろ店を見まわして言った。「ああ、そういやぁ、一つありましたな」フレムは古ぼけた三つ脚の腰掛けに座っていたが、黄ばんで、曲がった人差し指で鼻から落ちようとする眼鏡のブリッジを何度も上に持ちあげていた。

「メキシコ野郎を縛るんやね?」

「その通り。奴を縛りあげるのは、俺一人じゃないぞ。フレム」

「なぁるほどぉ」年老いた店の主人は、声を引き延ばして言うと、その眼をふたたび痰壺に向けた。

「なぁるほどぉ」

「いいか聴けよ、フレム。お前も知っての通り、もし今度俺たちがメキシコ野郎をやっつけなかったら、この町は終わりだ。もしこの町が終わったら、お前も終わりだ」

「ああ、なぁるほどぉ。そういうことですかいね」フレムは真っ白な眉毛を持ちあげ、うんざりしたように眼鏡ごしに保安官を見つめると、残っていた唾を痰壺めがけて吐き捨てた。「そりゃぁ、保安官のあなたがやっていること、感謝してまっせ。ハンクはん。法律は、確かにええもんです」

店主はため息まじりにそう言うと、白髪まじりの顎髭を撫でた。「ああ、ええもんです」

保安官は、怒りがふたたびこみ上げてきた。だが、フレムに言い返す前に、ドアが開いた。保安官はくるっと向き直った。すでに銃に手が行っていた。スルー牧師だった。「来たよ、ヘンリー。これはいけないことだ。聖職に違反する。全能の神に対する罪だ。だが、やって来た」

保安官はため息をつくと、銃をホルスターに戻した。「来てくれて嬉しいよ、牧師さん。あと足りないのは、ジェントリーの奴と駅馬車だけだ」保安官はそう言うと、拍車の音を立てながら、ドアのほうにドシンドシンと歩いていき、外を観察した。通りには人の気配がなかった。いや、待て！　いたぞ。建物の縁をこっそりと這うようにやってくる。あの臆病者めが。保安官は振り返って言った。「ジェントリーがやってくる」ようやく事態がうまく行きだしたぞ。

「ちょいと聴いてくれはれ、保安官」と、年老いた店主が言うと、腰掛けの上で用心深く位置を変えた。「ロープは欲しいだけ持ってってもええよ。他に店の中で欲しいものがあるなら、何でもええよ。ええか？　ひょっとしたら、わし、援護射撃してやってもええけどな。わしのウィンチェスター銃で、この店の中からやけど。ひょっとしたら、の話やけどな」と言い、唾を吐いた。「だけどな、保安官。わし、通りには出ていけんのや。この腰掛けから動けんのよ。ハンクはん、わし、年寄りやさかい、この腰掛けから動けんのよ」

銀行家のジェントリーが脇のドアから靴音も立てずに中に入ってきていた。顔は陽射しを浴びてかちかちになった犬の糞みたいに真っ白で、ぶるぶる震えていた。ハーモン保安官は、まるでぼうーっとなったかのように呆然として三人を見つめた。老いぼれの店主と牧師と臆病な銀行家を。保安官は、チェッと悪態をついた。いま、この瞬間に愛馬に乗って、ここから出ていくべきかもしれん。もし行くところがあればの話だが。美女ベルのことを思い浮かべた。「分かった」と、静かに言った、「分かったよ。手荒な真似はしないでおこう。俺が一人であの野郎に会い、奴の武器を取りあげることにする」一同はそれを聞いてほっとしたように見えたが、誰一人、保安官のほうを見なかった。「お前たち腰抜けどもは、心配などいらない。何もしなくてもよい。お前たちにやってもらいたいのはただ一つ、俺があの野郎をやっつけたら、一緒にロープを持って外に出てきて、この町の他の意気地なしどもに、勝負がどうなったか知らせてほしい。それだけだ。分かったか？」

三人は暗い顔でうなずいた。誰一人、何も喋らなかった。しばらくして、フレム老人が声を引き延ばしながら、やんわりと言った。「駅馬車がやってくると、ええね。判事と連邦裁判官を連れてさ。そのほうが、気分もずっとスカッとなるはずや」

（ドン・ペド、あの偉大な悪党のメキシカン野郎、バンダナをその団子っ鼻まで引きあげ、金歯を見せた笑顔を隠そうとする。老いぼれまだら馬のわき腹に拍車を当ててよたよたしながらも、向こうから猛スピードでやってくる駅馬車の通り道をふさぐ。御者は顔面蒼白になり思いっきり手綱を引いた。砂埃が乾いた空に舞い、馬車は急停車する。バン！　バン、バン！　メキシカンの銃が火を噴く。ただのお遊びだ。ヒーヒーヒー！　馬車馬たちは、山羊みたいに後ろ足で立ち、汗をびっしょりかいて、興奮して嘶《いなな》く。「あ、ああんまり沢山、も、も、持っちゃいませんぜ。ドン・ペペド！」思わずちびってズボンを汚してしまった御者が叫ぶ。「ここっこれだけっ！」御者は気前よく（ああ、ここは土地柄、気前のよいところだ）座席の下から木箱を取り出し、下にいるドン・

ペドのほうへ投げる。小柄な盗賊は、その金庫を見事にキャッチ。その素早さは、つねに驚嘆に値する。それから金庫は、手品みたいに、瞬く間に奴の膨れた鞍袋の中に消える。「おい、友よ《アミーゴ》！そん中に誰が乗ってんだ？」メキシカンは太い土色の人差し指を馬車に向けながら、笑い声をあげる。「このペド様に、大都会から〈ホットでピチピチの奥方ども《カレンティータス・フレスキータス》〉を運んできたってか」御者は口をへの字にしながらも、こらえきれずに笑い始める。「中にいるのは——ヒーヒー！——ペド、判事どのと連邦裁判官どのと、その——ふふふ！　ぷっ！——そのご親族だよ！」メキシカンは空に向かって銃を一発ぶっ放す。「ヘイ！　全員出てこい！　豚みてえに、死にてえのか！　さっさと出てこい《アンダレ》！」男が二人、奥方が一人、少女が一人、馬車からネズミみたいに這い出てくる。喜んだメキシカンは、バンダナをどけて破顔一笑。分厚い唇と金歯を見せて。そいつは、いつだって見えるものなのだ。男の一人は、西洋ナシみたいに丸々と太っている。大きな黒い帽子をかぶり、髪は巻き毛の白髪で、ぶよぶよの唇がぶるぶると震えている。何も喋らず、ドン・ペドの笑い顔を見て、鼻からすすり泣きとも笑い声をつかぬ音を出し始める。もう一人の男は、連邦裁判官にちがいない。背が高く、そびえ立ち、堂々としていて、両目は曇りガラスみたいだ。ええい、クソ《ミエルダ》。メキシカンは、軽蔑してこのミルク野郎のほうを見ようとしない。その代わりに、奥方と少女をじっと観察する。連邦裁判官の奥方《セニョーラ》は気品があり、立派な胸と、長く表情豊かなまつげが目立つ。娘はか弱そうで、不安そうに母親にしがみつき、震えている。一方、ドン・ペド、その有名な太鼓腹をぶるんぶるんと揺らし、金ぴかの歯をきらきらさせて笑う。テントの杭を打つような音が聞こえ、あたりにサーカスの雰囲気が漂う。それから、少女はフレンドリーなメキシカンを見あげて、恥ずかしそうに微笑む。おお、子供たちは皆んな、なんとドンのことが好きだったことか――おっと、連邦裁判官の片手が、ホルスターのほうに素早く動く。メキシカンの銃が火を放つ。連邦裁判官の手は――スピュー！――手首からもぎ取られる。御者と、西洋ナシ野郎――判事ともいうが――どうも、愚か者みたいに、笑いをこらえることができないようだ。たぶん、それほど滑稽だったのは、連邦裁判官の顔に浮かんだ驚きの表情かもしれない。まるで何かを失ったのに、まだそれが何なのか、分からないというかのように。メキシカンの盗賊は、それからあれこれ指示を与える。それによって、連邦裁判官は、茫然自失のまま駅馬車の後ろに腰をおろし、判事はロープで連邦裁判官の足を――そのなんて言ったか、「車軸」だな――車軸に縛りつける。それから、判事は、連邦裁判官と同じように自分自身も縛りつけ、その間ずっと、太った阿呆の鳥みたいに、ティーヒーヒー、と笑いつづける。「あんた《トゥ》が、最初だ《ラ・プリメラ》」と、崇められる男ドン・ペドは、おどおどしている少女《チキータ》に微笑む。堂々と、見紛うことなき金ぴかの歯を見せつける。「たった一度だけだよ」いよぉ、ペド。天才！芸達者！　膨大な情報量を持って解決できる人！　御者と判事は、そんな悲しい笑いで眼に涙をたたえている。そしてついに、盗賊は世間を欺くように立ちあがり、ズボンを引きあげる。もっとも、いつものように前ボタンを留めるのを忘れている。「おい、立ちあがれ！」と叫ぶと、御者は笑いとも恐怖ともつかぬ形相で、不安そうな馬どもにぴしゃりとムチを加える。駅馬車は、まるで火をつけられた子犬みたいに、遠くに向かって走りだし、悪魔の二手に別れた尻尾のように、判事と連邦裁判官を引きずっていく。愛と情熱あふれるメキシカンは、歓喜の声をあげて巨乳のセニョーラ、連邦裁判官夫人を高々と持ちあげ、気難しいまだらの愛馬に乗せ、やさしく笑いながら、これがオレ流のおもてなしだと言う。奴の吐く息は、たぶんいい匂いとは言えない。だが、顔を赤らめた奥方は、気づかないようだ。奥方は小柄のドン・ペドの二倍の体格で、それだからこそ、まるまると太った盗賊は、その分だけ誇り高い笑みを見せる。白黒まだらの愛馬は、壮麗な荷を担ぎへとへとになりながらパカパカと魅力的な丘陵を登っていく。足を引きずって歩いている少女は、ああ、結局、あまりに繊細すぎて、二人が立ち去るところが見られない。）

ばかげたことに、駅馬車は十二時五分に到着した。ハーモン保安官は、その駅馬車の姿を見て、みじめに、愚かしく嘔吐するスルー牧師や銀行家ジェントリーに別れを告げると、怒りの炎を燃やしながら酒場へと大股で向かった。回転ドアを勢いよく突いて中に入った。ひと気がない。店内をじっと見渡した。誰一人いない。あのいまいましいバーテンダーすらも。ふたたびドアを乱暴に開けると、町でたった一つの本通りに躍りでた。本通りは東から西に、遠い地平線に、つまり、連綿と続く灼熱の地平線に向かって伸びていた。通りにはいまにも崩れそうな木造家屋が並んでいた。たいていが開店休業状態で、窓という窓はすべて布で覆い隠されていた。それは保安官に何かを物語っているように思えた。たぶん、こうしたことすべての不毛さとか。保安官は、ため息をついた。他に誰もいなかった。あのメキシカンと、たった二人だけだった。それにしても、あいつはどこにいるのか？

ジェントリーズ・ジャンクションの保安官は、背が高く、痩せぎすで、誇り高く、真昼のぎらつく太陽にその冷たく青色の眼を細めて、たった一人で、無言で埃っぽい本通りを歩いていった。ブーツの拍車のチャリンチャリンという音が、高いかかとによって蹴られた砂煙で少しだけにぶく響いた。太陽は真上にあった。ポケットから懐中時計を取りだした。十二時十分まで、あと二分だ。まさに始まっている。好むと好まざるとにかかわらず。まるで錨《いかり》を降ろすかのように、懐中時計をポケットにそっと仕舞った。右手が汗ばみ、ひりひりするのが感じられた。

きつい悪臭が鼻をついた。くるりと振り返り、両手をすぐに動かせるようにした。悪名高いメキシカンの盗賊、ドン・ペドは埃っぽい本通りのど真ん中、およそ三メートル後方で、ひっくり返したぼろバケツに腰をおろし、のんびりと薪のトゲで、楊枝よろしく歯クソをほじっていたのだった。分厚い唇をおっぴろげ破顔一笑すると、真昼の太陽に金歯がまぶしく光った。保安官は盗賊の熱い眼差しに向かって、氷のような眼差しを返した。いまいましいあのチビ野郎。いま、この場で二人きりになってみると、ちっとも怖くなかった。冷静に計算した足取りで、どこかに隠れた、数えきれないほどの視線が自分に向けられていることを意識して、保安官はメキシカンの盗賊に近づいていった。盗賊は両手に何か持っているようだった。太陽に輝く何かを。ナイフか？　拳銃か？　時計だ！　盗賊はにたにた笑いながら、金の懐中時計を上に掲げているのだ。保安官は分かった。俺の時計だ、と。保安官は用心深くそれを受け取った。見ると、十二時九分だった。まだ早すぎる。だが、それが何だっていうのだ。保安官は感情を抑えることができなかった。上から手を伸ばして、盗賊の銃を取りあげようとした。すべてが間違っている気がしたが、それでも手を伸ばした。死に神に手を差し伸べているような気分だった。すでにあの盗賊は、墓場の匂いのする死に神に手を届かせていた。それなのに、何の抵抗も見せない。保安官は盗賊の数丁の六連発銃を黴臭《かびくさ》いホルスターから引き抜いた。錆ついた遺物だ。そのうちの一つには、撃鉄すらついていない。保安官はそれらを遠くに投げ捨てた。まったく朝飯前だ。保安官はぶつぶつ不平をもらした。結局、昔ながらのペテン師か。後ろを振り返って、フレムと他の連中にロープを持ってくるようにと合図を送った。そのとき、軽くカチっという音がした。手がすばやく動いた。自分のホルスターが空っぽだった！ジェントリーズ・ジャンクションのヘンリー・ハーモン保安官はくるっと一回転すると、日に焼けたハンサムな顔のど真ん中に自身の拳銃の銀の銃弾を浴びたのだった。

（あの偉大なメキシカンの盗賊、ドン・ペドは白黒ぶちの愛馬に跨《また》がり、沈む夕日に向かっていく。保安官の銀のバッジは、宝石よろしく、突き出た腹にピンで留められ、鞍袋はびっしり満杯で、金歯は沈む赤い夕日を最後まで浴びて輝く。パカ、パカ、パカ、パカ。ジェントリーズ・ジャンクションの皆さんよ、あばよ《アディオス》！　背後では、大歓声のお祭り騒ぎ！　ああ、あとあとまで忘れられないこの瞬間！　商店の主人も銀行家も牧師も、皆で絞首台から笑顔で踊りまくる。ウィスキーが体じゅうを駆け抜ける。火炎が薄暗い空に伸びて、女どもが陽気な叫び声をあげる。素晴らしい情景だ！　栄えある光景！　ああ、残念だな《アイ・デ・ミ》！　旅立つのは、なんと悲しいことか。そうだな、愛馬よ。だが、それが人生というもの、そうじゃないか？　だから、ヒーヒー！　アディオス！　パカ、パカ、パカ、パカ。西の空に最後に輝く夕日を浴びて、赤く、赤く小さな五角形のバッジが輝く。）

ギルダの夢

どこか南のほうの外国で起こった出来事のようだったわ。アルゼンチンかもしれない。スペイン語が話されているし、ドイツ語や英語、イタリア語もフランス語も、その他の言語もあれこれ、話されていたから。ひょっとしたら、ほかの場所かもしれないし、この世界じゃないかもしれない。あたしは男性トイレでストリップみたいなことをしていたの。どうもそれが得意みたいだった。もっとも、奇妙だったのは（まるでストリップを可能にさせるかのように、あるいは必要とすらさせるかのように、ちょうど戦争が終わったばかりの時代だった）、言ってみれば、あたしはどん底から這いあがりつつあるということ。徐々に頂点に登りつめるつもりだった。ただし、顔は目を除いて、完全に仮面で覆ったままで。その目は外を凝視していたわ。どういうわけか、目は自らを見つめ返していた。つまり、見つめていることを見つめていたの。そう、そこは男性トイレで、おそらく鏡があったのよ。「ご婦人方のせいにしたら」と、あたしが言うと、一斉に不満の声があがった。トイレにいる接客係があたしの三つめの金玉（あたしはそれで縁起担ぎをしている）を見て、あたしのことを「百姓め」と呼んだのよ。たぶん、いい意味でそう言ったのかもしれないけど、彼の命を助けてやったばかりなのに。それとも、それは別の人の命だったのかしら。何ひとつ、はっきりしなかった（壁に映る影みたいで）。あたしが危険な状態に置かれているという事実を除けば、何ひとつ。あたしはばらばらの欠片《かけら》になりかけていたの。欠片の中には、あたしのものではなくなったようなものもあるわ。「ギルダよ、片方の靴を手渡すだけでは、世界征服など、できないぞ」何ですって？　あたしは恐怖にとりつかれた。頑丈なドアがついたトイレの個室に隠れて、あたしをこんなふうに怖がらせるこの男は何者なの。あたしには分かっていた、この男がドアの隙間からあたしをじっと見ている、って。なぜなら、あたしは彼の目で自分自身を見ることができるから。彼の目から見ると、あたしは脅威的な存在にも、望ましい存在にもなった。ということは、この部屋に満ち溢れる恐怖は、あたしではなく、この部屋自体のものだと理解できた。ふとあたしは自由に、完全に自由になったの。あたしはトイレの接客係に銃弾をぶっ放した！　ドイツ人たちを撃ち殺した！　頭をひょいとあげ、手袋を脱ぎ、とても奇妙な感情に襲われて――また、ひとつに戻った！でも、そのとき、秘密の武器がカチっとなる音が聞こえ、あたしは気づいた。あたしがこの男に降伏するなんて（すでに起こってしまっていて、必ずしも上品なやり方じゃなかった）、このカテゴリーの映画じゃありえないことだ、って。あたしは賭けに出て、負けてしまったの。あたしのプライドも、あたしのペニスも、あたしの手袋も、あたしの謎めいた美貌も、あたしの素敵な名前も、何もかも。もはや元の世界に戻ることは叶わない……

フレームの内部で

　枯れた雑草がタール舗装された埃《ほこり》っぽい通りを転がっていく。通りには、いまにも崩れそうな低い木造の家が立ち並んでいる。蝶番《ちょうつがい》が緩んだ網戸が、繰り返しバタバタと音を立て、その近くで、看板が風に吹かれてキーキーと耳障りな音を立てる。痩せた犬が通りすぎる。通りのへりでそれとなく何かを嗅ぎながら。また枯れた雑草が転がり、網戸の鈍くバタバタいう音。ついに、バスが止まる。バスの窓という窓は、埃と脂《やに》で曇っている。看板がキーキーいう音は聞こえるが、見えない。通りをくだると、ある若い女性がドアを開け、外を覗くが、ドアは内部の暗さに縁取られている。商店の屋根の上で、何かがこそこそ動き、遠くのほうから軍隊の行進曲が聞こえてくる。バスのドアが開き、男が二人降りてくる。短い口論があり、一人がもう一人を銃で撃つ。その間、女ボスみたいな人物が調停者のように、家の門のところで待っている。深刻そうだが、期待をこめた表情だ。店のレジの音がして、何かが買われたようだ。遠くのほうに、誰も乗っていない馬が見えて、その横腹は震え、汗で光っている。またもや軍隊の行進曲。着実に近づいてくる。屋根の上の人影は、インディアンだ。背の高いある男が窓辺で、ぐったりした女性を両腕に抱いている。カップルが両手をつなぎ、あらん限りの声を張りあげて歌い、くるくる回りながら通りすぎる。この光景には、驚嘆すべきものがある。空が、まるで嵐の前触れのように暗くなる。ゴージャスなドレスを着た淑女がバスから出てきて、後からニグロの召使いがついてくる。インディアンが歯にナイフをくわえて、屋根から飛び降りる。誰かの叫び声。開け放たれたドアから見えたが、家族と一緒に食堂のテーブルにいた背の高い男の声だ。軍隊の行進曲は、マーチングバンドが通りをこちらにやってくるにつれて大きくなる。ひときわトランペットの音が鳴り響く。ニグロの召使いはいくつかの旅行鞄、トランク、帽子箱をバスから降ろす。ガンマンが見守るなか、四人の男がある建物から勢いよく出ていき、彼らの背後でドアがバタンバタンといっている。四人の男は別の建物の中に入っていく。バスの後輪の近くに縛りつけられた一匹の犬が悲しそうに顔をあげる。まるでそこにいない主人を探すかのように。主人は恐らくそこにいることなどなかったはずなのに。パチンコを持った少年が、墓場のそばで誰も聞かない独り言をぶつくさ言っている老人に狙いを定める。これより前に、遠くのほうで馬が嘶《いなな》き、たてがみを激しく横に振るのが見える。そのとき、軍隊の行進曲がいきなりやんだ。いま、金持ちの淑女がボロボロのホテルに入っていき、気の利くボーイたちに囲まれる。後からニグロの召使いがついていくが、見るからに四苦八苦しながら大荷物を運んでいる姿が笑える。トランプ賭博をやっている連中の一人が怒って手持ちのカードをディーラーに投げつける。やっかいなことになりそうだ。どこか路地のほうで、ゴミ箱の蓋が威嚇するような音を立てている。これらすべてのシーンは暗闇に包まれている。歌をうたっているカップルがふたたびくるくる回りながら通りすぎ、あっちの方向に向かう。こんどは二人とも、縁がぱりっとした白いタキシードを着ている。雷鳴と稲妻。マーチングバンドの唯一の生き残りの奏者がぼこぼこになったトランペットを回収して、挑むようにそれをつぶされた唇に持っていく。ガンマンはふたたびバスに乗り込もうと振り向き、白髪まじりの老保安官に制止される。二人のあいだに何が起こるのか、半ば隠れて見えない。というのも、二人の前を六人の若い女性たちが肩をいからせて通りすぎるからだ。一斉にこちらに背中を向け、スカートを頭の上まで捲《まく》りあげる。まるでこのような動作で、彼女たちの〈玄《そ》関口《こ》〉の無防備を暗示するかのように。明るい照明のついたホテルのロビーに笑い声が起こる。ひょっとしたら、それはブリキの屋根に当たる雨の音にすぎないかもしれない。保安官は例のインディアンを撃ち殺す。あるいは別のインディアンか。バスが出発して、通りにあるいくつかの家のドアは閉まっている。そのうちの一つで、涙が上向きの目にきらりと光る。妙な顔つきの男がぎこちなく通りすぎる。前方をじっと見据えたまま、雨に濡れたタール舗装の道路を横切るのだ。ドアがふたたび開き、若い女性が外をのぞく。前と同じドアだ。同じ暗い室内。それ一つだけではない安心感。もう一度見えたキーキー音を立てる看板の下に、男が一人、帽子のつばを目の上まで引きあげ、木製のポーチから一時的に降りてくる。どこかで、突然グラスが粉々に割れる音がして、ピアノの演奏が聞こえてくる。背骨を痛めた犬が主人の探索を諦めて、篠つく雨の中で、痩せた頭を垂れている。いや、それはバタンバタンいっている網戸の音か？　網戸の音か？

デイゾルヴ▼1

女は崖っぷちにしがみついている。両足は空を蹴り、手の指先の土も崩れかけている。ずっと下のほうから、波の砕けるような音がかすかに聞こえてくる。男は拘束から逃れようもがき、ロープを噛み、山小屋のドアにぶつかっていく。女は崖のへりがぼろぼろ崩れるので、悲鳴をあげるが、その悲鳴も突風にかき消されてしまう。ついに男は激しくドアに突進して粉々に砕き、前に転げる。ロープに縛られたまま、ぎこちなく大きな動きで崖のへりのほうへ向かう。女の片手が消え、それからふたたび現われる。必死に別の手が掛けられるところをつかもうとしているのだ。男はよろめきながら跪《ひざまず》き、それから立ちあがる。体が前方に投げだされ、ロープがまるで捨てられた新聞紙みたいに、するすると飛んでいく。近づいてくるバスを呼び止めるように。女は解放され、バスの空いている席に座る。二人の目が合う。「おい、前にどこかで会わなかったか?」と、男が言う。

女は微笑みかえす。「たぶんね」

「わかったぞ」と、男は言い、口から煙草の吸いさしを取りだす。「マイクのところの踊り子だろ」

「踊り子？」

「そうだよ。そのセクシーな脚には見覚えがあるぜ。顔はどうも思いだせないが」

女はふたたび微笑む。男の膝が崩れおちそうになるような微笑み。男は頭上のつり革をつかむ。

「あたし、確かにマイケル神父の〈酒場〉でお手伝いしてるわ。レフティって名で――」

「神父？　レフティだって！　ちょっと待ってくれ。おいおい。きみは、あの痩せっぽちの悪ガキじゃないよな、昔――」女の降りる停留所についた。彼女は微笑みながら立ちあがり、バスから降りていこうとする。「ヘイ、どこへ行くんだ？　どうしたら、きみに会える？」

女はドアのところで立ち止まる。「マイクの酒場よ、あたしの踊りを見にきてね。レフティよ」と言いながら、女はバスから降りていく。スカートの中が突然吹いてきた風でいっぱいになり、片手でスカートをおさえ、別の手で風に飛ばされそうなつば広の帽子をつかむ。教会のほうへ急ぎ足で向かいながら、ちらっと顔を上げて、悪戯《いたずら》っぽい笑みを男に向ける。バスはふたたび走りだし、女に追いつき、追い越す。女の体は、後ろに向かって滑っていくかのように、バスの窓を通過して、まるで男の記憶から――少なくとも、男の目に見える範囲から逃れるかのように、窓枠から窓枠へと消え去る。「待て！」運転手は躊躇する。男は銃《ハジキ》をカモの耳に突っこむ。この女は、俺にとっちゃ、最後のチャンスみたいなものだ（そう思ったものの、男にはそれが何を意味するのか分からない。ただ漠然と自分の母親のことを考えていた。いや、霧の中にいるような母親のことだったか）。女の姿は消えてしまう！　あの女によって喚起された何とも言えない思慕の念は、いまや、どっちかと言えば、恐怖、悲しみ、欲求不満（この世界で、あるものはひどくカチカチなのに、別のものはゼリーみたいにフニャフニャなのは、なぜなのか?〉、怒り、憤怒のような感情に変わる。どうして、あの女はこんな仕打ちを俺にできるのか？　男は目を細めて女の喉を締めつける。すべてが動きを止める。一瞬であれ、時間自体も。やがて、遠くから警察の警笛の音が聞こえてくる。男が両手を女の喉から離すと、女の身体は崩れ落ちる。男はつめたいうなり声をあげ、夜霧の道路の中に消えていく。あたかも魔力を見せびらかすかのように、肩マントをはためかせて。

悲鳴があがる。死体の発見。刑事の顔に決意のこもった表情が浮かぶ。跪き、女の上に身を乗りだし、渦巻くように出てきた霧を見る。いったいどんな奴にこんなひどいことができるのか？　人間の心の奥深いところにあるものには、つねにびっくりさせられる。「どうも、また絞殺魔の仕業のようですね。むごい手を使って」「そのようだな……」「こんな霧の夜じゃ、犯人《ホシ》を見つけられません。夜の中に溶けこんでしまって」「いや、見つけるさ、巡査部長。それから、決めつけるのはやめたまえ」人々は、往々にして心には愛があると捉えるが、職業柄、刑事はそうでないことを知っている。心はもっとも暗く謎めいた迷路であり、残虐、疑念、堕落、猥褻《ごまかし》が、暗い悪魔のように潜んでいる。愛というのは、そのことを覆い隠す、もっと容赦ない病的な仮面のひとつにすぎない。心の排水溝を散歩することは、地獄を徘徊することに等しい。角を曲がるたびに、こちらを狼狽させるような驚きが、あるいはぞっとする残虐行為が現われる。助けようと手を差し伸べると、その腕が肘まで、粘り気のある、なんとも表現できない汚物の中に引っ張られる。大声で叫ぶ――親しげな「こんにちは！」という挨拶であっても――と、ぞっとするような笑い声が、目に見えない羽が、不気味に羽ばたく音のように返ってくる。それでも、すべてが失われたと思われたとしても、まだ遠くにかすかな光の揺らめきが見える。最初は、ほんのちっぽけなものだが、すぐに明るい光として湿っぽい壁を照らし出し、口を開き、それから太陽が燦々《さんさん》と降り注ぎ、緑なす野原へと出て、男の心には歌が沸きおこり、現に男の口からも、女の口からも歌がこぼれ落ち、丘の向こうから男に応える。二人は両手を挙げて、互いに向かって走っていく。夏のそよ風にのんびりと服をはためかせながら。

二人は三つ葉の畑を、芽吹いたばかりの小麦の畑を走っていく。腰まで届く雑草が、二人の身体をかすめる。葦の中を、イグサの生い茂った中を、垂れ下がる蔦の中を行く。男はセコイアスギの森を、黄金色の砂漠を、ぎらつく都会の道路を走り抜け、一方、女は山腹を下り、地下鉄の階段を昇り、スポットライトを浴びた舞台を、六車線の高速道路を横切る。二人の走るスピードはどんどん早くなる。歌も、まるでどこかへ、それ自身の目標に向かって競争するかのように、どんどん湧きでてくる。その間、背景がすばやく通りすぎ、ぼやけたさまざまな画像となり、まるで二人が目いっぱいせき立てられて、どこかに向かって走っているかのようだ。時間は風のように、二人のそばをすばやく過ぎさり、女のスカートを大きく揺らし、ネクタイを肩から吹きあげる。二人が互いの腰に腕をやりながら、船の船首から大きく波打つ海原を見渡すと、思考や夢の中で一瞬見失われた新世界での新生活が見えてくる。それとも、ただの別世界か（実際、二人はどこに行こうとしているのか？）。「僕たちは故郷に向かっているんだ」と、男が言う。まるで女の声に出さない（いや、ひょっとしたら声に出した）質問に答えるかのように。「もう走る必要はないんだ」

「あり得ない話だわ」と、女はため息をつく。もの思いに沈んで、二人が向かう先にある沈む夕日を眺める。

二人のもの思いは、荒々しくさえぎられる。海賊が乗り込んできて、女を凌辱し、男を殺すからだ。海賊は船荷を略奪して、船を沈める。その前に、女が木の義足をつけた船長の暴行に抵抗して、船長の鼻を嚙み切るのだ。「何でごどを！」と、船長は言葉にならない叫び声をあげ、顔の真ん中にできた穴をつかみ、沈みゆく船の中を義足でよろめきながら歩きまわる。すでに運命が決まっている女は（彼女の首を刎ねることになる短剣がシューっと音を立てて潮風の中を向かってくる）、暗い顔をして口の中で船長の鼻をもぐもぐやっている。まるで雌牛が自分の糞をもぐもぐ嚙んでいるみたいに。ちょうど、新世界での、ハラハラすることは恐らく減るだろうが、もっとマシな生活の中で女が飼ったかもしれない雌牛。乳房は膨らみ、乳首は長く白い肥えたまだらの雌牛。それほどの量ではないが、人間が授乳するのと同じくらいのミルク。もちろん、女が知っていることはそれがすべてで、うらぶれた風がすさぶ牧場に放りだされて（風がピューピュー吹くのを聞いたら、相当ビビってしまうだろう）、女の飲んだくれの父、頭《おつむ》の弱い弟と一緒にいるのだから。弟と父はその乳搾りの手をつかもうと女を叩きながら、でこぼこの壁板の節穴にチンコを突っこんだほうがいいぜ、などと言っている。「突っこむ」って、どういうこと？　あたしにどうして分かるっていうの？　人生の高等教育を受けていないのだから。学校を卒業するとか、寄り道をするとか、煌々《こうこう》と灯りがともる映画館とか、観覧車や風船ダンスや未来生活《フューチャラマ》の展示のある大々的な国際見本市など。でもちょっと待って。いつかは……。女は涙ながらに牛の乳を搾りながら自分自身に誓う。女は老いた雌牛《ボッシー》のまだら模様の脇腹に寄り添って、輝く鎧《よろい》を身につけた若いイケメンの騎士《ナイト》の姿を見ている。鎧とまでいかなくてもびしっとしたスーツを着て馬に乗り、草ぼうぼうの平原を早駆けでやってくる。馬のひづめが砂塵を蹴散らし、女をさらっていく。こんなシケた牧場から、めくるめく大都会へ、エキゾチックな島々へ、愉快な夜会へと。突然、女は宮殿のような舞踏場にいる。雌牛の脇腹から音楽のような、さざ波の音がする（このダンスは女に敬意を表したもの！）。あるいは、ぴかぴかの車から降りて、タキシードを着たウェイターがお辞儀をして、女を丁重に「奥様《マダム》」と呼ぶ高級レストランに入っていく（足のあいだにあるバケツの中にミルクが勢いよく噴きだし、自分の高揚した気分に共鳴する。というか、奇妙なことに、それこそが高揚した気分そのものなのかもしれない）。さもなければ、そこはギャンブル場のテーブルか、園遊会の会場、あるいはファッションショーか競馬場。いちばんいいのは、天蓋つきの大きなベッドに寝そべり、召使いたちが出たり入ったりして、自分の望むものをなんでも好きなだけ持ってきてくれること。

いや、いや、女はそこに何も見ていないのだ。ただ自分に都合のいい思いこみ。この世界の中には、地面それ自体と同じくらい堅固で不変のものがあるのだ。何より、雌牛の疥癬《かいせん》にかかった老いた尻を見ればよい。奴の放つ悪臭は、まるで女をこの風通しの悪い大草原に永遠に閉じこめる、不潔で頑固な防壁みたいだし。まるでゴムみたいに弾力のある乳首を持つ分厚い泥壁のようなものだ。現実世界の侵入を食い止める腐臭のする壁（光いっぱいの！　音楽のあふれた！　女は現実世界に思いをはせる）。骨のバリケード、巨大な不動の便所。ドアもなく、見捨てられたそれ。雲が低くたれ込めた空に聳《そび》える、登攀《とうはん》できない城壁。イバラの生け垣。オナラをぶりぶり言わす要塞。塹壕溝と蚤の噛み跡だらけの土塁が一緒くたになったもの。ねばつく臭気（ああ、なんと痛む心！）。

無人地帯。忌まわしく侵入不可能な森。越えられない奔流。底なしの深淵。ゾンビの棲む沼。薄暗がりに矢鱈《やたら》と連中の手が伸びてくる。あたりでは腐敗臭が鼻を突く。男は千鳥足で、あえぎ、びくびくしながら歩いていく。流砂に足を吸い込まれそうになり、歯のない歯茎に肘を嚙みつかれ、どうしてこんなところに行き着いてしまったのか、思いだそうとして——何らかの落下か、飛行機の墜落か、失敗に帰した人類学的な探検か、難破か、それとも銀行へ向かう途中で曲がる角を間違えたとか。なるほど大金を携帯している。バケツいっぱいの現ナマ。それをゾンビたちに投げつける。奴らはそれを鷲づかみして、サラダみたいに、膿だらけの口の中に突っ込み、むしゃむしゃ耳障りな音を立ててがっつく。紙幣が奴らの口や、ボロボロはがれつつある頰に開いた穴から、いやらしくひらひら顔を出す。

現ナマが奴らの気を引き、そのあいだに男はゾンビの沼地から抜けだし、もっと高い台地に逃げのびる。そこで、羽目板を張った、崩れ落ちそうな古屋を見つける。窓は暗く、ドアが風に揺られてバンバン鳴っている。転げるように中に入ると、バタンとドアを閉め、それに背をもたせかける。外から奴らの音が聞こえてくる。何かを引っ搔いたり、ゲップをしたり、ばらばらになりかけている身体の一部がこぼれたりする音。まるで食欲自体が純粋な抽象概念であるが、肉体をとって初めてそれが可視化し、しかし、肉体によって拘束されるしかないかのように。手がひとつ窓を叩き壊し伸びてくる。男は箒《ほうき》の柄でその手を叩く。すると、その手は粘土で作った鳩みたいに、ばらばらに飛び散る。手首がぬっと現われ、まるで消えた手の指を闇雲に探すかのようにあちこち動く。男は家具をドアや窓の前に立てかけ、バリケードを作る。ハンマーと釘を見つけると、食器戸棚のドア、棚、テーブルの台をはがして、息を切らしながら、それらを何重にもありとあらゆる外から入れる部分にあてがう。その作業が終わると、女がコンロでホットケーキとベーコンを焼いてくれる。「確かに売りにくるセールスマンが悪いわけじゃないけど、ほとんど役に立たないものを買って忘れちゃうほうが高くつかない？」と、女が言う。男はため息をつく。空気はなぜか淀んでいる。まるでわざとらしさか、笑い声が原因であるかのように。まだ外にはあいつらがいるのか？
「すげーじゃん、父ちゃん」と、息子が高い声で言う。父親の作ったバリケードを皮肉まじりに褒めながら。「てことは、僕、きょう学校行かなくていいのかな？」

「天井裏の、いつもの出口から排水管を通って外に出られるだろ、ビリー。いつも土曜日にやってるみたいに」と、母親が答える。ふたたび、外から気のめいるような騒音が聞こえてくる。

「よせやい」と、父親が不満を述べる。「ぜんぜん、おかしくないぜ」だが、どうも賛成してくれる者はないようだ。ベーコンは自分好みにカリカリに焼いてくれているが、結婚生活が崩壊しかけている、と感じて、男は惨めになる。結婚生活でないとしても、何かが……。

「あらっ。お父さん。すてき！」と、娘が朝食のために起きてきて、叫ぶ。「まるで大きな三目並べ盤ね。一体なんのためなの？　ハリケーンか何かに敬意を表して？」

「その通りよ」と、母親が言う。「その名も『風にはシーツ三枚重ね』って言うの。でも、ハニー、いい加減にして、犬を中に入れてくれない。もう一時間もドアをカリカリやってるし」

「ワオ。シーツって言えば、昨夜、すごく変な夢を見たわ」と、娘があたりに漂う無意味な雑音を無視して言う。父親は椅子にへたりこんで、ここでの問題は、誰も聞いていないことなのか、それとも、誰もが聞いていることなのか、思案に暮れている。「あたし、とっても変な町にいて、そこでは何から何までが始終変身しつづけるってわけよ。たとえば、家から出たと思ったら、家が馬に変身したり、ゴルフ場が飛行機みたいに離陸して空を飛んだりして、足もとの道路がいきなり食堂のテーブルに変わったり。壁に寄りかかっていると思ったら、そこが崖っぷちだったり。車に乗ったと思ったら、そこは映画館のロビーだったり。誰か知らない人がやってきたな、と思っていたら、目の前でピザに変身したり、パーキングメーターに変わったり。ビリーも一緒にいたけど、彼はまるでピンボールマシーンみたいになって、玉を打つために、小さなバネをぐいって引っ張って」

「そいつは馬鹿げてる！　ピンボールマシーンは、女の子だぞ！」

「どうりで、ベッドが濡れていたわけね」と、母親がため息をつく。

「母さんもいたわ。ストリップショーみたいなところで、コーラスラインやってて、ダンサーたちが皆倒れて、デブのフリークスになっちゃって。片方のおっぱいがするりと股のあいだまで伸びてきて、『バケツを頂戴！　バケツを頂戴！』みたいなことを、絶叫してたじゃないの。お父さんは夢の中にはいなかった。少なくとも、あたしは気づかなかったわ。でも、誰だか、お父さんの振りをしている人が、ドアに釘を打ち続けていて、自分は『愛すべき父ちゃんだ』って、中に入れてほしいって言ってた。でも、あたしには分かってた。それがお父さんじゃなくて、狼人間だって。必死になって人間に戻ろうともがくけど、戻れないのよ。そんなわけで、何から何までが変身してたってわけ。どっちにしても変身するはずのものは別だけど」

「あなたの父親だけど、いまどこ？　ちょっと前までここにいたけど」

「さあ。顔色よくなかったし。ぼんやりしたっていうか」

「やったあ。父ちゃんのホットケーキ、もらっていい？　母ちゃん」

「お父さん、今月分の住宅ローン、払ってくれてたらいいけど」

「ともかく、小人だけの野球チームがあって、選手たちは皆、先史時代の恐竜になってしまって、突然、町を襲いはじめ、そのまま、住民を食い尽くそうした、まさにそのとき、舞台は歌と踊りのシーンに一転して、主役の恐竜がバレエみたいなのを聖母マリア様と踊ることになってね。ちょっと前まで、聖母マリア様は折りたたみ椅子だったのに。恐竜とマリア様の踊りは、そのうち喧嘩になり、互いにレーザー銃を使って相手を攻撃したり、境界線の破壊がどうのこうのと大声で叫び合ったりして。そのとき、船が沈んで、誰もが海の中に落ちるの。全員が下のほうにプカプカ漂っているのが見えて、彼らはあるでかいお尻の前を通りかかるけど、なんとそれは浴槽の中の死人のものだと分かるの。その死人が一体誰なのか、知ったこっちゃない！　ふと思ったのは、もし何から何までもが変身してるなら、あたしも変身してるに違いないってことだったの。そこで鏡を見ると、あたしは鼻を平たくしたり、ぴんと尖らせたりすることができて、顎を額まで伸ばすことも、両方の頬を羽みたいに広げることもできたのよ。それでも、あたしには、何か変わらないものがあるように感じられて。正確に何とは言えないけれど、それはあたしの内部にあるもので、何か、ただあたしとしか言えないもの。実際、そういう、何ものかがなければならない。そうあたしは思った。でなければ、何ごとも意味をなさなくなるし。それにしても、それは一体何なのかしら。誰がそこにいるのかしら。あたしは好奇心に駆られて、一緒にいた女性に訊いてみたの。きみね、俺のこと思うとき、どんなことを想像するって。ただし、目に見える物理的なものじゃなくて。俺の傷とか、俺のあそことか、下着のうんちの跡とかじゃなくて、触れることも目で見ることもできないものじゃないとダメだよって。すると、その女性が言うには、『そうね。あんたのことはマジなガンマンだって思うわよ、保安官。でも、ひどく神聖なものに欲情するタイプの人間ね』」

「彼女がそう言ったのかい？」

「そうだ」

「とんでもねえ。どうする、保安官？」

「まあな、撃ち殺してやった」と、言うと、保安官は口の中で痰《たん》をまるめて、痰壺めがけて吐きだした。「女が俺にやり方を変えてくれって、頼みだしたら——バーン！——女どもの性根を入れ替えてやるんだ」保安官はグラスをぐいっと傾けて酒を飲み干すと、カウンターから身体を離し、回転ドアのほうに用心深い視線を向ける。「教えてくれよ、相棒。一体、俺の内臓が動いてるのか、それとも、この酒場がどこかに向かってるのか？」

「俺の考えじゃ、何ごとも長いこと、じっとしちゃいねえ。だから、しっかりつかまって、旅を楽しみな、奥様」

「奥様？」

「はい、すぐにそこに着きますぜ」

「そこって？」

▼1　ディゾルヴ　映画用語、溶暗。二つの映像をわずかずつ融合させたり、数秒間重ね合わせたりすること。

ルー屋敷のチャップリン

彼はまるで驚いたかのように、しばしそこに佇《たたず》むが、タップダンス用のスラップシューズは外向きに広げ、だぶだぶのバギーパンツはウエストまで引きあげ、ぼろぼろのジャケットは、入念に一つ残らずボタンを留めて、そう、そこはまぶしくシャンデリアが煌《きら》めく玄関ホールの真ん中で、すぐそばにかしこまった肖像画の額ぶちのように磨き立てた手すりが頭上にくねって上にのびる大きな階段があった。やがて黒色の山高帽の下で、瞼《まぶた》をカメラのシャッターみたいに閉じたり開いたりする。竹でできた杖や肘、膝を曲げながら、あたりを見まわすが、ちょこんと鼻の下に乗っかったみすぼらしいチョビ髭が、何かを期待してぴくぴく動く。腰を屈めて、階段の片側の縁沿いに飾ってある大きな葉を持つ観葉植物に鼻を近づけて、くんくんと匂いを嗅ぐと、箱の蓋を取りあげ、絵画の背後を覗く。階段のそばのドアの上のほうに飾られていた、大きな枝角を持つ鹿の頭を竹の杖でこつんと叩くと、広間の鏡に向かって歯を見せて笑って見せる。山高帽をちょっと前に傾けて、ぴかぴかにワックスを塗られた、チェッカー盤みたいに四角い黒と白の大理石の床の上を、風に流されるようにぴょんぴょんと踊りながら進む。床や絵画の表面、鏡、磨き立てられた階段の手すり、水晶のシャンデリア、それらすべてが、出所の分からない明るい光で煌めいている。この光の中を怖じけずに気取って進むが、帽子掛けに喧嘩を挑んだり、つづれ織りのカーペットに向かって鼻水を飛ばしたり、山高帽を脱いで甲冑にかぶせたりする。杖をチョッキのポケットに引っかけ、ホールのテーブルの上の箱から小さな葉巻を一本取りだし、甲冑《よろいかぶと》に向かって、どうぞと差しだす。何、いらないの。それでは、我が輩が、とばかりに自分自身に差しだし、葉巻を受け取り、甲冑に愛想笑いで感謝の気持ちを示す。ジャケットを軽く叩き、ズボンの奥深くまで手を伸ばし、ポケットの中袋を引きだす。穴以外には何もない。甲冑に火を所望する。返事はない。前に身を乗りだし、胸当てを杖でコンコンと鳴らし、びっくりして飛び退く。と同時に、反響音を和らげようと手を叩く。片方の耳を甲冑に押しあて、脇の下をクンクン嗅ぎ、兜の面頬《めんぼお》を持ちあげ、なかを覗きこむ。下を見る。上を見る。ずっと下のほうを。肩をすくめる。面頬をおろす。と、口にくわえていた葉巻の先がちょん切れる。短くなった葉巻にびっくりする。顔をしかめ、再度、面頬を開けて、中にちびた葉巻を投げこみ、まるで罠から逃げるかのように、飛び退く。葉巻をもう一本失敬して、ちょっと考えて、予備の葉巻をさらに二本、両耳の裏に一本ずつ頂くことにする。ついでに箱までこっそり頂戴しようとしたそのとき、頭上高く、階段の踊り場に、美しく、妙に不気味な若い女性が長く白いガウンをまとって立っているのに気づく。恥ずかしそうに、葉巻を一本差しだし、手に持ったもう一本は背中にやり隠す。彼女は彼ではなく、彼の背後をじっと見る、うつろな感じで。彼は箱をテーブルに戻し、それを撫でて、申し訳なさそうに彼女に向かって笑う。それから耳の裏に載せていた二本の葉巻を戻す。どうやら背後にはまだ一本持ったままだ。それから、山高帽のつばに手をやり、膝を折ってお辞儀をすると、戸口のほうに後ずさりして、玄関ホールから出ていく。

ドアをしっかり閉めると、額の汗を拭い、うまく手に握っていた葉巻を取りだし、気持ちよさそうに口にくわえ、火を探す。大きなキッチンに探しに出かける。食器棚があり、サイドボード、食料貯蔵庫、深鍋、平鍋、きらきら光る皿がいっぱい収められた扉のない棚、小さなフックに引っかけられた白いティーカップ。それらはまるで靄《もや》がかかって幽霊の出そうな、キッチンのうす暗がりの中で明るく輝く。ソーセージやタマネギがあり、ハーブの束が頭上の梁《はり》からヒモで吊り下げられて、暖炉には、ときたま発作的に赤く燃え立つ火があり、その上には鉄製のヤカンが自在鉤《じざいかぎ》によって吊るされている。近くにあるのは、薪の山、炭ばさみ、火掻き棒、藁箒《わらぼうき》。壁の傾いた金属製の飾り板には、〈故郷にまさる場所はなし〉という刻印。焼きたてのカスタードパイが、熱を冷ますためにカウンターの上におかれている。そのそばに、キッチンのさまざまなはかりや木製の麺棒。

チャーリーは、まるでそれらのものが自分の穴だらけのポケットからこぼれ落ちたものであるかのように、一つひとつ手に取ってみるが、ふと気づくと、そこにいるのは彼だけではない。部屋の真ん中のテーブルを前にして、分厚い髭をたくわえた、禿げ頭の大柄な男が座っているではないか。幅広のサスペンダーでズボンを吊るし、真っ白なナプキンを二重顎の下に挟み、湯気の立っているスープボウルを前にして、なぜか悲しそうな目つきをしている。小さな蟹歩きでぐるりとまわり込んで、その男のところに近づき、それでも、距離を保ったままへらへら笑いながら、火を貸してくださいい、と頼む。デブの大男は、スープボウルから顔を上げさえしない。チャーリーはスラップシユーズのかかとで後ずさり、男をじっと見つめ、それからスープを、また男を見つめる。つま先立ちで前に進みでて、スープの匂いをくんくん嗅ぎ、鼻に皺を寄せる。手の指を一本、まるで味を確かめるかのように、スープの中に入れようとして、動きをとめ、上品に一本指の部分のない手袋をひとつ取りだし、自分の指を一本中に入れてみる。激痛でのけぞる。その指を口に持っていき、涙を流しながら、その指をなめる。悲しげな表情が青白い顔に一瞬、浮かぶ。その指をじろじろ見て、もういちど、今度はずっと美味《おい》しそうに口の中でなめる。唇をチュッチュッ言わせて舌打ちをすると、禿げ頭の男のそばに腰をおろす。手のひらに塩をちょっとふりかけると、その匂いを嗅ぎ、左肩の上で揺さぶり、少しだけスープの中にも落とす。デブ男のスプーンを借り、熱いスープをスプーンですくってチュウチュウ口の中に流しこむ。もう少し塩を足し、肩の上で塩の容器を揺さぶる。ふたたびスープの味を確かめる。まだ何か足りない。胡椒の容器をつかみ取り、手のひらに少しふりかけ、匂いを嗅ぐ。と、いきなりくしゃみの発作に襲われる。それに抗《あらが》い、上唇に指を押しつけ、それから服の袖、胡椒の容器、スプーン、デブ男の指を押しつける。大きなくしゃみ。スープが禿げの大男の顔に飛び散る。それでも、大男は半ば空っぽのスープボウルを沈んだ顔で見つめたままだ。分厚い口髭から湯気立つスープがぽたぽたこぼれる。チャーリーは恐怖心で真っ青になり、自分の蝶ネクタイでスプーンをきれいに拭うと、それをテーブルに戻し、椅子ごと蛇みたいにずるずる後ずさると、山高帽に手をやり、くるりと向きを変え、まるで追いかけられているかのように、いちばん近くのドアから走り去る。

いきなり立ち止まる。そこは夫人の閨房だった。おびただしい数の鏡や花、高級な衣装がある。

美しく若い女性が、ひょっとしたら階段の踊り場にいた女性かもしれないが、シーツが乱れたベッドのそばに立っているではないか。ネグリジェを脱いでいるところだ。チャーリーはお辞儀をして頭を掻き、片手で目を覆い、もう片方の手を帽子のつばにやる。それから、くるりと向きを変えて、やってきた方に出ていこうとする。と、壁に体ごとドシンとぶつかる。ドアがなくなっているではないか。ふらつきながら後ずさり、まるでつぶれた鼻を元に戻そうとするかのように、鼻をつまむ。ぽかんと口をあけて、壁を見る。こっそり肩ごしに後ろを見る。若い女性の姿はない。彼女の代わりに、アイロンをかけたばかりのパリパリの黒い制服に白いフリルつきのエプロン、白いレースの襟をつけたメイドが、前屈みになって、天蓋つきのベッドを整えている。チャーリーは、目をぱちくりさせて、例によってちょっと肩をすくめ、山高帽のへりに手をやり、メイドのお尻に向かってご挨拶。竹の杖を振りまわしながら、これ見よがしに部屋の中を歩く。床に散らかっている靴やガーター、薄い下着類を蹴とばしたり、鏡という鏡を覗きこんで身繕いをしたり、引き出しに手を突っ込んだり、ドレッシングテーブルの上の、額に入った子供の写真を念入りに見たりする。噴霧器を見つけて、ぼろぼろのジャケットの脇の下にシュシュと吹きつけ、それから、脇目も振らずにせっせと働いているメイドのお尻にも。メイドは前屈みの姿勢のままで、彼にかまうことなくリネンを中にたくしこんでいる。チャーリーは杖をくるくるまわして、そっぽを向きながら、杖にメイドのスカートのへりを引っかけ、スカートをめくる。メイドはまっすぐ身を起こし、チャーリーは杖をひょいっと引っこめ、杖を叱る仕草をする。メイドは気にせず、もう一度前屈みになり、枕をたたいて膨らませる。チャーリーは悪戯っぽく眉を上げ下げして、ふたたび杖でスカートを引っかけ、スカートが劇場の垂れ幕のように、白い腿をゆっくりとあがっていくのを見る。灯りが消える。灯りが戻ると、チャーリーは以前と同じように立って、杖をしっかり前に突きだしている。メイドのスカートが黒い旗のように杖に垂れ下がっている。メイドはいま、ドレッシングテーブルのそばにいるが、両手で股間を隠して、口はいかにも驚いたといったように大きなOの字の形に広げている。白いブルーマーは、蝶番《ちょうつがい》で留められた三面鏡にいくつも映しだされる。チャーリーは、あっけにとられたように杖と、それに絡まったスカートを見ると、くるりと一回転して、ベッドとメイド、鏡、部屋をじっと見つめる。目を細める。薄い肩をすくめ、ぶかぶかのズボンを引きあげると、一歩前に出ようとする。すると、電灯がふたたび消える。電灯がつくと、チャーリーはまだ中途半端な姿勢のままだ。もっとも口はあんぐり、目は驚きで飛びでているが。メイドはもう一度ベッドメイキングにとりかかり、スカートは、チャーリーが後ろに伸ばした杖に引っかかって、腿まで持ちあがっている。メイドはいまや体が二つ折りになるくらいに前屈みになり、脚のあいだから媚を売るかのような笑顔を見せ、チャーリーに向かってお尻をくねらす。部屋の中はどんどん明るくなっているように思える。大股で歩み寄ったチャーリーが、着地した足を軸にしてくるりと回転すると、スカートが脱げて、恐怖で目をまんまるくしたメイドが大慌てで部屋から後ずさっていく。

そのままぴかぴかの二階の手すりを越えて、はるか下の玄関ホールに。足は階段の手すりの上をなす術《すべ》なく弧を描いて飛ぶなか、藁をもつかむ思いで、自分を救ってくれるかもしれぬものに必死に取りすがろうとする。チャーリーがつかまえたのは、リボンの端っこ。それは階段の踊り場にいる青白い顔をした貴婦人が腰に蝶結びしていたもので、まるでプレゼントの包みを開けたみたいに解けると、落ちていくチャーリーと一緒にくるくる舞い落ちていく。チャーリーの身体は、壁に飾られた鹿の頭にぶつかって、枝角がお尻にぐさっと突き刺さる。下の手すりに腹から飛び込む形になり、頭から先に滑り落ちていき、杖が手すりに当たってカタカタいう。まるで警官が警棒で木製フェンスを擦《こす》って鳴らすみたいに。手すりが終わるところに、チャーリーが落ちながら投げ飛ばした大きな磁器製の花瓶があり、あとわずかで床に落ちるという瞬間に、彼自身も飛びながら辛うじてそれを受け止めることができる。やっとの思いで立ちあがり、手すりの上にそっと花瓶を戻すと、額の汗をぬぐい、蝶ネクタイを直す。へとへとに疲れ果てて後ろにもたれようとして、花瓶をひっくり返してしまう。花瓶はタイルの床にあたり、粉々に壊れる。チャーリーは素知らぬ顔で反対側を見ながら、破片を階段の下の目につかぬところへ足でどかす。それから、ちらっと貴婦人のほうを見あげる。婦人は何も気づいていない。これまでと同様、まるで悲しみか後悔に打ちひしがれているかのように、遠くをじっと見つめている。婦人の解けたリボンは、潰えた希望のように無惨に垂れ下がっている。チャーリーは頭を掻き、婦人のほうに身体を近づけ、それからのけぞらせる。手を振ってみる。投げキッスをしてみる。指笛を鳴らしてみる。その場で飛んだり跳ねたりして、腕をぐるぐるまわしてみる。無反応だ。杖の先で山高帽をくるくるまわすと、片腕の上を転がらせて、すぽっと頭の上に乗せ、後ろからちょっと触ってご挨拶。別の花瓶を叩きこわす。甲冑をばしっと叩く。葉巻の箱をひっくり返し、いちどに口の中に十本の葉巻を突っこむ。そのうちの一本を丸ごとむしゃむしゃ食べる。だが、婦人の悲しげな、放心した表情はいっこうに変わらない。壊れた花瓶から一輪のバラの花を引き抜き、それにキスをしてから、婦人に向かって投げつける。花は婦人まで届かずに、下の手すりにあたり、いかめしい顔をした鹿の頭の上に落ちる。花をもう一輪引き抜き、振りかぶって、頭上高く投げるが、またもや手すりにあたるだけだ。いらついて、腕にいっぱい花を抱えると、一度にそれらを全部投げつける。こんどは、何本かが婦人まで届くが、婦人には気にも留められずに弾んで落ちる。そのうちの一輪は、婦人の長く白いスカートにひっかかっている。チャーリーは落ちてきた花を拾い、階段をひょいひょい駆けあがり、婦人に差しだす。にこっと笑い、お辞儀をして、しかめ面をし、懇願するが、まったく効果なし。そこで、口にバラの花をくわえ、気を引こうと片足立ちで婦人のまわりをまわる。予想に反して、婦人は悲しそうな表情で片手を差しだし、チャーリーの顔に触れる。チャーリーは恥ずかしそうに頭をひょこっと下げ、後ずさる。気づくと、そこにあった階段を踏み外し、後ろ向きに回転しながら落ちていく。

階段の下で、バラの花を飲みこんでしまったことに気づく。トゲも何もかも。しかも、もはや玄関ホールではない。床にはペルシャ絨毯《じゅうたん》が敷かれていて、そこにチャーリーはノビている。巨大な革の椅子やソファがそばにあり、台座に載った灰皿、古典的な彫刻像。たぶん、くるくる落ちているあいだに別のドアを通り抜けていたのかもしれない。そこには階段ではなく、本棚があり、どこか書斎のような感じだ。チャーリーはげっぷをして、目をぱちくりさせ、咳《せ》きこんでバラの花びらを吐きだす。スープボウルのような、乳白色の半球の形をしたシャンデリアが繰《く》り形《がた》の天井からぶら下がり、何列もの本の革表紙や厚手のカーテンに覆われた窓、アーチ形のドア、金箔を塗った額縁に飾られた大きく暗い絵画、部屋にあるたくさんの時計の針のない文字盤にかすかな光を投げかけている。暖炉のわきには、二層になった黒檀製のワゴンがあるが、そこに、黒のフォーマルスーツをきて、鼻眼鏡をかけ、シルクの山高帽をかぶり、長い白いあご髭を伸ばした老人がひとり立って酒を飲んでいる。チャーリーは、歯のあいだからトゲのついた茎を引き抜きながら、グラスや酒のボトルが優雅に並んできらきら輝いているワゴンを物欲しそうに見やる。頭に手をやり、帽子はどこかと、あたりを見まわすと、自分が尻に踏んづけていた。帽子を思いっきり引っ張りだし、杖と手袋を取り戻すと、胸ポケットから曲がった葉巻を取り出す。葉巻を口にくわえ、よれよれの上着とバギーパンツの埃《ほこり》を払い落とすと、老人のいるところへふんぞり返って歩いていき、まるで誘われたので来ましたというかのように、一緒に酒を飲もうとする。老人は酒を飲み干し、自分のためにもう一杯注ぐ。チャーリーはにたにた笑いながら、ちょこっと頭を下げ、帽子を取り杖に引っかけて肩に担ぎ、注いでもらおうとグラスを差しだす。だが、老人は、ある癒しがたい悲しみに打ちひしがれた暗澹たる表情を青白い顔に浮かべ、チャーリーの差しだしたグラスを無視する。自分の酒を飲み干し、重々しくグラスを戻し、もう一杯注ぐ。チャーリーは眉を上下させ、口をきりりと結び、老人の視線をシャンデリアのほうへ向けさせ、自分と老人のグラスを交換する。老人は空っぽのグラス、チャーリーはなみなみと注がれたグラスを手に取る。チャーリーは老人に乾杯の仕草をすると、酒を飲み干す。老人は空っぽのグラスをしげしげと見つめ、グラスを戻し、なみなみと酒を注ぐ。鼻眼鏡ごしにチャーリーのほうを見やるが、チャーリーはすばやくグラスを交換している。チャーリーはふたたび乾杯の仕草をすると、ふかふかのソファの肘掛けの部分にひょいと腰をおろし、ぐいっと酒を飲み干す。曲がった葉巻を真っすぐにする。老人がグラスに酒を注ぐと、チャーリーはすばやくグラスを交換して、それと同時に、老人のポケットに手を入れて、マッチ箱を取りだす。老人にふたたび乾杯の仕草をしてみせ、老人のタキシードのズボンの尻の部分でマッチをすると、酒を飲み干し、葉巻に火を点け、マッチを空っぽにしたばかりのグラスの中に落とし、グラスを交換し、口から輪になった煙を吐きだす。老人は暗い顔で、底に湿ったマッチ棒が落ちている空っぽのグラスを見つめていると、チャーリーはすばやくマッチ箱を老人のポケットの中に返し、ついでに葉巻の灰もその中に落とす。老人は深くため息をつき、汚れていないグラスを手に取り、酒を注ぐ。チャーリーはすばやく交換して、蝶ネクタイを緩めながら、足をリラックスして伸ばす。靴底に大きな穴があいていて、そこから大きなつま先がぬっと顔を出す。満足そうにつま先をくねくねさせ、もう一度グラスを交換して、しょぼい自己満足に浸り、ソファのクッションにどっかり腰をおろす。だが、今度ばかりは、老人も酒を注ぐのをやめない。鼻眼鏡ごしにチャーリーを凝視する。その目は涙と惨めな思いで意気消沈しているが、やおら酒のボトルを傾ける。チャーリーはよろめくようにソファから起きあがり、もう一個のグラスをぐいっとつかむと、酒が注がれている下に持っていき、持っていたグラスの酒をぐいっと飲み干すと、新しいグラスがちょうどいっぱいになったときに、空のグラスをボトルの下に戻す。老人は、まるであっけにとられて何も考えられなくなったかのように、そのまま酒を注ぎつづける。チャーリーは酒がゴボゴボ音を立てて落ちてくる、その下にグラスをいくつも差しだし、自分で飲んだり、老人のポケットの中に注いだり、自分のポケットの中にも注いだり、他にも自分の肩に、灰皿に、暖炉に、帽子に、老人の帽子にもたっぷりかけたりするが、注がれる酒のペースには追いつけない。酒はゴボゴボ言いながら、カートワゴンやソファの上にこぼれ、チャーリーや老人のズボンを濡らしていき、あちこちに水たまりを作り、枕やペルシャ絨毯を汚していく。老人はあんぐりと口をあけてぽかんとして、チャーリーを見やる。ひ弱そうな肩をがっくり落として、下唇を陰気そうに突きだす。目には曇ったレンズみたいに、ゆっくりと涙の膜がかかる。酒のボトルが老人の手から落ちる。チャーリーは中も外もずぶ濡れで、困惑のしかめっ面。湿った葉巻を手にして、帽子を傾けようと手をやるが、帽子はそこにない。二度、三度あたりを見まわし、杖の先に帽子が引っかかっているのを見つける。つかみ取ろうとするが、手が届かない。ふらふらとよろめいて、濡れた葉巻をむなしくぷかぷかふかしながら、大げさな身振りで、竹の杖の先に乗って逃げまわる帽子を追いかける。花瓶が落ち、壊れる。銅像が傾き、頭部が落ちる。絵画が傾く。酔っぱらったチャーリーは、揺れる体を支えようと、本棚にしがみつく。すると、何から何までがチャーリーの体に落ちてくる。ほうほうの体《てい》でそこから抜けだし、片手ずつ杖につかまり、ようやく帽子をつかみ取ろうとする。まるで、杖が帽子を離すのを嫌がっているかのように、チャーリーは杖と格闘する。老人はミニワゴンのそばに立ち、また別の酒のボトルを空っぽになるまで注いでいる。チャーリーはようやく帽子を自分のものにし、それを横ざまにひょいと頭にかぶる。四つん這いになって、バカみたいにニタニタ笑いながら、部屋の中をよろよろと移動。帽子は梳《と》かしていない巻き毛の上でがくがく緩やかに揺れ、チャーリーは老人とワゴンのあるほうへ戻ろうとするが、床が滑って、反対方向へと行ってしまう。後ろ向きにドアの向こうに流されて、ついに山高帽と鼻眼鏡の老人の姿が、駅のホームでのわびしい別れのように、遠ざかっていく。チャーリーは立ちあがり、まごつきながらさよならと手に持った濡れた葉巻を振る。

後ろ向きにつんのめりながら、足を頭より高く持ちあげて突き進むと何かにぶつかり、帽子は一瞬、宙に舞うが、すぐにその持ち主のもとへ戻る。あとで分かるが、チャーリーは水の入っていない浴槽へと突っ込んでいたのだ。酔っぱらってあがきながら、立ちあがろうとするが、琺瑯《ほうろう》引きでツルツルした浴槽に足を取られるばかり。石鹼置きをつかむが、壊れてしまう。排水栓の鎖につかまって体を起こし、崖にへばりつく山男よろしく浴槽のへりにしがみつき、体を持ちあげ、床に降りたち、ほっと一息。だが、帽子は？　酔っぱらった目で浴槽を覗き込む。そこにあった。どうぞ小銭を投げ込んでください、とばかりにひっくり返って口を開けている。チャーリーは肩をすくめ、浴槽のへりをつかみ、頭から浴槽へダイブ。両足が高々と持ちあがり、宙でばたばた悪あがき。だぶだぶのズボンは膝までめくれあがり、靴下を履いていないくるぶしが丸見えだ。足のつま先が靴底の穴から顔を出し、まるで何かにしがみつきたがっているようだ。最後に、足が元通り下になり、頭が上になる。頭上の帽子は鼻先でぺしゃんこ。チャーリーは先が見えずに千鳥足、帽子と格闘しながら、誰かにどしんとぶつかる。ごめんなさい、と謝り、後ずさる。もうちょっとでふたたび浴槽に落ちそうになる。片手が何かに触れる、何か長いものだ。トイレの詰まりを取りのぞくゴム吸引具。把手をつかんで、頭上に振りかぶり、膝を曲げながら、カップ状の吸引部分をピューと振りおろし、持ちあげる。頭の帽子がそれに吸いこまれる。足が床から数インチ浮きあがる。目をぱちくりさせ、めまいを覚えながら、あたりを見まわす。いま分かったことだが、ぶつかった相手は、両端が上に曲がった天神《カイゼル》ひげを伸ばした、図体のでかい警官だった。ヘルメットをかぶり、胸にきらきら輝く星形のバッジをつけている。警官はきちんと靴下をはき、小さな腰掛けに座って、竹竿を使って便器で釣りをしている。釣り竿と見えたものは、チャーリーの杖だ。チャーリーはそれを取り戻そうとするが、警官は頰をぷーと膨らませて抵抗する。二人が杖の取り合いをしていると、釣り糸が便器から飛びあがる。大きな蟹がかかっているではないか。釣り糸に引っかかった蟹は部屋の中を飛びまわる。蟹ばさみをギシギシいわせ、ガラス棚の薬瓶をなぎ倒し、浴室の鏡にひびを入らせ、頭上に吊りさがっている電球にぶつかり、電球はぶらんぶらんと揺れ、それに合わせて浴室の影が揺れる。チャーリーと警官は、依然、杖の取り合いをしているが、二人は同時に頭上を飛びまわる蟹を避けようとする。その甲斐もなく、警官は片方のはさみで鼻をつままれ、チャーリーの鼻も同じくもう片方のはさみでつままれる。二人は顔をしかめ、寄り目で蟹を睨みながら、部屋の中をぐるぐるまわる。口髭の下の口はきつく結び、驚いた顔は、まわっている影の中を出たり入ったり。チャーリーはついに杖を手放し、両手を使って鼻から蟹ばさみを引き離そうとする。鼻の代わりにつかませるものはないかと、警官の靴下を履いた足の片方をつかみあげ、大きなつま先をはさみに嚙ませる。警官は片足でぴょんぴょん飛びまわる。もう片方のはさみで鼻をつままれているし、鼻を引き裂かれないために、手で押さえて片足をあげたままにしておかなければならないので、仕方なく杖を諦める。チャーリーは勝ち誇って杖をくるくるまわす。服の埃を払い、帽子と蝶ネクタイをまっすぐ正し、酔っぱらったまま壊れた鏡で身だしなみを整えようとする。たくさんの像とぐらぐら動く影でどれが自分の本当の姿なのか分からない。げっぷをして、その場から去ろうと向きを変えると、ちらりとトイレのゴム吸引具が目に入る。それを取りあげ、酔った笑顔でそれを不幸な警官に見せる。たぶん警官は助けを求めていたのだろう。チャーリーにうなずくような仕草を見せる。片足を頭と一緒にひょこひょこと上に動かして。チャーリーは警官のヘルメットを脱がし、頭を吸引具で叩くと、ヘルメットを元に、しかし眼を覆う形で戻す。それから、警官のぴょんぴょん跳ねる片足を踏みつけたり、もう片方の足をくすぐったり、警官のひらひら揺れるコートの裾を持ちあげ、吸引具を背中にパカッと吸いつける。それはそこにしっかり吸いついて、まるで固い木製の尻尾みたいにゆらゆら揺れて、満足げに濡れた葉巻を噛み砕いているチャーリーに出口の方向をしめす。

隣にあるキッチンでは、暖炉のところまでよろよろ進んでいくと、偶然にも、スープ鍋が煮たっている。うやうやしく腰を折ってお辞儀をし、葉巻に火をつけようと、顔を火に近づける。体を起こすと、顔は真っ黒に汚れ、口髭と眉から煙が出ている。だが、葉巻に火はついていない。戸惑ってしかめ面で湿った葉巻を睨むと、葉巻をねじり、肩をすくめ、手近に利用できるこぎれいな白い表面を見つけ、その上で葉巻をぺちゃんこにする。白い表面とは、テーブルの前に座った太った男の禿げ頭だった。相変わらずうなだれて、スープのボウルを暗い顔でじっと見つめているが、見たところ、怒り心頭に発しているようだ。濡れた葉巻が不毛のドームの上に、けばい鬘《かつら》よろしく乗っかっている。チャーリーはあたかもその場から逃げようとするかのように、きょろきょろとあちこちに顔を向けるが、どちらへ逃げればいいのか、分からない。思い極まり、藁の箒を手にして、男の頭から葉巻を払いのける。葉巻がスープの中に落ちる。チャーリーは、こわごわとスープの中にうかぶ、くしゃくしゃになった葉巻のかけらを見おろす。箒を左の肩ごしに、食器戸棚の中に投げ込むと、スープのボウルをつかみ、千鳥足で暖炉まで歩いていき、中身を暖炉に捨てる。鍋から熱いスープをすくってボウルに入れようとして、慌ててズボンの中に注いでしまう。不安になって、片足あげてひょいと後ろに飛び退き、滑って転ぶ。スープがボウルからこぼれる。チャーリーはあたふたと立ちあがり、スープ鍋のところまで走り、ボウルにスープを注ぐと、手が震えてしまい太った男の膝にこぼしてしまう。それで、ふたたび鍋のところへ走って戻る。いまでは、この行ったり来たりに喜びを感じ始めている。戻ってきてはテーブルにスープをぶちまけてしまう、夢中になってぴょんぴょん飛び跳ねてスープをくみにいき、スープ鍋のところに止まることができなくて、踊るように足取り軽くテーブルまで戻ってきて、男の頭にスープを注いでしまう。男の顎の下からナプキンを抜き取ると、スープのしたたる禿げ頭を拭い、ぷーと息を吹きつけ、服の袖でぴかぴかに磨く。それから、スープを取りに戻り、これ見よがしにナプキンを上品に振りまわすと、ぱりぱりに畳んで腕の上に乗せ、男の前に湯気をあげているボウルを置く。バレリーナのように、両手を広げて、つま先を軸にしてくるりと旋回すると、その手が男の後頭部にぱかっと当たるが、構わずチャーリーは、足を交差させ、ぴょこんとお辞儀をする。太った男は、その間も身動きひとつせずに、暗い沈んだ視線も変わらない。その膨れた鼻は、深まる悲しみのようなもので、顔一面を覆うかのようであり、その下の口髭も、絞首刑になったみたいに、生気なくぶら下がっている。落ち着かない気分で、チャーリーは男の二重顎の下にナプキンをつけてやる。それから、スープボウルをそっと近くに引き寄せる。男はそれを見るが、目で追わない。チャーリーは男の視界にボウルを戻し、頭の巻き毛を掻きながら、その場に立つ。無関心を装って、男の前をふらふら歩きまわり、男にどしんとぶつかり、あたかも逃げ去ろうとして身構え、立ち止まり、しかめ面をする。片肘で男をどつく。男のきつそうなサスペンダーをぴしゃりと引っ張る。杖で男の頭をこつんと叩き、くるっと後ろを向き、靴のかかとで男をまわし蹴り。ボクサーみたいに、両手で拳をにぎり、男のまわりをくるくるまわり、男に軽いジャブを繰りだす。男の大きな鼻を引っ張る。フェンシングの姿勢をとり、杖で男をつつく。変化なし。苛立《いらだ》つチャーリーは肩をすくめ、その場でくるっと向き直ると、カウンターの上で冷ましているカスタードパイが目に入る。チャーリーの目が輝く。二切れ手にとり、重さとバランスをはかり、そのうちの一つを選んで、投げつけようと振り返る。太った男は相変わらずテーブルの前にへたりこみ、スープボウルを睨みつけている。チャーリーはテーブルににじり寄り、男にパイを見せ、それを男の顔とスープのあいだにぬっと差しだし、急ぎ足でカウンターに戻り、パイを投げようと腕を振りあげる。男は陰気な目でスープを見つめている。チャーリーは腕をおろし、パイを下に置く。目からは輝きが失われている。身震いする。肩を硬直させ、踊るように近づいていき、ふたたびパイを上に掲げる。強気であたりをぴょんぴょん飛びまわり、顔をしかめ、パイを振りまわすが、まったく効果がない。テーブルをばしんと叩く。男の向こうずねを蹴りあげる。歯を剝きだし、目を閉じ、パイを男の顔に投げつける。

だが、目を開けてみると、恐ろしいことに、自分がパイを投げつけた相手は太った男ではなく、階段の踊り場にいた美しい貴婦人だった。彼女の青白い、憂鬱そうな顔はカスタードパイにまみれて、長く白いガウンの上にもその欠片《かけら》が飛び散っているではないか。一瞬、チャーリーはショックで凍りつく。両手で巻き毛の髪を鷲づかみして、口はあんぐり開いたまま、目は信じられないといかのように飛びでている。それから、ちょっとジャンプして、タオル代わりに使えるものがないか、と必死の思いで走りまわり、窓辺に厚手の生地を見つける。それらを両手につかむと、急いで階段に戻ろうとするが、カーテンの長さまで伸びたところで、後ろに引っ張られ、尻もちをつく。ほうほうの体で立ちあがるが、カーテンと、カーテンを開閉するための長い紐が身体に絡みつく。涙が黒い睫毛の目に涌きでて、よろよろと貴婦人のもとへ向かうが、ふたたび引き戻される。カーテンを振りほどこうとすればするほど、ますます絡みついてくる。婦人は白黒格子縞《こうしじま》の大理石の床のはるか上方、手すりのそばに立っているが、うつろな、何かもの足りなそうな表情で前方を見つめている。その顔は、カスタードクリームとパイ生地の欠片に覆われている。いくつかの欠片が頬からゆっくり落ちる。顎から胸もとに、溶けたロウソクの蠟みたいに垂れる。チャーリーはようやくカーテンから抜けでて、紐を引きずっていく。小さな回転、ジャンプ、抜き足差し足のステップをすばやく繰りだして、絡まる紐をほどくと、婦人のもとへ飛んでいき、両手で、それから帽子やカーテンやジャケットや蝶ネクタイで婦人の顔を拭おうとする。婦人はパイの生地に覆われた目をぱちくりさせる。睫毛にはカスタードクリームが凝固している。チャーリーはシャツの裾で、そっと婦人の目のあたりを拭いてやる。

だが、それは婦人の目ではない。老人の目だ。チャーリーは書斎にいて、シャツの裾で老人の濡れた目を拭っている。書斎は修羅場と化しており、本は棚からこぼれ落ちているし、絵画はずたずたになって落ちているし、灰皿もひっくり返り、花瓶や彫像はこなごなに砕け、グラスはあちこちに散らばり、鏡は細かく割れており、時計はぶち壊されて、中の機械部分がまるでぼさぼさの髪の毛みたいに飛びでている。老人はこうした瓦礫の真っただ中に、書き物机のそばに立ちつくしている。涙が皺の寄った青白い頬を伝わり、白髪の顎髭に落ちている。山高帽はつぶれ、両手はポケットの中に突っこんでいる。インク瓶はひっくり返って、光沢のある黒インクが丸く机の上面に溜まっている。まるでゴムでできているみたいに、完璧なまでに机の上面の枠内に収まっている。子供が遊びで作ったみたいに。老人は、顎髭から涙を滴らせ、懇願するような目でチャーリーを見やり、悲しげな表情で両手をポケットの中で動かしている。黒い腕章をつけており、鼻眼鏡は胸もとにぶら下がり、そのレンズはひどくひび割れて曇っている。チャーリーは相変わらず老人の目もとを、まるで自分では止められないかのように、夢中になってぽんぽん叩いている。すると、片方の目がぬっと眼窩《がんか》から飛びでてしまう。涙とともに皺の寄った頬を滑り落ち、つるつるの顎髭のわきでぶらぶらしている。チャーリーは必死になって目玉を元の位置に戻そうとするが、つかむのも難しく、ひょこひょこ動くので、手からすり抜ける。こんどはもうひとつの目玉も眼窩からこぼれ出てくる。

悲鳴をあげ、出てきた目に片手をあてがう。だが、よく見ると、片手をあてがったと思ったのは、メイドの丸く白いお尻だった。メイドは体をかがめて、皺の寄ったシーツを直しているが、下履きはくるぶしまで落ちている。チャーリーは尻込みして、よろよろと後ずさり、下履きに引っかけた自分の杖に足を取られ、帽子の箱を並べた棚の中へとひっくり返る。メイドは後ろを振り返り、チャーリーと自分の輝くお尻を見比べると、手を後ろに伸ばし、彼に向かってお尻を押し広げ、唇をすぼめて投げキッス。チャーリーは、はっと息を呑み、ふらふらと立ちあがり、くるりと振り返り逃げようとして、壁にどしんとぶつかる。あるはずのドアを探して、盲滅法突き進むが、メイドの裸のお尻が十以上もある鏡に映って、彼に迫ってくる。壁という壁は、肉体のように柔らかくなる。

部屋の空気は、ふわふわのランジェリーで満たされているみたいに感じられる。チャーリーはぎこちなく手探りでドアノブに触れるが、まるでグリースが塗ってあるみたいにつるつるに滑り、しっかりつかめない。が、ついにドアにどしんと肩をぶつけて、そこから抜けでることができる。

そこは、またあのキッチンだった。だが、大柄の禿げの男はもはやテーブルの前に座ってはいない。椅子は蹴飛ばされたかのように、男の背後に転がっている。男は立ちあがり陰鬱な顔で、スープボウルの中に小便をしている。チャーリーは身を起こすと、ぶるぶる震えながら、傷ついた背をかがめ、ゆっくりと後ずさる。どしんとカウンターにぶつかり、片手を後ろに伸ばして体を支えようとするが、後ろにあったのはカスタードパイだった。太った男はズボンのファスナーを締めると、よたよたとドアのほうへ歩いていく。跪き、陰気に顔をしかめると、熱心に鍵穴を覗きこむ。男の大きなサスペンダーは重たそうな巨体にぴんと張りつめ、ナプキンは、信号旗みたいに顎の下にぶら下がっている。チャーリーは片手についたパイをぺろぺろ舐めながら、男のそばまでにじり寄る。同じ鍵穴から覗こうとするが、穴は小さすぎるし、男もまるで魔法にかかったみたいにドアの前にどんと居座ったままだ。チャーリーはいたる方向から男をぐいぐい押して、ついに自分の耳を男の耳に押しあて、鍵穴の中をちらりと見ることができる。そこに見えたものによって、チャーリーは顔面蒼白になる。狂気に駆られたようにドアをこじ開けようと思うが、太った男がドアの前に死んだように居座って動かない。チャーリーは男に蹴りを入れ、パンチを繰りだし、耳を引っ張り、椅子を持って男の頭にぶつけ、粉々にするが、男はぴくりともしない。チャーリーは思いあまって自分の頭をがんがん叩くが、ふとその手を休める。夜が明けてきたようだ。コートとシャツの裾の下に手を伸ばし、ズボンを留めている大きな安全ピンを見つける。安全ピンをはずすと、その先を太った男の尻に突き刺す。ゆっくりと、あたかも遠くからの、しかし恐怖のメッセージを受け取るかのように、太った男は体を起こす。口は徐々にひらき、顔はゆがみ暗くなり、もじゃもじゃのあご髭は逆立ち、目は対象に焦点を合わせようとする。チャーリーはピンをはずしたズボンをつかみながら、男の前を通り、ドアから駆け抜けていく。

玄関ホールに出て、階段の踊り場を見ると、白いガウン姿の貴婦人は、チャーリーがカーテンから引っ張ってきた長い紐で輪なわを作っていた。その輪なわの、まっすぐなほうの端を欄干の太い手すりに結びつけると、輪のほうの端を自分の首に巻きつける。婦人の顔はカスタードパイで汚れたまま、ドレスもしみだらけだった。チャーリーは片方の手でだぶだぶのズボンをおさえ、もう片方の手を懸命に振りながら、婦人のほうへダッシュするが、すでに輪なわは婦人の青白い首に巻きついている。チャーリーは、思い留まるよう、婦人にやさしく懇願し、どなりちらし、おだてすが、婦人はいまにも飛びこまんばかりに、磨き立てられた手すりに体を凭れかけ、チャーリーを見やってから、その目をひと気のない玄関に向ける。チャーリーはその手を婦人のほうへ伸ばすが、婦人の中に凝り固まっていた、何か暗く思い詰めたような決意がチャーリーを拒んだ。チャーリーはその場で地団駄を踏み、やる方なく爪を噛み、目に涙をためてめそめそ泣くばかり。手を合わせて懇願すると、ズボンがずり落ちて脱げる。すばやくズボンをたくしあげるが、そのとき、婦人が初めて自分のほうを見てくれたのが分かる。気を取り直して、片手で杖をつかんで婦人のほうに向かってくるくる回し、もう片方の手で帽子のへりをつかんで挨拶したり、ズボンを押さえたりと大忙し。チャーリーが手を慌ただしく帽子、ズボン、帽子、ズボンへと持っていくあいだ、婦人の憂鬱が和らいだように見える。チャーリーは、いかにもうれし涙が止まらないというかのように、その場でぴょんぴょん飛び跳ねるが、そのたびに、尻もちをついたり、頭をぶつけたり、ズボンが脱げたり、帽子が飛んだりして、そうしているあいだにも、婦人の気を欄干から逸らそうと必死に振る舞う。婦人は、長い紐を首に結びつけたままだが、ますますチャーリーの動きに気を取られているように思える。チャーリーは帽子と杖を投げる曲芸をし、葉の繁った観葉植物で、〈いないいないばあ〉をして婦人の気を引き、まるで婦人の美しさに我を忘れたかのように、葉を一枚口の中に入れてむしゃむしゃ食べる。帽子を飛ばすこともズボンが脱げることもなく側転をやりとげ、壁からはがした気圧計をバイオリンに見立てて曲を奏でる。婦人は頬から、まるで涙を拭うかのように、カスタードパイの塊《かたまり》を拭いとり、首のまわりのロープは忘れてしまったようだ。チャーリーはもはや万策尽きたかのように、落ち着きなく目をあちこちに向け、帽子を脱いで額の汗を拭う。すると、帽子のバンドの内側にはさんでおいた煙草の吸いさしが見つかる。顔がぱっと明るくなる。曲がった吸いさしを口にはさむと、ポケットを上から叩いてマッチを探し、まず片手で、それからもう片方の手でズボンを持ちあげる。肩をすくめ、指をぱちんと鳴らし、架空のマッチを取りだす仕草をすると、そのマッチをお尻にこすりつけて火を点ける。まるでお尻に火が点いたかのように、あちち、と言わんばかりに飛び跳ねる。婦人は両手で顔を隠すが、指の先からチャーリーのほうを覗き見ている。チャーリーは偉そうに踊り場まで昇ったり降りたり、曲がった煙草をすぱすぱ吸いながら、目に見えない煙で輪を作っている。ベストのポケットを灰皿代わりに灰を入れ、靴底で煙草を押しつぶそうとすると、そこにあった穴に煙草が入りこみ、足にやけどをした仕草をする。ふたたび煙草を取りだすと、ウィンクをして、肩ごしにそれを投げ、靴のかかとで高々と蹴りあげ、帽子でキャッチ。いま、婦人はチャーリーの技に魅了されたように思える。まだ笑顔は見せないが、熱心にチャーリーのやることを見ている。チャーリーは調子に乗って、帽子から煙草を取りだすと、婦人の前でそれを上に掲げ、二つに割る。ズボンを上まで持ちあげ、肘でズボンを押さえる。二つになった煙草の吸いさしを肩ごしにパチっと指ではじくと、両足をあげてジャンプし、空中で二つを同時に蹴りあげる。ズボンも同時に脱げる。吸いさしのひとつは帽子でキャッチ。もうひとつのほうも追いかけるが、落ちたズボンが足かせになって、よろめいて、はからずも若い貴婦人の体にぶつかって、婦人を欄干から下に叩き落としてしまう。最初、チャーリーには何が起こったのか分からない。あたかも婦人の姿が突然、宙に消えてしまったかのように、くるくるまわって必死に婦人を探す。チャーリーは恐る恐る手すりの下を覗きこむと、彼女が下にいて、輪なわの部分を捻《ひね》ったり引っ張ったりしているが、うまく逃れられない。あっと驚いて、手を伸ばし、彼女を引きあげようとするが、できない。力が足りない。欄干の結び目を手探りするが、手が震えて仕方ない。階段を駆けおりて、下から婦人のほうに手を伸ばすが、彼女の足は一メートル以上頭上にあり、じたばた動いている。チャーリーは椅子を持ってきて、その上でジャンプして、婦人の足を下から押して婦人の体を支えようとするが、婦人の膝が曲がって思うに任せない。婦人の足がチャーリーの耳を蹴り、チャーリーは椅子から転げ落ちる。苦悩に頭を引っ掻きながら、よろよろと立ちあがると、鉄の甲冑に目が行く。斧槍をもぎとろうとするが、がんとして籠手《こて》から離れようとしない。他の方策を考えざるを得ない。がちゃがちゃ音を立て、揺らしながら、甲冑一式を引っ張って階段を昇っていく。甲冑を欄干に立てかけると、斧槍を手に持って後ろに振りあげる。甲冑ごと動いてしまい、甲冑はチャーリーの顔を引っ掻きながら、吹っ飛ばす。チャーリーは甲冑の下から必死に這いでてくるが、顔は、切り傷だらけ。もはやズボンなど持ちあげている場合ではない。脱ぎきってしまう暇もない。まるで負傷した兵士を運ぶかのように、甲冑を肩に担ぎ、ロープの結び目めがけて、斧槍を振りおろす。すると、槍の刃が取れて、開いているドアのほうに飛んでいき消える。甲冑を肩からどしんとおろし、ズボンをつかみあげると消えた刃のあとを追う。

しかしながら、隣の部屋では——今度は寝室だったが——どこにも消えた刃は見つからない。香水の瓶、帽子の箱、散らばった衣類などの中を手探りで探すが、結局、踵《きびす》を返して、手ぶらで部屋から出ていこうとして、立ち止まる。閉められたドアの前に、メイドが立っているではないか。真っ白なエプロン以外には何も身につけないで挑発するように体をくねらせて。唇をすぼめながら、エプロンの下に手を伸ばし、血のしたたる刃を取り出す。チャーリーはあんぐり口をあけて、くるりと回れ右をして、慌てて別のドアから逃げていく。

チャーリーは大きな観葉植物の鉢にどしんとぶつかる。交互に白と黒の四角が並んでいる、ぴかぴかに磨かれた床に大の字に伸びて、そのまま階段に激突。しばらく、そこで頭を抱えながら伸びている。ふと思いだしたように立ちあがり、ある方向を見て、反対方向を見て、前方を見て、上を見る。白いガウンの貴婦人はまさに頭上にいる。長いスカートを足で弱々しく蹴って、手は首に巻きついたロープの結び目を解こうとしている。チャーリーはぴょんぴょん跳ね、右往左往する。欄干をよじ登るが、婦人には手が届かず、下に飛び降りて、壁にかかった鹿の頭の下に椅子を持っていき、ジャンプして鹿の鼻をつかむ。ズボンがくるぶしまで落ちる。片手でつかまり、もう片方の手でズボンを引きずりあげ、ようやく片足を鹿の枝角に掛け、鹿の頭の上に乗ることができる。もがく婦人のほうに体を伸ばし、婦人の体を少しだけ押す。婦人はチャーリーから揺れて離れ、揺れて戻ってくる。チャーリーは身を乗りだし、もう一度押す。こんどはもっと強く。婦人は遠くまで揺れ、スカートがひらひらそよぐ。両足をばたばたさせながら、また戻ってくる。手を伸ばして、婦人をつかもうとするが、そのとき、鹿の枝角が壁からはがれ、大理石の床に落ちる、彼女の姿を見失う。チャーリーはその残骸から身をほどく。恐怖におののく顔を薄い影がちらちら覆う。上のほうで、婦人がゆらゆら揺れているのだ。チャーリーは、腹立ちまぎれに鹿の頭を蹴とばすと、その向こうにドアがあり、ひとつ試してみようと思う。

ドアを開けると、そこは浴室で、チャーリーの顔はぱっと明るくなる。そこには警官が胸の前で腕組みをして、お湯がいっぱいにたまっている浴槽のそばに立っている。チャーリーは警官をつかみ、玄関のほうへ連れていこうとする。警官はヘルメットを広い額の上にきちんとかぶり、制服の真鍮のボタンはぴかぴかで、天神ひげ《カイゼル》はきちんと整えられている。脚は少しだけ開き気味で、両手は拳を作って腰にあて、チャーリーをまるで逮捕しようとするかのように、睨みつける。チャーリーは足をバタバタさせながらあちこち飛びまわり、ドアのほうを指さすと、絞首刑の真似をして、一緒に来てほしいと頼む。警官は太った二重顎を思慮深そうになでて、肩をいからせ、大きな手に警棒を持つ。その目はチャーリーを通過して、その向こうのドアの危険人物とおぼしきものに向けられる。警官は男らしく大股でそちらに向かっていく。石鹸を踏みつけ、つるっと滑って、すってんころりん、どしん！　と背中から浴室の床に倒れる。困惑の眼差しであたりを見まわし、ゆっくりと立ちあがり、石鹸を踏みつけ、またどしん！　と背中から浴室の床に倒れる。顔をしかめ、警戒してあちこち見て、すばやく立ちあがり、石鹸を踏みつけ、どしん！　と背中から浴室の床に倒れる。チャーリーは警官を起こそうとするが、警官は警棒でチャーリーを打ちつける。その一撃でチャーリーはふらふらと部屋の中をよろめく。警官は注意深く立ちあがり、石鹸を踏みつけ、どしん！　と背中から浴室の床に倒れる。チャーリーは、警官の一撃にまだ体を曲げたまま、ドアから警官のところへ、またドアへ、警官へとふらふら行ったり来たり。髪の毛をずたずたに引きちぎり、ズボンを引きあげながら。警官は立ちあがり、石鹸を踏みつけ、どしん！　と背中から浴室の床に倒れる。チャーリーはべそをかき、拳で壁をどんどん叩く。警官は立ちあがり、滑り、転ぶ。どしん、どしん、と何度も何度も。チャーリーはくるりと向き直り、転げるように部屋から出ていく。絶望的な気持ちで、袖に顔を埋《うず》めて。

　倒れていた甲冑につまずいて、ひっくり返る。玄関ホールに戻るが、こんどはもう一度踊り場に上がっていく。涙を振り払い、ズボンを引きずりあげ、手すりから身を乗りだす。チャーリーがどんなことを期待していたとしても、婦人はまだそこにぶらさがっている。ロープの端にか細い首を巻きつけて、チャーリーの押した力によってそろりそろりと揺れている。婦人の手は体の両側に垂れているが、依然、弱々しく宙を掻きつづけている。チャーリーはふたたびロープを引っ張り、歯で噛み切ろうとする。手すりをノコギリ代わりにして二つに切ろうとする。うまくいかない。婦人の体は、長い白いガウンを着て、かすかにぴくぴく動きながら、チャーリーの眼下のロープの先端でゆっくりぐるぐる旋回する。その目は、救いのない苦悶の表情でチャーリーのほうを見あげている。長い髪はもつれ、カスタードパイがこびりついている。チャーリーは絶望的になって、手で額を打つ。電灯が暗くなる。まるで婦人が軽やかな旋回で影を投げかけているかのように。婦人の口が、何かを喋ろうとするかのように、ゆっくりと開く。膨れた舌が、最後の断罪を浴びせるかのように、外に現われる。チャーリーは息を呑み、ズボンを引きずりあげ、慌てて別のドアから出ていく。何が何でも、ロープをぶった切るものを探そう、と。

別のドアを抜けたはずだったが、そこはふたたび婦人の閨房だ。くるりと向きを変えようとして、考え直す。ドレッサーのテーブルの上に、化粧瓶やスプレーや、宝石がこぼれている宝石箱にまじって、まるでそこだけスポットライトを浴びるかのように明るく光っていたのは、銀色のはさみだった。チャーリーがテーブルまで駆け寄っていくと、明かりが消える。明かりが戻ると、チャーリーはテーブルの近くの床に大の字になっている。片足はシルクのクッションのついた椅子の上に乗せて。周囲の分厚い絨毯の上には靴や香水の瓶、巻かれた淡い色の薄手の下着、割れたグラスのぎらつく破片が散らばっている。はさみはなくなっている。部屋の向こう、鏡の前にはメイドが下履きとエプロンを身につけて立っている。はさみでベストの前のボタンをちょきんちょきん切りとっている。それからボタンを肩ごしに投げると、靴のかかとで高く蹴りあげる。チャーリーは足に痛みを覚えて身を引き、やっとの思いで立ちあがり、怒りに駆られて、メイドに飛びかかるが、明かりがまた消えて、それは暗闇の中への飛び込みとなる。気がつくと、壁にぶつかり、鼻血が出てきて、ちょび髭にしたたる。メイドは色っぽい目つきでベッドの向こうからチャーリーを見る。ベッドの天蓋はいまや重たい蜘蛛の巣のように薄暗く垂れさがる。そこであり、そこでないように。まるで、二人のあいだに新たに距離ができたかのように。以前はなかった粗い感じの隙間だ。メイドがぴょんと現われ、両脚を広げて、ばりっとベストをはがして、乳房をチャーリーに見せびらかす。乳房は広がる暗がりの中で、まるで内側に灯りがあるかのように明るく輝く。マンガに描かれた驚いた人の目の瞳孔みたいに、黒ずんだ小さな乳首が突きでている。チャーリーが壁から離れようとしているあいだも、電灯は点滅をくり返す。メイドは同じ場所に、フリルのついた食事用のナプキンみたいなエプロンだけを身につけているが、ベッドは消えてしまっている。現に、部屋全体ががらりと変わっている。恐怖に駆られてチャーリーは振り返って逃げようとする——だが、それは鏡に映った像だった。チャーリーはメイドにぶつかっていき、二人は一緒に、整えていないベッドに倒れこむ。チャーリーは抜けでようとするが、寝具が絡みつく。山高帽がどこかにいってしまった。リネンの中をあさって、帽子を取り戻すものの、こんどはズボンがなくなっている。ズボンを取り戻すものの、こんどは靴がなくなっている。靴は放っておき、よろよろとドアのほうへ向かうが、天蓋を引きずってしまっている。だが、メイドが行く手に立ちふさがる。剝きだしの乳房を押しつけ、白いエプロンの下の腰をふりふり、挑発するような作り笑いを見せる。チャーリーは杖で脅しをかけるが、メイドはまったく意に介せず、どうぞいらっしゃいとばかりに、剝きだしのお尻を向ける始末。チャーリーはくるりと踵を返すと、別のドアをめがけて逃げようとするが、そこにもすでにメイドが。エプロンの前部を両手で持ち、まるで怒り狂った雄牛をあざけるかのように、それをひらひらさせる。口には、バラをくわえるように、はさみをくわえている。チャーリーは後ずさり、絨毯の上の残骸につまずく。深まる靄の中で、何かにぶつかる。メイドだけが明るい。それまで以上に明るく輝き、その目はきらきら、体も明るい。黒いもじゃもじゃの陰毛がぱちぱち音を立てる電球の陰画《ネガ》みたいに、ひらひら揺れる白いエプロンの向こうから、チャーリーに目配せしてくる。片手をドアノブに近づける。すばやくドアをあけ、中に飛び込む。だが、そこはただのクローゼットだった。どんと壁にぶつかり、後ろ向きにガウンやペチコートの分厚い塊の中に倒れこむ。にやけるメイドが上から跨《また》がってくる。やっとのことで起きあがり、メイドのぎゅっと閉じた股間に帽子を持っていかれながらも、そこからの脱出をはかるが、壁に追いつめられる。メイドはチャーリーのズボンを踏みつけ、パンツを破りとる。チャーリーは口を開けて叫ぼうとする。メイドがむっちりした乳房の片方で口をふさぐ。それから、山高帽をチャーリーの耳がかぶるくらいまでかぶせ、膝を彼の股間に押しこみ、はさみで彼のちょび髭を整え始める。チャーリーは目を閉じ、ぶるぶる震えている。メイドが足を滑らせ、はさみが鼻孔に入る。チャーリーは苦痛で喘《あえ》ぎ声を出すが、メイドの乳房が喉を押さえつける形になっているようだ。チャーリーは咳き込みながらよろめき、何かにぶつかり、尻もちをつき、驚いたメイドを道連れにする。涙がぷーと膨らませた頬を伝わって落ちてくる。メイドはチャーリーの顔をもみくちゃにしたり、彼の耳にしがみついたり、顎をこじ開けたりする。メイドの口も、苦痛とあがきであんぐり開いたままだ。ようやく喉をおさえつけていた乳房がぽんとはじけ、二人の体が離れる。まるでバネが詰まっていたかのように、宙返りをしながら。メイドは乳房を抱えながら、ドレッサーのテーブルのそばにたどり着く。涙が濃くアイラインを塗った目を曇らす。メイドの腹はへなへなとたるみ、足の裏は汚れ、髪はぐじゃぐじゃにもつれている。メイドは婚約を破棄するかのように、はさみをチャーリーに投げつけ、テーブルの下にもぐる。チャーリーは残っているなけなしのちょび髭をぴくっと動かし、はさみを手にすると、用心深くメイドを見やりながら、ズボンを引きあげ、四つん這いになりながら、後ろ向きに部屋から出ていく。メイドの体は縮んでしまったかのようだ。ドレッサーのテーブルの下で体を丸め、目に涙をためた幼児のように親指を口に中に突っこんでいる。ちょうどテーブルの上の色の薄れた写真に映っている幼児のように。約束が破られたのだろうか、皺の寄った衣服や、スパンコールみたいにきらきら輝く割れた鏡の破片が散らばり、はがれかけた花模様の壁紙で飾られた小さな閨房に置いてきぼりにされて。

チャーリーがくるりとまわれ右をすると、そこはふたたび浴室で、片方の靴だけ履いてもう片方は脱げて、つかんでいるのは、はさみではなく、ビデだ。警官はびしっと制服を着込み、お湯が胸の位置まで入っている浴槽に座っている。厳めしく男らしい顔は、心配ごとで皺が寄り、二重顎を陰鬱に引き、その目は藪睨みだ。チャーリーは袖で顔を拭うと、四つん這いのまま、もういちど警官のところまで這っていき懇願するが、警官はそれを無視して、細めた目を足と足の間に浮かんでいる、小さなゴム製のアヒルたちから離さない。お湯の下の制服は真っ黒で、ゆらゆら揺れている。真鍮製のボタンは浮かんでいる。お湯はウール地の上着に浸透し、光沢を失わないバッジの縁まで押し寄せている。突然、片腕がさっと灰色のお湯の中から伸びてくる。警棒を握っている。それを力のかぎり振りおろし――パカン！　とアヒルの一羽を打つ。お湯が浴槽から噴きあがり、チャーリーや壁、床、頭上の電球にも勢いよくかかる。電球はシュッ、ポンと音を立てるが、アヒルは無事にお湯に戻る。警官は何度も警棒でアヒルを強打するが、そのたびにポンと音を立てて浮かんでくる。警官は肩をだらんと垂れ、腕にも力が入らない。チャーリーのほうを見あげる。お湯が警官のヘルメットの縁からしたたり、鼻を通って、天神《カイゼル》ひげの先に落ちる。チャーリーはふたたびドアを指さし、目に涙をため、あたかもビデを差しだすように胸の前に抱えるが、警官はうつろな眼差しを向けるばかり。それから、ゆっくりと警官は微笑み始める。笑顔は広がり、歯が見える。前歯の二本は欠けている。チャーリーは、信じられないといった感じで瞬きする。警官の目は藪睨みになり、眉をひょこひょこ上下させ、舌を小刻みに動かす。チャーリーの持っているビデをひったくると、中を覗きこみ、ぎゅっと押す。中には真っ黒なインクが入っていて、警官の顔にかかり、顔は真っ黒に。口ひげの先はピンと持ちあがり、ヘルメットはくるくるまわり、耳から蒸気が吹きでる。警棒でチャーリーの頭をコツンと打つと、自分のヘルメットもコツンと打つ。ここから、すべての動作がスピードアップしたように見える。警官の制服のボタンが、ポップコーンみたいにポンポン跳ねとぶ。警官は下唇を鼻まで突きだす。バッジは火花を散らし、耳はパタパタ揺れる。チャーリーにビデを戻すと、ドアのほうを指さし、ふたたび警棒でチャーリーをコツン。自分のヘルメットもう一度コツンと打つと、お湯の中に潜る。警官の眼球は白目が真っ黒なインクの中でぎょろつき、くるくるまわる。ゴムのアヒルたちはポカン、ポカンと浮かぶ。

チャーリーは、ずきずき痛む頭にビデを当てて、惨めな思いでその場を這いながら去る。警官はチャーリーをキッチンに向かわせたのだ。そこには、例の禿げの大男が顎の下にナプキンをつけて待っている。デブ男はビデを奪い取ると——実際のところ、それはもはやビデではない。なぜか、頭を切り取られたウサギで、その血のついた先っぽでチャーリーを打ちつける。その一撃で、チャーリーはコロコロ転がって、白い皿が積み重ねてあるサイドボードの中に突っこんでいき、皿がガチャガチャと音を立てて落ちてくる。チャーリーはめまいを覚えながら、必死の思いで立ちあがる。ずり落ちたズボンが絡んで、くるぶしが束ねられる。帽子はどこかときょろきょろしていると、ふたたびウサギの一撃。肩口から背中を激しく打たれて、チャーリーは薪の山に飛ばされる。薪があちこちに飛び散り、道具類や鍋類は落ちるし、壁のタイルはひび割れる。火は消え、あたりはうす暗がりに包まれる。暗がりの外からデブ男が首のないウサギの後ろ足をつかみ、ぶるんぶるん振りまわして脅す。チャーリーは転げるようにテーブルに向かうが、その下にもぐりこむ前に、またウサギの一撃を受け、ひっくり返る。腹部にも蹴りを受け、体は二つ折りに。顔にも蹴りを受け、後ろ向きにのけぞり、血がテーブルクロスの上に飛び散る。デブ男はテーブルクロスをぐいっと引っ張り、上に載っていたものを一つ残らずチャーリーの上にぶちまける。食器、グラス、マッシュポテト、スープ、カスタードパイ、ナイフ、フォーク、バター皿、マスタード入れ、グレービーの容器のなだれ。チャーリーは、顔を腫れさせて、ゴミの中に倒れ、ほとんど身動きがとれない。デブ男は、シャツやサスペンダー姿を身につけた肥大した巨人よろしくチャーリーの上にそそり立つ。その禿げ頭ははるか、どこか天井近くにそびえ立ち、暗がりに隠れて見えない。大男はのけぞり、首のないウサギを罰するかのように、何度もぼこぼこチャーリーのぼろぼろの体に振りおろす。チャーリーは転げまわり、ズボンやテーブルクロス、スープや小便、パイ生地などねばねばに絡んでこびりつき、もはや防御する術を持たず、ウサギの殴打が雨あられ――殴打というより、まるで果てしないループのように、何度もくり返される一連の殴打というか。力いっぱいのバックスウィング、鞭のような振りおろし、打撲傷を負わせるようなパンチ、飛び散る血。それぞれのバックスウィングは、ある意味振り下ろしを反転させたかのようであり、また振りあげるときのウサギもまるで自分の血を吸いあげて、次の殴打のために血を補給しているみたいで。チャーリーは痙攣《けいれん》を起こして、まるでしゃっくりの発作が止まらないみたいに、体をぴくぴくさせる。痙攣を起こすたびに、血と涙が出たり戻ったり。まわりのガラクタはまるで演出されているみたいに一斉に前後に移動する。それぞれの殴打の違いと言えば、ただひとつ、チャーリーの目に浮かぶ苦痛の表情、恐怖の表情が強まることだ。ゆっくりと、殴打が着実に、ほとんど機械的にくり返されるあいだも、小さな変化が生じ始めている。チャーリーは片腕を使い、のろのろとそのパターンから抜けだす。チャーリーの体は次第に回転し、横向きになり、腹這いになり、四つん這いになり、懸命に上向きになろうとする。片足が体の下から前に伸びて、踊るフォークを斜めに打つ。デブ男の殴打は相変わらずつづいているが――上に、後ろに、前に、下に、後ろに、前に、下に――チャーリーは、まるでカスタードパイのようにぶ厚い大気圏を必死に抜けでるかのように、徐々に体を下のほうから動かし、こちらで一インチ伸ばし、あちらで二インチ伸ばし、ゆっくりと弾みをつけて、ついに体をねじりながら自由になり、ズボンをひったくり引きずりあげ、キッチンのドアから飛びでていく。

次の部屋でしばらく横になって、ボロボロの肢体を折り曲げたまま、喉を詰まらせ、ぜいぜい息をしている。部屋は薄暗く、遠くにあるロウソクの光だけが頼りだが、ふたたび書斎に戻ってきたのだと分かる。塵ひとつない。すべてが――チャーリーを除いて、すべてが――元通りになっている。書物はそれぞれの棚にあり、絵画類も壁に収まり、鏡もまるごと無事だし、灰皿もまっすぐで、ペルシャ絨毯には何も落ちていない。時計類すらも、ふたたび動いている。古い祖父の柱時計の、真鍮製の振り子がロウソクのちらちらする灯りを映しながら、絶え間なく左右に動き、リズミックに時を刻む。いくつものロウソクが蓋の閉まった棺を取り囲んでいる。棺は高級なつや出しとロウソクの灯りに明るく輝き、暗い部屋で唯一はっきりと見える物体だ。その向こうは、遠くの半開きのドアからもれてくる薄い霧のような灰色の灯り。チャーリーは立ちあがることができずに、そのドアのほうへ、細かく織り込まれた絨毯の上をゆっくり移動していく。だが、棺に近づくと、体が凍りつく。血のついた口をあんぐり開ける。蓋が開いていいるぞ！。最初は、隙間がちょっとだけ。ただ、何かが起こるといったかすかな兆し。だが、徐々に隙間は広がり、中の暗闇を解放し、まるでまったき暗闇の水たまりが外ににじみ出てきて、ロウソクを濡らして、消えさせるかのように。それから、手が。白く、ごつごつして、やせ衰えた手がわなわな震えながら蓋を戻す。その手と真っ暗闇と、持ちあがる蓋だけだ。チャーリーがびっくり仰天して見ていると、人間の頭が現われる。まるで首からぐらぐらと切り離されているかのように左右に揺れながら。それは白髪の顎ひげを持った老人の頭だった。いまだにシルクの山高帽をかぶり、きらきら輝く鼻眼鏡をかけているが、大きく縮んで、チョークのように真っ白で、目のあるはずのところは、空っぽに窪んでいる。頭はまるで自分の場所を定めるかのように、ぎこちなく回転する。唇は細くあけて苦笑し、尖った歯が剝きだしになっている。突然、片手が握力を失って、蓋が激しい音を立てて閉まり、頭が首からぶった切られる。頭は絨毯にぽとりと落ちる。ロウソクの灯りだけの薄暗い一時停止。チャーリーはハッと息を呑む。それから、もう一度蓋が開き始め、中から暗闇がこぼれだす。ふたたび青白く、皺の寄った片手が現われる。またロウソクがパッと明るくなり、消えかかる。こんどは、蓋が全部開き、花をまき散らし、ロウソクもぎこちなくアーチを描きながら落ちていき消える。老人の頭を失った肉体は黒いフォーマルスーツをまとった姿で、棺から立ちあがる。ぎこちなく、わざとらしく動き、片手ずつ、片足ずつ出てくる。床に着地すると、棺から完全に抜けでて、硬直した体を右に左に傾ける。手を闇雲に伸ばし、片足をあげ、にやける頭を踏みつける。頭はころころ転がり、踏みつけた足は滑って宙を舞う。体は背中から倒れて、どしん！　とペルシャ絨毯の上に落ちる。チャーリーはぎゅっと目を閉じたまま、両手両足をばたばたさせて、半開きのドアにたどり着くと、後ろを振り返ることもなく、そのまま駆け抜ける。

チャーリーは最初の場所に戻る。だが、いまチャーリーが倒れている白黒の大理石の床は、埃が積もってぼやけている。玄関ホールもそれ自体一面、ざらざらとして、この世とは思えないほど色が薄れている。鏡には何も映っていない。大きな欄干には、艶《つや》がない。シャンデリアや階段、鉢植え、首を吊った貴婦人には、蜘蛛の巣が張っている。チャーリーは泣きはらした目で婦人のほうを見あげる。婦人は、結んだロープに首を掛け、だらんと力なく吊りさがっているが、いまだに心ときめくほどに美しい。長い髪はもつれたまま、レース地のガウンは虫に食われている。あれからどれほど時間が経ってしまったのだろうか。チャーリーは身震いする。ドア枠につかまり、立ちあがり、よろよろと歩くが、ずり落ちたズボンが足かせになる。隅のテーブルまでたどり着き、黒ずんだ蜘蛛の巣や埃を払おうと、腕をおおざっぱに振りまわす。大変な思いをしながらテーブルを隅から運ぶと、婦人の真下に置く。疲れ果てて、しばしテーブルに寄りかかり、あたりを見まわし、落ちた鹿の頭の近くに椅子が転げているのを見つける。鹿の頭は古びてきて、ガラスの目は埃をかぶり、枝角は蜘蛛の巣と枯れたバラの茎のあやとりのような網の目にかかっている。がらくたの中から椅子を取りだし、積もった埃をぷっと吹き飛ばすと、テーブルの上に置く。それから、だぶだぶのズボンを引きあげると、テーブルの上に這いあがり、椅子を動かないようにセットして、その上に乗る。こんどは貴婦人まで手が届くが、ロープまでは届かない。ため息をつき、椅子からおりる。動きはのろのろとして、ぎこちない。観葉植物の鉢植えを載せる台を見つけ、それだと十分椅子を支えられるので、枯れた植物を床にぶちまけ、台をテーブルの上に載せる。テーブルによじのぼり、椅子を台の上に載せる。すると、自分が台に乗るスペースがない。それで、椅子をテーブルの上におろすと、台の上に這いのぼり、あとから椅子を持ちあげる。玄関ホールの明かりは消えかかり、まるで埃と蜘蛛の巣の中で消滅していくかのようだ。いまでは一メートル先を見通すことも難しい。台の上によじのぼったものの、下のテーブル自体、周囲の暗闇の中に消えかかっている。チャーリーはためらう。めまいがしてふらふらする。気を取り直して、両脚にはさんで台の上の椅子を固定すると、椅子によじのぼる。チャーリーが体を動かすたびに、彼を支える出来あいの踏み台自体があぶなく揺れ動く。しばらく膝をついたまま動かない。目を開けることすらできない。それからやおら目を開けて、首つりの婦人から目を離さずに、よろよろと立ちあがる。ロープの結び目に手を伸ばす。椅子の脚が一本、台の端っこでふらつき、がくっと傾く。チャーリーは貴婦人の体にしがみつき、ズボンがくるぶしまで落ちる。椅子は、下の空洞の中に消えていく。あとから台も。貴婦人のドレスが破れる。チャーリーは、反射的に彼女のウエストにつかまり、両膝をしっかり閉じて彼女を固定する。下には何も見えない。上も。手すりも次第に濃くなる影の中に消えていく。暗闇が忍び寄る。まるで盲目の始まりのように。チャーリーの目に見えるのは、ロープにぶら下がる貴婦人だけ。彼が必死につかむずたずたになった白いガウンは、パイ生地のようにぱらぱらと落ちる。貴婦人の首はロープの結び目のところで、固くなったキャンディみたいに伸びている。チャーリーは貴婦人にしがみつき、ズボンはずり落ちたまま、目には涙があふれ、顔には影が傷跡のように忍び寄る。苦悩と当惑の表情で、迫りくる暗闇を見つめている。まるで、ここは一体なんというところなんだ？　と訊くかのように。誰が灯りを奪ったのか？　それに、一体どうして誰もが笑っているのか？　と。

映写技師がリールを交換する、ほんの少しの時間

休憩時間《インターミッション》

場内の照明が点き、スクリーンを薄い垂れ幕が覆うが、後ろにある掲示板が、次の作品が始まる前に、皆様どうぞロビーの売店にお越しくださいい、と告げており、その文字のそばに描かれたばかでかい、カップからあふれるようなバナナスプリットの波打つ絵に、売店では売っていないと知りながら、彼女のお腹はぐうぐう鳴り、それを聞けばゾンビも吃逆《しやっくり》が出そうだが、というわけで、彼女は席を立ち、六億万カロリー以下の食べ物を探しにいこうと決心する。すぐ後ろの席で、高校名を刻んだジャケットを着て、カウボーイハットをかぶった、鼻の崩れた男の子とふざけている彼女の友達が彼女のほうを向き、ソルティドッグを買ってきて、と冗談めかして彼女に頼む。「いいこと、氷なしでね！」それを聞いて、隣のカウボーイ野郎はばか笑いして、両手をポケットに突っ込む。

ロビーに行けば、どこでも人の列ができている。キャンディ、ソフトドリンク、ポップコーン、煙草、アイスクリームはもちろん、水飲み場さえも。ソフトドリンクの列がいちばん短いので、そこに並ぶ。ミントのガム、チョコレート、ホットバターの匂いに誘惑されそうになる。中国の拷問映画に出ている気になる。男を身動きさせないようにして、両腕を後ろにまわし鋼鉄の首輪で縛りあげたうえに、目と鼻の先に食事をおいて、最後には、男が食べ物に近づこうとして、体をひねったがゆえに死ぬのだ。彼女の不満な腹は、ふたたびぐうぐう鳴り、片手で腹をおさえ、ぎゅっと押し、なぜ自分が腹にそんなに意地悪をするのか、思いだそうとする。

それとほとんど同時に、彼女の後ろにいたスケベ野郎が、まるで、それだけじゃないよな、と言うかのように、彼女の女友達が「彼女の穴だらけの祭壇」と呼ぶものをがっちりつかむ。「ひざまずいて、そいつをお舐め!」と、彼女は言いたい気持ちになる。長いこと座りづめで、足が痺れているが、前列の生意気な男子生徒たちによろめきながら体当たりするほどではない。男子生徒たちは、あれこれと冷やかしの言葉を浴びせる。いちばんの標的は、通常もっと大人の観客であれば、彼女のウリにもなるおっぱいだ。彼女は振り返り、背後の女たらしの男を睨むが、そこには誰もいない。その代わりに、エッチな宗教映画を宣伝するポスターのそばに、目もくらむほどのいい男がいた。気品にあふれ腕っぷしも強そうだ。かつての彼女のお気に入りのミュージカルだったら、「サイコー級」と呼ばれたような男で、なぜか大胆でありながら繊細な顔をして、こんなちっぽけな町では売っていないような服を身にまとい、しかも、彼女をじっと見つめているではないか! この男はどこかで見たことがあるような気がする。もちろん、こんなゴミ捨て場のようなところでじゃなく、何かの映画に出ていたはず。たぶん、暗い過去を持った私立探偵か、偉大な冒険家か、アル中か、愛する女性のために人生を賭けた楽天家か、そんな役どころで。もしかしたらあのポスターの宗教映画に出ていた半裸の殉教者かも。美しい眺め、もしそうならば、このチャンスを逃すわけにはいかない。男がいま着ている服にも惚れ込んでいるわけだから。彼女はお腹を引っ込め、息を止め、ちょっとだけおっぱいを持ちあげる。ひょっとしたら男が興味を示すかもしれないので（可能性は大いにあるわ、と彼女は自分に言い聞かせる。でも恋に溺れちゃだめ。彼女はそれで有名なのだから）。なんと驚くべきことに、男は興味を示している！ 煙草をくわえ、両方の手のひらでおおいながら火を点け、彼女から絶対に目を離さない。品定めするかのように、彼女の胸をちらちら見やり（彼女は突然、はっと息を呑み、ブラのカップの中で乳房はボールが跳ねるようにポンポン揺れる。男の眉がひくひくするので、彼女にもどこを見られているかが分かる）それから、彼女の目にもう一度視線を戻す。男はかすかに微笑み、煙草の煙を吐きだし、彼女に煙草を一本差しだすかのように、箱を上にあげる。

彼女がそちらに向かっていくと、心臓の鼓動は激しくドキドキいい、ブラウスの下から透けて見えてしまっているに違いない。まるで何か生き物が胸の中に潜んでいて、いまにも飛びだそうとしているかのように。よく映画の中で「空中を歩いているみたい」というセリフを吐く人がいるが、それがどういう意味なのか、いま彼女には分かる。結局、それは穴だらけの空間で、次の瞬間には、何かにかかとをつかまれ、顔から下に落ちていき、すべてが台なしになり、ドタバタ喜劇というか、彼女の安っぽい人生を映しだすだけの話のようなものなのだ。確かに、男の匂いが分かる程度に近づいていくと（何だかペッパーステーキと、熱い風呂のお湯、クリスマスツリーを足して割ったような匂い。バターを垂らしたポップコーンの匂いは関係ない）、彼女の膝はがくがくする。彼女はよろめきながら、ふと思う。ああ、また同じことだわ。だが、男が手を伸ばし、彼女の肘に軽く触れて支えてくれる。それから、まるで二人のあいだに秘密の合図があったかのように、向きを変えて二人揃って（彼女はまだチケットの半券を持っているかどうか、確かめる。彼女の友人がよく言うように、念には念をいいいれて）、外の通りに出ていく。

彼女は男が差しだした煙草に手を伸ばすが、その手は震えている。あたりには霧のようなものが漂う（それで、彼女は汽車が蒸気を吐きだす鉄道駅、湿った別れの言葉を連想する。もっとも、まだ出会いの挨拶も交わしていないのだが）、いや、狂おしい情熱のせいで、盲目になってしまったのだ。何か気が利いた、しかもロマンティックな言葉をかけようと、考えをめぐらす——たとえば、「運命は素晴らしいってことに異論はないけど、ときどき、へんてこなものにも感じられて。そうじゃないこと？」とか、「あなたに見つめられると、空の上を歩いてるみたいな気分になってよ。あたしとこの大きな足が」とか、ただ単に「どうして分かったの？　美味《おい》しいわ、これ、あたしの好みよ」とか。それとも、高校三年生のチアガール時代以来ずっと喫《す》っていなかったので、いま、どんな種類の煙草が売られているの？　って本当のことをいうべきかどうか思案する。そうこうするうちに、四人の男が物陰から現われて、彼女をつかみ、歩道のほうへ引きずっていこうとする。「何するのよ！」と、彼女が声高に言う。それ以外の素敵な言葉は思いつかない。両足が宙に浮く。彼女は往年の恋人のほうに体をひねり、劇的な救出とは言わないまでも、少しは同情をしめしてくれてるんじゃないかしら、と期待する。だが、男は謎めいた笑みを浮かべ、吸いさしを喫うと、ぽいっと捨てて、ちょうど映画の最後の場面みたいに、霧や紫煙を追いかけるように映画館の中に消えていく。

メーカー名を隠し、濃いガラス窓で覆面された黒塗りの自動車が止まり、彼女は中に押しこまれる。ブルーのスーツを着た悪漢が二人、後部席の彼女の隣に割りこんでくる。もう一人は前の座席に飛び乗る。運転手は野球帽をかぶり、コートの襟を耳のあたりまで立てて、ハンドルの前で身をかがめている。それはこれまで何千回となく見てきたもののようでも、一度も見たことがないもののようでもある。四番目の男は、彼女の前に補助椅子をひょいと置いて、彼女の腹部にマシンガンの銃口を向けて座る。パニックに陥っているとはいえ、彼女に分かるのは、そもそも自分のお腹がこんなトラブルに巻きこまれるきっかけだったということだ。たぶん、車が轟音を立てて走りだすとき、彼女のお腹がごろごろ鳴る音がその男の耳に聞こえたかもしれない。彼女が一言も言っていないし、言えなかったのに、彼は黙れと言うからだ。

頭のイカれた筋骨隆々の男どもと一緒に車の中に押しこめられるのは、恐ろしい。ギャングでないとしても、ギャングみたいな態度で彼女の腹部に銃を突きつけ、車は彼女がこれまでに見たことないほど混雑しているダウンタウンを時速百五十キロで飛ばしている。信号は無視するわ、やってくる車はぎりぎりでよけるわ、彼らの車が向かってくるのを目にするだけの時間がある者をビビらせそうになり（ちょっと彼女の母親に似た女性が、後ろに飛び退いてガラスのショーウィンドーを突き破った——冗談じゃない！）。だが一方で、彼女は、運転手について別のことが気になっていた。運転手は前方に目を凝らさねばならないのに（「きゃあ！」と、彼女は叫び声をあげる。大きなバスの横腹がぬっと前方に現われたからだ。銃を持っていた男がそれで彼女をつつき、「黙れと言ったはずだぜ！」と言う）、彼女のほうばかり気にしている。バックミラーに映る彼女を暗い眼差しで見ているのだ。心の中に何か含むところがあるのだろうか、それとも、彼女に助言をしたいのか。「誰かが追ってくる」と、ふと運転手が突《つ》っ慳貪《けんどん》に怒鳴る。まるで本当に言いたいことを隠すかのように。

運転手以外の連中は、武器を取りだし、把手《とって》をまわして窓ガラスをおろす。「アクセルを踏め！」彼女に銃を突きつけていた男がそう叫ぶと、車はその通りスピードをあげて、縁石を飛び越え、一方通行の道路を逆走し、曲がり角を片側の車輪を浮かして曲がり、タイヤをきしらせ、新聞売り場や花屋の荷台を蹴ちらし、踏切で疾走する機関車を抜いて、高鳴るような道路工事やぱっくりと穴の開いた橋を越えていく。その間、彼女のそばにいるゴリラ野郎どもは車窓から首を出して、あとを追ってくる者を片っ端から撃退していた。誰も彼女には注意を払わなかった。猛スピードで飛ばしていなければ、彼女はドアを開けて飛び降りただろうが、たとえそうしても、誰も気に留めなかっただろう。ただし、ひとりだけ、そうあの運転手だけは例外だった。いまだにバックミラー越しに彼女をじろじろ見ているのだ。まるでまだ見足りない、とでも言うかのように。頭がおかしいのかしら？

突然、彼女のそばにいた巨漢のごろつきの一人が床にへたり込んだ。目があるべきところに大きな穴が開いていた。彼女は唇を閉じ、歯を食いしばる。補助椅子に座っていた男は、歯の詰め物を引き抜き血をどばっと口から吐きだしたような顔をして、ガラスのない窓に向かって彼女を突きだし、甲高い、苛々《いらいら》した声で言う。「何がおかしい？　お前もその面をしばらく外に出してろ！」彼女が体を縮めたその瞬間、反対側にいるガンマンが痙攣《けいれん》をおこし、汚れた洗濯物の入った袋みたいに彼女のほうにどすんと倒れこむ（さて、ここはどこ？　どこか崖っぷちを疾走しているみたい！）。彼女は必死で笑顔を作ろうと努力するが、例の口うるさい奴が金切り声をあげて、ふたたびマシンガンで彼女の体を突く。引き金にかかった指がぶるぶる震えている。その目は焦点が定まらず、奴はいまにも威厳を失いそうだ。運転手は、バックミラーで彼女をちらちら見ながら、あたかも何か名案があるかのように、行け、と小さく頷いて合図する。だからといって、何をしろっていうんだろう。

車はものすごいスピードで走っているので、彼女が窓の外に顔を出すと、目から涙が溢れてくる。何も見えない。でも、タイヤの軋《きし》む音やうなるサイレンの音、車の横腹に跳ね返る銃弾の音は聞こえる。きょうの午後、美容室で過ごした二時間のことは、忘れよう。自分の地毛だったのは幸いで、もしウィッグだったら、いまごろは、飛んでいってしまっていただろう。顔を車の中に入れようともがくたびに、後ろにいる頭のいかれたやつが小型機関銃の銃口で背中を押しつづけ、窓から突き落とそうとする。まるで「底荷をおろす」みたいに。それは彼女の女友達がよく化粧室に行くときに言っていた言い回しだ。そのとき、驚いたことに、通りすぎる風の音、発砲、疾走するタイヤの音がする真っただ中で、誰かが彼女の耳もとで「飛び降りろ！」とささやく声が聞こえた気がした。何？　風に吹きつけられる睫毛（いや、それは彼女のじゃない――ジッ！――どこかに消えてしまった）の陰に男の帽子のつばがちらっとだけ見える。窓から彼女のほうに身を乗りだしているようだ。「いまだ！」

ハンドルを急に切って車は脇にそれ、気づくと彼女は、どこか宙空にたった一人浮かんでいるが（視界の端でギャングの車は、崖っぷちを飛び越え、破壊的に宙返りを繰り返しながら、遥か下のほうに落ちていく）、彼女も落ちていく。どのくらい降下しているのか、分からない。ひょっとして一瞬気絶したのかもしれない。水面に体が叩きつけられたとき、ほとんど翌日に思えたほどだ。水は氷のように冷たく、古い洗濯機みたいに渦巻いていて、それまで眠っていたとしても、直ちに目が覚めただろう。渦巻く波の中でもがきながら、あたしって、いつも水着を着ると、人目が気になって仕方なかったけれど、せめてプールに行くからには、いくらかでも水に浮かび、水をいっぱい飲みこまない方法を知っておきたかったなあ、と思った。さらに悪いことに、一瞬、水の上に顔を浮かすことができたとき、彼女の目には、自分の体が猛スピードで近づいてくる水平線のようなものに向かって流されているのが映った。それは、いくら陸地しか知らないウブな彼女でも分かったが、滝のへりに他ならなかった。轟音が耳をつんざく。下のほうから霧みたいに泡が立ちのぼっているのが見える。映画でよく、死んであの世に行くときのシーンに使われるように。彼女の友達の表現を借りれば、まさに「フライパンから出て、下水管をくだるみたい」だ。彼女は鼻をつまみ、落下に備える。

だが、流れがスピードを増し、彼女がへりまで近づいてくると、空っぽの樽が波の上を勢いよく押し寄せてくる。頭から先にうまく彼女をすくいあげる形になり、彼女は体の半分まで樽の中に入り込む。頭は真っ逆さまに底のほうにぶつかり、お尻は宙に舞う。足をばたばたさせる。すると、樽全体がひっくり返り、一瞬止まり、それから降下する。それは快適な乗り心地とは言えない。外に出ている体の半分は、落ちて行くあいだじゅう、あやふやかつ無防備で、小学四年生のときに、お尻をぶたれるために校長室に呼びだされたときみたいだ。樽の中の半分は、くるくる振りまわされて、回転するくじ引き台の中の玉みたいだ。イタっ！　みんなでローラースケートに行って、一列に肩を組んで蛇みたいにジグザグに滑って最後尾で床に投げだされたときも痛かったが、いまはそれ以上に痛い。いつかの夜、友達が両手に綿菓子とダブルディップのアイスクリームコーンを手渡し、彼女の背中を押したので、カーニヴァルのびっくり館の壊れそうなスロープを駆け下りなければならなかったっけ。入口にいる大勢の人が彼女たちの横に広がって歪《ゆが》んだ顔を見て大笑い。

滝の底にたどり着くのに、何百年も時間がかかる気がする。死に向かう一秒一秒の瞬間は、概してこういう感じなのかもしれない。グルグルやドタンバタンが終わり、めまいを感じながら浮かんでいた。頭は暗い悪臭漂う樽の中、足は水中をぶらぶら。でも、水はそれほど冷たくない。樽に水がたまり始め、沈み始めているのに気づく。何か手をうたなきゃ。でも、頭痛がして、何も考えられない。それに、そこに横になっているのはとても気持ちがいい。たったひとりで、浴槽につかっているみたいで。冷たい水が優しく、まるで傷を癒してくれるみたいに、渦を巻いて体を撫でる。昔見た映画を思いだす。ある女王が泡風呂に浸《つ》かっていると、見たこともない素敵な男性が走って逃げてくる。ならず者たちに追いかけられているのだ。どこかに隠れなきゃならない。そこで、女王は威厳のある笑みを浮かべて、泡風呂の中に匿《かくま》ってやるのだ。追跡してきた間抜けどもが厳めしい顔つきでカーテンの中を捜しているあいだ、水の中で何が起こっているのかを知るには、バスタブのへりをつかむ女王の堂々とした顔つきを見るしかない。あの映画のシーンを思いだすだけで、頭痛が少し和らぐ。

下のほうで冷たい水が流れているのが感じられ、太腿のあたりがくすぐられて、体がぞくぞくっとする。そこで、気が進まないまま、結局、樽から抜けでることにする。樽のへりにつかまり、夢見心地であたりを見まわす。遠く海にまで流されてしまったように思える。どちらも見ても、水しかないから。そのとき、見えたのだ。水の中を背びれが動いているのが！ サメだ！ 何百匹もいる！ 慌てて、足をばたつかせて樽の中に逆戻り。慌ただしく蹴りあげ、体重を底のほうにかけて、樽を水面に対して垂直に立てると、ぬめぬめする巨体がそばまでやってきて、まるでその樽をひっくり返そうとするかのように、ドタンバタンとぶつかってくる。

彼女は腰をかがめて、樽のへりからそっと覗き見ているが、心臓がばくばくして口から飛びだしそうだ（どうして、いつもこの世の中は、腹をすかせた連中ばかりなんだろう？）。この場も、いまのところは安全だけど、永遠に安泰なわけじゃない。樽には半分以上水が入ってきている。女友達の口癖を借りれば、もう少しで噛みつけるところまで来ている。しかも、刻一刻へりから中にひたひたと入り込んでくる。手を使って、水を外に掻きだそうとするが、間に合わない。靴を使っても、それほど違わない。ブラウスでバッグのようなものを作ってみるが、破れてしまう。まるで自分がスローモーション映画の中にいるみたいに感じられる。早く走れば走るほど、その分、どこにもたどり着けない感じで。結局いちばんうまくいったのは、ブラジャーだった。広告の歌い文句ではないが、これほど彼女の胸のうちを分かってくれる友達は、他にいなかった。彼女は、いわばびっくり箱が開くような動きをとって、両手を水の中に浸し、両方のカップを水で満たすと、ブラを真上に投げあげながら、カップを引き離す。スパッ！　ヒュー！　スパッ！　ヒュー！　まるで大洋を水でいっぱいにしようとしているかのように、何度も何度も。

やがて、ブラがパチンと音を立てて破れる――そんな作業のために作られてはいないのだ――が、彼女はその戦いに勝利する。片方の靴を使って、残りの水を掻きだす。サメたちがどこかに姿をくらましたことに気づく。彼女の行為が気味悪かったのかもしれない。だからと言って、彼女の苦境が終わったわけではない。果てしない大洋の上を、水漏れする樽に乗って漂っているからだ。食料もない、水もない、咳止めの飴一つない。ああ、やんなる。いつもこうなんだから。あるとき、一生懸命運動してカロリーを減らし、調子よくやろうとしたら、にっちもさっちもいかなくなったのだ。ブラウスの端切れを着て、スカートの腰のボタンをゆるめ、痙攣する足を我慢してぴちゃぴちゃいっている樽の底に屈《かが》みこむ。お腹が空っぽのような、いっぱいのような複雑な感じで。塩水でふやけていなければ、手に握っていたチケットを齧っていただろう。

数日がたち、いや数週間だろうか、彼女は時間が分からなくなる。寂しくなったり、気分が高揚したり、落ちこんだり、錯乱したり、むらむらしたりした。ある日、遠く水平線の彼方に煙が見える。当然、誰かがホットドッグかマシュマロを焼いているんじゃないか、と直ちに想像して、素手で必死に水を掻いてそちらに向かおうとする。手で水を掻くのはあまり効果的でない。スカートを脱いで、帆のように両手に広げて持つと、まだ役に立った。こちらから見ると、煙は山頂からあがっているようだった。思ったよりずっと遠くのほうだった。サメの群れが戻ってくる。靴で追い払わねばならない。そのために、一時的に「帆」と呼ぶべきものを使うことはできない。それでも、ゆっくりとながら、前に進むことはできる。

　岸に向かって必死に水を掻いていくと、とうとう両腕が六メートルくらいまで伸びて、水に浸《つ》かった測鉛になったみたいな気がした。そのとき目に入ったのは、彼女を歓迎する一行——長い槍を持ち、花の首飾りをつけた大勢の原住民——の姿だった。スカートは穿いたが、縮んでしまっていて膝下にはいかない。でも、パンティには小さなパープルと緑のハートマークがいっぱいついているから、ひょっとしたら、水着と勘違いしてもらえるかもしれない（つねに、希望的にものを考えるタイプなのだ）。とりわけ、自分たちでもあまり服らしいものを身につけない外国人には。こうした場合、原住民にどんな挨拶をしたらいいのか、彼女には分からない。でも、結局、最良の挨拶は、手を振って、ハーイと呼びかければいいんだと決断する。この手は、彼女が思ったほど通用しない。彼女は捕まって、長い棒に手と足を縛られる。連中はその棒を肩に担いで山を登る。「火山の神さま、とても空腹」と、一人が自分の腹をなでながら説明する。実際、彼女の耳には、自分の腹よりも大きな音で男の腹がごろごろ鳴るのが聞こえてくる。「でも、こっちは何週間も食べてないのよ。まずこっちの空腹を満たしてくれたっていいじゃないの」と、彼女は前方をいく男に期待をこめて叫ぶ。だが、男には聞こえない。もしくは、聞こえない振りをしている。

　火山の入口で、連中は彼女を持ちあげていまにもその中に投げ込もうとするが——彼女はすでに背中に熱を感じ、硫黄の臭いが漂ってくる。絶望的な状況だが、これから何ができるのか。彼女は言語表現が得意じゃないのだ——ふと原住民のあいだで、言い争いが始まる。ある小柄の男が例のギャングの運転手にそっくりな顔をしているが、いまは顔に焼いたコルクで真っ黒なペインティン

緒にあたりがぐらぐらっときて、いままでそこにあった木々がなくなっていた。男が不安げに顔をあげ、彼女を抱き寄せる。もう一人がピューと口笛を鳴らし、足で蹴とばし、二人を地面に倒した。「侵略だ！」と、男は叫び、彼女の手をつかみ、連れていく。二人とも四つん這いで、ジャングルのほうに避難する。

次に小屋が攻撃を受けて、大空に数マイルも高く火炎が立ちのぼる。瓦礫があちこちに飛び散る。二人はぎりぎりで戦火から逃げのびる。この男は、いったい何をやっていたのかしら？　あの場所でダイナマイト工場でもやっていたのかしら？「俺の貴重な実験が！」と、男は息を詰まらせながら説明する。かすり傷を負い、煤《すす》で汚れた顔を痛そうに歪めながら、彼女をジャングルの中に引っ張っていく。歯を剝く豹たちやキーキー鳴く鳥や鰐や蚊でいっぱいの沼にめげることなく、危険のひそむ道を案内する。浜辺に近いところに何列もの掩蔽壕《えんぺいごう》が掘ってあり、少数の疲弊した兵士たちが、海から続々とやってくる敵軍に応戦している。男は二つの死体をどかし、ライフルを拾いあげると、一丁を彼女に渡す。それから、掩蔽壕の中に飛びこむが、一ダースもの敵の銃弾が跳んでくる。男はひょこっと立ちあがり、四、五人の侵略者を撃ち殺す。ひょいと頭をさげると、敵の弾丸がピュー、ピューと耳もとを通りすぎていく。うわぁ、すごい腕だわ。惚れちゃった！　もはや彼女はそのことを否定できずに、ひとり胸の中でつぶやく。メロメロよ。めらめら燃えてる！　いつでも満ち満ちてるわ！「頭をさげろ！」と、男が叫ぶ。その通りだわ。なんてこと！　彼女はあまりに興奮して、頭がまともに働かない。

彼女は男のそばで体を丸める。男はライフルの使い方を教える。なんて素敵な人なんだろう。あたしの友達がハチミツのしずくと呼ぶやつを、もう一度舐めてくれたらいいのに。いま目の前に熟してぶらさがっているんだから。それを言うなら、何されてもいいわ。聞く耳は持ってるつもりだし。そう彼女は思うが、男は素早く体を起こして、侵略者たちを撃つ。どうも、その行為に取り憑かれているみたいだわ。それでも、彼女は何でも一度はやってみる性格だった。過去に怪しい主義信条の奴に引っかかって、トラブルに巻きこまれたこともあったけど。ともかく、彼女はもの覚えが悪いのだ。海岸線にひょろひょろした兵士が水しぶきを立ててあがってくるのを見つけ、四方八方でたらめに狙っていたが、そのうち相手が目の前まで来てしまい、引き金をぐいっと引いた。ワォ、片腕が肩からガーンと、はずれそうになる。でも、敵が倒れるのを見るのは楽しい。敵は、翼をひろげた鷲みたいに、両手を広げて十五センチぐらい宙に浮き、寄せてくる波に背中から倒れる。態勢を整え、もう一発撃った。衝撃は前ほどなかった。敵兵は、こんどはバレエのピルエットみたいに、片足のつま先を軸にしてくるくる回り、少し跳ねてから浜辺にどしんと倒れる。また別の敵の顔面を撃つと、敵はうしろに宙返りした。さらに、もう一人の敵兵の膝を撃った。額の生え際を撃つと、帽子が吹っ飛び、そいつは崩れおちた。敵のおへそを撃ったり（苦痛には仲間が必要、そう彼女は思いながら、自身のおへそあたりがゴボゴボうずくのを感じる）、片方の耳を撃ったりして、敵をくるくる回転させたり、肋骨を撃って敵の体を二つ折りにさせたり、かすり傷の体にとどめの弾を撃ちこんだりする。目の前に敵を並ばせて、一度に二、三人をぶっ放す。敵のライフルの銃身を狙い、そうすることで、敵の顔の前で銃が暴発した。これは面白い！　これまで男の人たちがこんな面白いことをしているなんて知らなかったわ。

だが、彼女も先刻承知のはずだが、楽しいことは長くつづかない。ズロースのお尻のあたりが引っ張られたような気がして、下を見ると、一緒にやってきた男だった。負傷して足下に倒れていたのだった。頭に血だらけの包帯を巻き、指関節の皮が擦り剝けた両手でまだ煙を噴くライフル銃を握っている。目は痛みと発熱で真っ赤に充血している。何かを小声で告げようとしているように見える。彼女は身を乗りだす。敵の兵士たちがあくせく丘を登ってきながら、まるで復活祭に子供たちが卵を探すときみたいな奇声をあげているのが聞こえてくる。「味方はあまり残っていない！」と、喘ぎ声をあげる。「助けを求めにいくんだ！」彼女は反論しようとするが——そのことにどんな意味があるの？——男が悲しく、優しい笑みを浮かべて、それをさえぎる。「俺たちの命運はきみにかかっているんだ！」と、ぜいぜい言いながら告げ、戦友のように、彼女のお尻を弱々しく叩く。だから、他に何ができるっていうの。

彼女は急いでジャングルの中を戻る。鰐や虎をやっつけ、だんだん射撃のコツが分かってくる。だが、なぜかどこかで、恋人のことが頭から離れずに（いま、男のことを恋人と思うようになっている。一緒に味わったあのような親密な関係は、それほど大したことじゃない、あえて名づけるほどのものでもないと思う人もいるかもしれないけど、でも、有史以来よく言われるように、どんな出来事も、受け取り方は人によってまちまちなのだ）、うっかり道を間違えて、砂漠に出てしまった。まだ地平線の向こうに見えるジャングルのほうに戻ろうとするが、裸足で砂丘をふたつ登り降りすると、もはやジャングルの姿は見えなくなり、あるのは果てしなく続く砂、また砂。それまでの足跡を探そうとするが、五、六歩行くと、そこから先は消えている。

彼女は考える。たぶん、いまこそ、ここに腰を落ち着けて、思いっきり泣くべきときよ、と。だが、そのことを考えているうちに、頭にターバンを巻き、パジャマのようなものを着て、つま先が巻きあがったシルクのブーツを履いた男たちが馬でやってきて、彼女をひょいと連れ去る。「ねえ、あんたたち、ビスケットか何か持ってない？」と、期待をこめて訊いたが、一行は彼女を馬の後方に乗せ、彼女の小さな質問を棚上げして、ある族長の宮殿へと脱兎の勢いで立ち去るだけだった。

そうなんだ、分かったわ。彼女はずっと昔、あの故郷の映画館のロビーに足を踏み入れたあの夜以来、いくつか驚くべき経験をしてきたが、最大の驚きはこれからだ。族長はポスターの下に立っていたあの男で、まさにあの塹壕で一緒に負け戦を強いられ、置き去りにした男だった。ただ、いまは鼻の下に、明らかにニセモノっぽい口髭を生やしていた。彼女は理解させられる。自分はこの男の新しい恋人で、その嫁になるのだ、と。今夜だ。もちろん、嫁はいっぱいいる。宮殿は、顔をヴェールで覆った貴婦人でいっぱいで、そこここを歩きまわっている。寝室の中だけでも、二十人以上の貴婦人がいるではないか。それでも、彼女は自分が社交的なほうだと思っているし、人と一緒にいるのは嫌いではない。そこで族長にウィンクをして、族長が頭で考えていることに対して、自分もその気でいるわよ、と伝える。だが、族長は暗く顔をしかめて、吐きだすように「このうす汚いメス豚め！」とか、「こいつの祝言の準備をしてやれ！」とか言うばかり。それならば、好きにさせてやるわ。

彼女は宦官《かんがん》と女中たちに手渡され、浅いプールのようなところに連れていかれる。裸の貴婦人たちでいっぱいで、彼女は身にまとっていたボロ切れを脱がされる。お腹をポンポン叩き、つぼめた指を口の中に入れる仕草をする。だが、理解してもらえない。まあ、結婚式なんだから、きっとご馳走がいっぱいあるはずだわ。生来の楽天家である彼女は、そうひとりごちる。つま先をお湯の中につけて、お湯がどのくらい熱いか確かめていると、なんとあのギャングの運転手がふたたび現われるではないか。最後にあの男を見たとき、爆発する車で崖を落ちていき、煙をあげる火山の奈落の底へ投げこまれたのに。いまふたたび登場し、こんどは裸の宦官に扮して、みんなに命じている。彼女が沐浴する前に、身体検査のために「処女の館」に連れていくように、と。

彼女か、誰かがそれに反論しないうちに、男は彼女を連れて、全速力で鏡の間を駆け下りる。彼女の裸足が大理石の床の上をぴしゃぴしゃ騒がしく動く。体のほかの部分は、ぶるぶる震え、鳥肌だち、疑いなく垢の下はすべて薔薇のようなピンク色だ。腹ぺこだったが、不運なことに、彼女が身にまとう式服は、彼女がお腹を空かせているのにもかかわらず、あちこちたっぷりタックを使っていた。そのことは、彼女がぎこちなく歩いていく姿を目撃した誰の目にも見逃せない事実だった。男は突然、彼女を暗い廊下へと押しだし、自分の背中を壁に押しつけ、首を伸ばして角のあたりの様子をうかがう。「敵はいない！」と、男はひそひそ声で言う。「ラクダ小屋の向こうに、飛行機が待っている。急いで移動しよう！」「ちょっと待ってよ」と、彼女は喘ぐように言う。「あの男のことは知ってるわ、確かに」「いや、そうじゃないんだ。あんたの思ってる奴じゃない。双子の弟のほうで、性悪なんだ。気づかなかったのか、いわくありげな傷とか、消えた痣《あざ》とか。偽造文書を使って、双子の兄の正当な遺産を盗んだのだ。何ごとも躊躇しないはずだ。それで、あんたはこんな風に巻きこまれてしまったってわけさ」「何ですって？」事態はとても込み入っていた。「あたしは特に好みがうるさいわけじゃない。二人とも格好いいじゃない」男は彼女の手首をつかむ。「いいものを見せてやろう」

男はさらに廊下の奥へ、階段を降りて、もっと狭い通路へと連れていく。「何ごとも躊躇しないってどういうこと？」と、彼女は不平を漏らす。二人はいま迷路のような宮殿の奥深くにいた。男は指を唇に持っていき、鍵の閉まったドアに向かって斜めに進んだ。「ここは、お気に入りの女性たちの部屋だ」と、男は囁《ささや》く。「最初に族長のために踊って族長の嫁になり、それからこの部屋にやってくるんだ」男が密《ひそ》かに体のどこかに隠していた針金でドアのロックを開けると、部屋中に斬首された頭部が転がっている！　彼女は悲鳴をあげる。一種の条件反射だ。「ごめんなさい。自分に降りかかってきたことを知らなくて」と、彼女は小声で言う。足音が近づいてくる。男は、それが何であるかを確かめる盲人のように、石壁を撫でる。突然足音が大きくなり、廊下につづく階段を駆けおりてくると思いきや、ふと石壁の一部がすっと開いて、二人はその中に忍びこむ。ジグソーパズルを完成させるみたいに、開いた壁をすばやく元に戻す。

秘密の通路は、あのハーレムのプールへつづいている。「服を取ってきて、さっさとここからずらかろうぜ」と、男はがなり立てる。だが、そうする必要はまったくない。どうせ、ずたずたになったブラウス、ビキニの水着の下ぐらいだし。そもそもここは熱帯だし。それでも、彼女は男に言われた通りにする。これまでいつも気楽な性格だったから。それらを身につけているあいだに、もう一人の宦官と女中たちが彼女を取り巻き、ふたたびプールのところまで連れていこうとする。だが、彼女の男友達が喉をかっ切るジェスチャーをして、彼女の髪の毛を鷲づかみする。その場にいた者は皆その動作を理解して、一斉に後ずさる。もしこの人たちがボディランゲージを得意とするなら、どうしてあたしが頼んだとき何か食べるものを出してくれなかったんだろう。そう彼女は思案する。ゆっくりと閃《ひら》めいてきたのは、ここが実に不吉な場所だということだ。男は彼女の髪の毛をつかんで引きずりまわす。いくらリアリズムを追求するにしても、ちょっとやりすぎじゃない、と彼女は思う。が、そんな不平を述べないうちに、そもそも最初に彼女を誘拐した猿野郎たちが現われる。

首をちょん切るジェスチャーは、この連中には効かない。「こらお前！　踊れ！」と、一人が文句を言い、族長の寝室に向かって、ぶっきらぼうに彼女の背中を押す。彼女は足をとられ倒れる。歩くことすらできないのに、この悪党たち、彼女が踊れるとでも思うのか。彼女の宦官が手を貸し、立ち上がらせながら、こっそり耳打ちする。「大丈夫。それでいいんだ！」「でも、あたし、踊りなんて下手よ！」と、彼女は泣き言を言う。「ポルカしか踊れないわ！」「すべきことは、自分に忠実になること。いいかい、きみならできる！　中に入って、きみの才能を見せてやるんだ！　飛行機のところできみを待ってるからね！」

族長の部屋に無理やり押しこまれる。彼女のショーのために大勢の人が集まっている。族長が彼女にぎこちない不快な訛りで、どうして汚れたボロを脱がないのか尋ねる。彼女はその言い方をわざとらしいと感じる。「よこれたポロ」と発音しているからだ。すばやく頭を働かせて、族長に、最初の曲として考えていたのは「うす汚れたブタのダンス」だと答える。族長は疑いの表情をする。彼女はそれが自分の故郷でとても人気のある曲なので、ゆっくりご観覧ください、と言う。ひとりで人前で踊ったことなどなかったが、ひとたびタイトルを思いつけば、あとは朝飯前だ。誰だって、ブタのダンスはできる。とりわけ、チアリーダーの経験が少しでもあれば。彼女は、ちょっとアヒルのダンス、ちょっと雌牛のダンスを挿入する。族長は目を丸くして、口髭の端をひねる。もし連中が大きなゴングを鳴らし、蓋をした大皿を持ってこなかったら――ようやく宴会の時間だ！　恥知らずにも、彼女のお腹は期待でゴロゴロ鳴る――そのままあらゆる家畜の踊りをやるところだった（すでに――どうにも止まらず――ダンサーとしてのキャリアを考え始めていた）。

しかしながら、彼女が大皿の蓋を開けてみると、それは優しかった宦官の首だ。あの運転手の帽子をかぶっていて、血の気の失せた口には、金属のようなものが挟まっている。鍵だ！　彼女は心の中で叫び声をあげ、危うく食べたものを吐きそうになるが、外面では狂気じみた笑い声を立て、片手で帽子をひったくり、もう片方の手で鍵をこっそり盗もうとする。うれしいわ！　でも男の顎ががっちり鍵を噛んでいて、鍵を取りだすには、男の顔を押さなければならない。すると、男の顔は大理石の床にころころと転がり落ちる。ただし、これによって、彼女の二つ目の演目に本物らしさが加わる。彼女はちょうどいまその題名を「弾む頭につづけ」と、公表したばかり。彼女は帽子を目深にかぶり直し、部屋の中で激しく踊り始める。首を蹴っとばし、それを追いかけてゆく。連中が気を取り直さないうちに、首を蹴りながら、ドアから出てホールを抜ける。

彼女がこのねじ曲がった狂人収容所からの逃げ道を見つけたと思った頃に、連中がすぐ後ろのほうでがたがた音を立て叫び声をあげているのが聞こえてくる。すぐ後ろに迫っている！　最後の使命の一つとして、ボウリングみたいに連中の何人かを倒せないかどうか、友人の頭を転がすと、外の月光の中へ駆けてゆく。ラクダの小屋がどこにあるのか、皆目見当もつかない。匂いを頼りに、やがてラクダたちを見つける。追跡者たちを混乱させるために、ラクダを放してやるが、愚かな獣たちは、食べ物を戻してもぐもぐやっているばかりで、そこから動かない。「次は、『ラクダ・バーガーのダンス』をやることにするわ！」と、彼女はラクダたちに怒声を浴びせ、博物館の展示にふさわしいような、旧式の飛行機が停まっているところに走って戻る。彼女がコックピットの中にひょいと飛び乗る頃には、後ろの小屋は怒り狂って三日月刀を振りまわす男どもでいっぱいになる。

鍵をどこに差しこむべきかその穴を探しているあいだ、彼女の手はぶるぶる震えている（女友達がこう言うのが聞こえてくる。「いいこと。どこでもいいと思うところに入れるのよ」と）。まるでいま閃《ひらめ》いたかのように、彼女は理解する。こんなおんぼろ飛行機を操縦するなんて、ちっともできないのだ、と。それを言うなら、自動車ですら運転できないし、自転車だって、乗ってたら、町のもの笑いの種になってしまうのに。散歩だって、ままならない。それでも、首狩りの男たちは、すでに目を真っ赤に充血させて翼によじ登ってきているのだ、もう選択肢はない。ようやく鍵を差しこむスロットを見つけると、あらゆるものが一気に乱暴に立ちあがった。突然、彼女は狂ったように飛行機をフルスロットルで加速していた。上下に揺れたり、左右に揺れたりして疾走し、驚いた暗殺者たちを振り落とす。たぶん使うべきクラッチか何かがあるはずだが、すでに時遅し。すべて遠い昔のことだ。いま彼女にあるのは、ただ一つの問題点だけ。目の前に迫りくる何か——たとえば、ラクダ小屋だが——に衝突する前に、どうやったらこいつを空高く飛ばすことができるか、だ。彼女はくるりとUターンしたようだ。彼女を追跡していたパジャマ姿の連中は、その場に立ち止まり、一瞬口をあんぐり開け目を丸くして、競い合ってラクダ小屋のほうへ逃げていく。

彼女は目の前のパネルのすべての装置を引っ張り、パンチを浴びせ、ひねり、蹴り、弾き、叩き、どやしつけるが、うんともすんとも言わない。そこで、目をつぶり、太腿に操縦桿を挟んで（いまだに孤独の夜に——ということは、ほとんど毎晩ということだが——一緒に寝ている、ぼろぼろになった人形を思い出しているかもしれない。あるいは、昔飼っていたやせ細った赤毛の猫を。あの猫ちゃん、安らかに眠らんことを）、迫りくる衝撃に身を縮める。だが、衝撃はやってこない。目を開けてみると、奇跡的にオンボロ飛行機がカタカタという始動音を立てて、月夜の空に飛び立っているではないか。王宮もオアシスも、後方の暗闇の中に消えていく。びっくりして、操縦桿を向こう側に押す——おっと！——まっすぐ、いま来たところに逆戻りしている。分かったわ。彼女は愚か者ではない。操縦桿を適当に押したり引いたりしているうちに、やがてローラーコースターみたいに飛んでいた飛行機は、障害物レースの競走馬みたいに、ある程度安定感を保つようになる。

素人《ゼリービーン》にしては悪くない。女友達ならそう言うだろう。実際、こんな珍奇なものを飛ばしていることに誇りを感じる。まったくの初挑戦で。いわば、下着のお尻にかけて、その一、もしそのお尻が濡れていないとすれば（いい、あの王宮はとても怖かったのよ——恐怖に駆られた映画のヒロインたちがあたしと同じくらい首尾よくやったとしても、すべて事実を晒すわけじゃないわ）、その二、もしこいつを着陸させる方法、ふたたび来た道を戻ってあの場所に降りることなく、ここから逃げだす方法があるとしたら。彼女は手探りで指示書を捜す。いや、神経を和ませるためにピーナッツの袋でも捜す。目の前のパネルに一種の時計みたいなものを見つけるが、小さな針が「空《エンプティ》」を指しているではないか。何てこと！　彼女に必要なのはそれだけなのに。いまでも、エンジンは窒息したような音を立てている。まるで気管に何かが挟まったみたいだ。下のほうの小さな灯りが彼女に語っているように見える。「おやすみ、可愛い人。おやすみ」と。

彼女は座席のまわりを、その下を、背後を手探りする。トランプの束、煙草の吸い殻、ヘアオイルの瓶、ページの傷んだウェスタン小説、空っぽのジンのボトル（今夜はついてない、匂いも飛んでしまっている）、中に暗号が書かれたプラスティックの指輪、表面に綿ゴミがついた使い古しの石鹼、そして、ようやく捜していたものを見つける。パラシュートだ。すでにオンボロ飛行機は、病気のラバみたいにヒーヒー言っていて、ノロノロ飛行になっている。パラシュートを装着すると、コックピットを開け、星のきらめく夜空に身を投げる。こんな高度でも冷静でいられることに驚く。いつもなら、映画館のバルコニー席でもめまいがしてしまうのに。

どこに着陸するのか、誰が自分を待っているのか分からない。それを言うなら、布帽子をかぶり、濡れた下着、吹き流しみたいになってしまったブラウスだけの格好で、どんな印象を与えることになるかしら。彼女に期待できるのは、人々をびっくりさせて、自分たちが見たのは何だったのかと考えさせているうちに、さっさと姿をくらますことができるかもしれないっていうことぐらい。密かに願うのは、失くした付け睫毛が見つかったらなあ、ということだ。少なくとも、普通の櫛は言うまでもないが、口紅とデオドラントだけでもいいんだけど。まるでそうした考えがきっかけになったかのように、帽子が吹っ飛び、絡まった髪のあいだから、夜空に消えていくのが見える。星の輝く夜空を見ながら、彼女は考える。ちょっと待った！　何かおかしいわ。パラシュートはどこ？

自動で開かないの？

そのとき、昔見た戦争映画を思いだす。それによれば、ブラインドか、何か結婚式でするみたいに、指を一本リングの中に入れて、引っ張らなければいけないのだ。彼女は慌ててリングを捜すが、見つからない。こんなばかばかしいものを背中につけているだけで。そうこうするうちに、首の筋を違えてしまう。そこで、パラシュート脱いで、リングを捜す。何もない。枕みたいになっている。それを抱っこして、運を天に任すべきか。急速に降下しているのに！　そのとき彼女は男物のフライトジャケットのボタンのように脇開きになった部分を見つける。手探りでボタンを探す。これが人生で最初のことではないが、涙ながらに後悔する。これまでに訓練しなかったことを。それでも、袋の中に発見したのは、端に乳首のような接管がついたノズルだ。何これ？　これに空気を吹きこんで、膨らますのかしら？　馬鹿げてる！　苛々しながら接管を引っ張ると、ヒューと音を立てて――ポン！――突然、巨大なガス風船の下にいた。

ワォ！　やったわ！　必死に片手で風船につかまって、灯りがついた目抜き通りの上にシューという音と共に降りてくる。そのため、車はブレーキ音を軋ませ衝突するし、犬はヒステリックに鳴くし、通行人は口をあんぐりあけて驚き転倒し、互いに重なり合う。彼女はまだぶるぶる震えていて、こうした人々の関心を素直に喜べない。胸の中では心臓がどきんどきんと早鐘を鳴らして、まるで落ち着きのない原住民の太鼓のようだ。鼻からは鼻水だか鼻血だかが出てきて、いま望むのはどこか、何年か腰を落ち着ける場所に行くこと。食欲さえ失せてきた。しかも、まだ終わったわけではない。どのくらいノズル、そして風船の部分にしがみついていられるか、彼女にも分からない。

風船はいま映画館のほうに向かって通りを流れるように進んでいくが、どちらかというと、また上昇し始めたように思える。

すべてが終わると思えたとき、汗で湿った手がつるっと滑って、風船は、映画館のロビーから出てきた熱風でどこへ知らぬままに上に吹きあげられる。映画館の隣の金物屋の日除けを見つけ、風船から手を離し、そこに落ちていく。まるで干し草の山のようなその場所に落ち、そのまま歩道のわきに積みあげられたガラクタへとまっしぐら。着地の中でも見事とは言い切れないし、覚えている限り日除けのキャンバスの一枚、二枚が焼けてしまうが、友達の表現を借りると、彼女は「無傷《オール・イン・ワン・ピース》」である。いまだにチケットの半券を持っていて、映画館では、ちょうど休憩時間の終了を告げるブザーが鳴り響き、誰もが急いで自分の席へと舞い戻る。

幸運なことに、案内係は逆方向を見ているので、彼女はそばを駆け抜け、ドアがばたんと閉まる。館内はすでに暗く、スクリーンにはお子様向けのマンガ映画が映しだされている。キーキー、バンバンという騒音、心はずむ音楽、ある動物が別の動物を虐待する。よくあるシーンだ。驚いたことに、誰も彼女がどんな服を着ているのか、というかむしろ着ていないということに気づいてくれない。彼女の女友達が、すぐ後ろの列に這うように入ってきて、カウボーイ野郎と一緒に座り、片手を男の膝の上に置く。彼女はへとへとなので、男の気の利いた皮肉な言い回しには耐えられない。夜通しおしゃぶりだの、吹き出物の特集だの、こんなに長いことトイレで彼女は何をしてたのかな、お楽しみかい？　みんなでやってみないか、誰がケツを持ってきてくれるのかな？　だの。ときどきこの友達にはうんざりさせられる。とりわけ、殿方のご機嫌をとろうとしているときには。

彼女は自分の席で身をかがめる。妙な寒気を感じ、セーターか何か持ってくればよかったと思う。ジーンズのスペアや靴の替えはいわずもがな、だけど。歯ががたがた言いはじめ、体じゅうがぶるぶる震えてくる。だが、館内がそれほど寒いはずはない。たぶん気にしすぎなのだ（いわば、これほど近いところに座ったことがなかった）。気持ちを落ち着かせようと、スクリーンのマンガ映画に集中する。だが、何かが変だ。一匹の動物がコイル状のバネになって、ビヨーンビヨーンと飛びまわる。通常であれば、観客はわいわい、キャーキャーはやし立てたり、通路を転げまわったりするのに、いまは誰一人笑わない。誰一人、どんな音も立てない。彼女は不安になって体をひねり、後ろを覗きみる。だけど、館内は、映写機の光だけしかなかったが、満員だった。観客たちは、奇妙な無表情の顔つきで、体を硬くして席に座っていた。その膨らんだ目はスクリーンに釘づけになっていて、まるで催眠術にかかったようだった。あるいは、死んだ人か何かのようだった。やばい。彼女は手を伸ばし、後ろの席の女友達の体に触れて、一体どうなっているのか尋ねるが、その子は小突かれて、力なく恋人の膝から床と椅子の間にずりおちる。軽くどしんという音がして、スクリーン上の小さな口笛や衝突音とかぶさっても、はっきり聞こえてきた。スクリーンでは、物体がものすごく高い階段を転がってくるといった、ドタバタ劇が繰りひろげられていた。友達の恋人も、あまり元気そうな顔をしていない。カウボーイハットを鼻までずり下げて寝そべり、汚れた口はあんぐり開いたままだし、ベルトのバックルは締まっていないし、片手はそこにもういない女の痩せたお尻に置いた格好だった。ふと冷たいかぎ爪のような手で肩をつかまれて、彼女は思わず悲鳴をあげそうになる。だが、声が出ない。彼女はかぎ爪によって前向きにさせられて、ふたたびスクリーンをじっと見る姿勢を取らされる。気味の悪い沈黙のなか、まったく空々しいドタバタ喜劇を眺める。この状態からどうやって逃れようか、と途方に暮れる。もし「どうやって」というのが、正しい解決法だとすれば。ちょうど魔法にかかったみたいで、もしそうならば、それを解く方法もあるはず。でも、いまのところは思いつかない。ほとんど頭が働かない。まるでヴードゥ教の呪《まじな》い師が後ろにいて、骨張った指を彼女の耳の中にこじ入れ、「切る」のボタンを押したみたいで。だから、ほかに何ができようか。ただ顔をあげて、スクリーンに目をやり、そこで繰り広げられているドタバタを見ている振りしかできない（一匹の動物が、角氷の製氷皿の中に無理やり入れられて、いま角氷の形に溶け込んでいく。ポンとかドスンとか、大げさな音がして、さまざまな動物の体の一部がトレイの中から転がりでてくる）。せめて中に入ってくるときに、飲み物を取ってくればよかったなあ。そう彼女は思うばかり。いや、それより、大きな容器に入ったポップコーンと、チリドッグ五、六本のほうがいいか。長い夜になりそうだから。もし万が一まだ生きているとして、彼女の女友達の口癖ではないが、「ときには、ねえ、体をかがめて、頰をぷっとひろげて、思いっきり解放するのもいいんじゃない」かと。ともかく、いま、かぎ爪の持ち主の希望は、彼女に映画を見てほしいだけのようだ。そもそも、生まれてこの方ずっと彼女は映画を見てきたのだ。どうして、いまそれをやめなきゃならないの。そうでしょ。それに、いつだってハッピーエンドが待っているはず。そうでなきゃ。チケットの代金に、それも含まれてるんだし……。

お子様向けマンガ映画

漫画の男は漫画の車に乗って漫画の町へ行き、本物の男を轢《ひ》いてしまう。本物の男は、それほどひどい怪我をしていない。漫画の車には、しょせん重量がないのだから。封筒をなめて唇を切った程度でしかないが、それでも、本物の男は自分の身に凶事が降りかかったと感じて、警察を捜しに出かける。あたりに本物の警官がいないので、漫画の警官に苦情を言いにいく。漫画の警官はきびきびと応対し、あっという間に現場のほうへと急行する。だが、本物の男は困惑する。警官が歩道から十センチぐらい上を走り、おまけに男が一歩進むあいだに五、六歩も無駄な足踏みをし、警笛を鳴らしつづけているからだ。まるで別々の道路を並んで歩いているみたいなのだ。その間、漫画の町は、登場人物とは関係なく、それ自体で静かに通りすぎる。

事故現場には、漫画の男と本物の警官がいる。漫画の車は屋根が下になってひっくり返っている。まるで病人のように調子が悪く、壊れているようだ。「これが、それか？」と、本物の警官が警棒で示しながら、訊く。漫画の男は、ぴょんぴょん飛び跳ねながら、車を告発する甲高い叫び声をあげ、その背後では、車がぶつぶつ不満そうに鼻を鳴らしたり、めそめそ泣き言をもらしたりしている。そこで、漫画の警官が、男に抗議するかのように、あるいはひょっとしてただの習慣からかもしれないが、ピーと警笛を鳴らす。すると、大きな漫画の犬が――漫画の車よりも大きい――現場に踊りでてきて、男を追いかける。「一緒に来たまえ」と、本物の警官が本物の男の襟首をつかまえて、きつく指図するが、漫画の車が、悪意のある忍び笑いを漏らすのを耳にする。「ここには、手続き上の問題がある！」

まるでこの宣言を実行に移すかのように、大きな漫画の犬がこんどは反対側からのしのしと現われる。その犬は本物の猫に追いかけられ、猫はさらに漫画の女に追いかけられる。女はふと本物の警官を見つけ、下着を引きあげ、様子を窺う。警官は猫に発砲する（それはありそうなことだし、おかしなことでもある）。女は本物の男にウィンクしながら、警官に乳房を露出させる。乳房はその女性自身ぐらい大きく、乳首は次々に閉じた口になったり水の垂れる蛇口になったり、信号灯になったり手招きする指になったり、灯りがついたピンボールマシーンのバンパーになったりする。本物の警官は、そもそも完全に本物とはいえない。目が漫画の目で、両方の眼窩《がんか》から勃起したペニスみたいに飛びでて、奇抜な乳首のついた漫画の女の乳房に釘づけだからだ。女は乳房をはずして、これを本物の警官に差しだす。警官はその贈り物を恐ろしい秘密の玉手箱みたいに胸に抱いて、そここそ逃げる。その目は頭蓋骨の中に奥深く引っこむ。まるで頭蓋骨が置き去りにされたかのように。

「ありがとう」と、本物の男が言う。「俺の命を救ってもらったよ」男は漫画の車がその言葉をあざ笑い、囃《はや》し立てるのを立てるのを聞く。だが、漫画の女はただ肩をすくめ、謎の言葉を吐く。「それがもとあったところにはもっとたくさんあるのよ」女はばかでかい漫画の犬にすり寄る。犬は戻ってきて、本物の猫の死体を興味津々にいじっていたのだ。「なぜか俺は何とも言えない不安を感じるんだ」と、猫の秘部の匂いを嗅ぎながら、犬がいう。漫画の車は再びあざけるようにクラクションを鳴らし喧《やかま》しい排気音を立てる。犬は苛《いら》立《だ》ち、片足を車の上にあげる。激しくシューシュー、ポンと音がする。それで、車は音を立てなくなった。漫画の男はこれに腹を立て、キーキーキャンキャンと声をあげ、拳をつくって漫画の犬と漫画の女にパンチを食らわす。彼女らは男を無視して、もう一度、ぴったり抱き合う。犬は肉体的にも精神的にも精力を使い果たして、ぜいぜい息を吐いている。女は自分の舌を、犬の突きだす大きな舌にエロチックに絡ませる（女の口は本物だ、そう本物の男は気づく。女の小さな丸い舌が、平たく広大なピンクの大地のような犬の舌に触れるのを見て、男は叫びたい気分になる）。そこで、漫画の男は小走りで本物の男のところへ行き、ぶちのめす。痛いというより、曖昧に男の気力を萎えさせるパンチだ。まるで、なんとか忘れようとしてきた事柄を思いださせて苦しめるかのように。

漫画の女は漫画の犬と一緒に姿を消す。（犬は、耳の裏を考え深そうに掻きながら、思いめぐらす。「蚤《のみ》が蚤でなくなるのは、いつのことなのか？」）。漫画の男は、怒りも鎮まり、歩いていき、死んだ猫を拾いあげる。漫画の男が立ち去るとき、体が大きくなったように見える。猫の死体を尻尾を持って引きずりながら戻ってくると、再び体が縮んでいるように見える。漫画の男は本物の男に、どこからともなく出てきた大きな漫画のナイフを差しだす。それから、猛スピードで消えると、ほとんど一瞬にして漫画のテーブルやテーブルクロス、ナプキン、皿、銀器、大燭台《だいしょくだい》、二脚の漫画の椅子を持って戻ってくる。これらの舞台装置は数える暇もなく、すでにきちんと並べられている。漫画の男は、もう一度早口の金切り声をあげる。どうも本物の男が猫を料理してディナーに出すように指図しているようだ。漫画の男は再びさっとその場を離れ、漫画のサラダやステーキソース、漫画のワインを持って戻ってくる。それから、稲妻のように漫画のパン屋へ走っていく。

いったい誰に分かるものか。本物の男は、ナプキンをセットしながらそう思う。すべてこういったことは、ここでの慣行なのかもしれない。だから食欲からというより慣行に敬意を表して、死んだ猫の料理の準備をする。しかしながら、猫を漫画のテーブルの上に置くと、漫画の皿や銀器、薬味、大燭台のどれもがテーブルからぴょんと跳びあがり、悲鳴なのか笑い声なのか分からない声をあげて逃げていく。テーブルは水平に見えるが、猫の死体はその上を滑っていき下に落ちる。ああ何てこった、本物の男はひとりため息をつき、悲しそうな顔つきでナイフをテーブルの上に落とす。まるで小切手を置くみたいに。少なくとも俺がやろうとしなかったとは言えないだろ。本物の男は漫画の車のところまで行き、タイヤを取りつけ直す。車をひっくり返して運転席に乗りこみ、エンジンをかける。というより、エンジンは自動的にかかり、最初はチョークして咳《せ》きこむような音をあげ、排気管からガスのたまったような騒音がして、それから咳払いするとエンジンの回転速度があがり、やがてスムーズなエンジン音になる。その間、漫画の町は以前と同じように通りすぎる。

彼らは本物の町にたどり着く。というか、本物の男が住んでいる本物の町が彼らのところにたどり着くと、漫画の車はもはや動かないように思える。男は自分の足を動かして、車を家まで歩かせなければならないと分かる。それが本物というか、ほとんど本物の通行人たちの興味を引く。男は昔、子供の時分に、先生を見あげたことを思いだす。先生は苦虫を噛みつぶしたような顔で、木製の定規を振りまわして、目の前に仁王立ちしていた（思いだすに、あれは漫画の先生だったと思うが、ひょっとしたら、記憶違いかもしれない。定規は間違いなく本物だったから）。なぜか、謎めいた言い方で、「加筆した部分が間違っています」と、叱られたのだ。「何ですか？」と、男は尋ねて、直ちにしまった！　と思った。奇妙なことに、いまもまた、しまった！　と思っている。まるで自覚なく同じシーンを再演させられているかのようだ。本物の車が轟音を立てて通り過ぎるなか、惨めに漫画の車を押していると、ふと男の頭によぎるのは、そう、あの先生はほとんど間違いなく本物の先生であったということだ。ただ、先生の叱責は、漫画だったが。

家に着くと、ソファにぼんやりと横になり、男は妻に漫画の車を見せる。いまは、手のひらに乗るくらい小さくなっている。男は妻に自分がした冒険の話をしてやる。「語り手のいない冗談のネタみたいに聞こえるかもしれないけど」と、男は言い、説明の言葉を模索するが、実際のところ、そんなものはなさそうだ。「そんなの分かっているわ」と、妻はうんざりしたように言い放つ。妻はスカートをまくり上げて、夫に漫画の男を見せる。「一日中、ここにいたんですからね」漫画の男は肩ごしに夫に、へらへらとへつらうような笑みを見せると、道化の頰みたいに真っ白な地に赤い丸が描かれた小さな漫画のお尻を見せながら、大げさに興奮した足取りで突進していく。「気分は悪くないか？」と、本物の男は喘《あえ》ぎ声をあげる。「いいえ、そうじゃないの。不安になるだけ。まるで封筒のへりで唇を切ってしまったみたいに」スカートをずりおろしながら、顔を顰《しか》めて付け加える。「もしあたしの言う意味が分かれば、だけど」

「ああ……」夫も、どこかでトゲが刺さったような感じを覚える。ひょっとしたら、そう思うだけかもしれないが。遠くで警官が笛を吹く音が聞こえてくる。一瞬、夫はそれで説明がつくように思えるが、本物であれ何であれ、それではまったく解決になっていないのを知っている。法律で痒いところを掻くようなものだ。あるいは類推で——漫画の犬が言ったかもしれない何かで。いや実際に言った何かで。夫はいつだって人の言うことを聞いていない。いや、試みる人がいるかもしれないが、それだけじゃ全然ダメだ。暗い気持ちで（何という宇宙！　なんて世界だ！）、夫はバスルームに行き、漫画の車をトイレに流す。鏡をちらりと覗いて気づく。シャツの襟に挟まれた漫画のナプキンの上に、だらりと垂れた舌みたいに、一対の漫画の耳が生えているようだ、と。耳は側頭部から蝶の羽のように突きでている。さてさて、本物の男は考える。新たな耳を陽気に揺らしながら、というか、新たな耳によって揺らされながら。まだ俺にも望みがあるってことかな……。

一九三九年のミルフォード・ジャンクション——短い出会い

それはやってくる。たっぷり湿った夜に、まるでどこからともなく、空っぽの沈黙の中から立ちのぼってくる。まるで苦痛あるいは恍惚、あるいは単に驚きから出たような、突然の金切り声。何と言っても、ここ、ミルフォード・ジャンクションの駅にいることが驚きなのだ（こんなありふれた場所、というか世界でこれ以上はないくらい平凡な場所だが……）。いや、むしろ、この町を通りすぎることが驚きなのか。というのも、船便に接続する臨港列車はここに停まらないから。ミルフォード・ハイ・ストリートの住民がしばしば述べるように、それが大問題なのだが。かなり危険にもなりうる。突然激しくけたたましい音をあげてここを疾走していくのだから。ラム、ラム、ラムと雷のような低音を響かせて、埃《ほこり》と新聞紙と古い切符の半券をまき散らしながら、巨大な雲のような蒸気と煙を吐きだして、他の列車の乗客をプラットフォームのへりから押しやり、窓からチカチカする灯りを投げかけてくるが、まるで、プラットフォームの乗客たちの青白い顔に、一瞬だけ止まった時間で平手打ちを食らわせるかのようだ。自らの取るに足らない存在を思い起こさせ（列車は、彼らのためには停まらない）、立ちのぼる煙から小さな砂利や石炭の燃え殻が飛んできて、うっかりしていると、それらが目に入って、厄介なことになる。とても危険なのだ。

それから、来たときと同じように素早く――挨拶、人目を盗んでのキス、一杯のお茶を注ぐほどの瞬間に――列車は去っていく。やってきたと同じ果てしない暗がりの中へ轟音を立てて消えていく。後に残るのは、ぽっかり穴の開いたような、奇妙な静けさ。聞こえてくるのはゴミ屑が元の場所に舞い落ちてくる音、喘《あえ》ぎ声、あるいはため息のようなもの、地下通路を急ぐ足音ぐらい。後に残された青白く渦巻く蒸気や煙は、すべての姿を曖昧にする。まるで、驀進《ばくしん》する臨港列車が通り過ぎる前にあったものを、少なくとも一瞬であれ、完全に削除するつもりであるかのように。しかし、やがて蒸気も煙も消えて、昔なじみの構造物がふたたび浮かびあがる。もちろん〈神秘のオーラがなくなったわけではない〉柱や大梁《おおばり》、改札、電灯、吊り下がった時計、掲示板〈〈休憩室〉だの〈出口〉だの、〈キャプスタン煙草〉だの〈ミルフォード・ジャンクソン〉だのといった〉、方向指示板や警告灯、正体不明の小屋や塔などだ。そして、こちら側には、輝く線路を挟んで、屋根のついたプラットフォームが鏡張りの舞台のように、互いに見合っている。ベンチと手すり、荷物を山積みした重たそうな木製の台車、自動販売機、貯蔵物、プラットフォームの鈍い灯りと深い影、絶え間ない到着と出発のドラマ。

もちろん、この明るい市場町には、鉄道駅以外にも、いろいろとある。現に、ミルフォードの市民は、ミルフォード・ジャンクションにある駅を自分たちの町の一部と見なしていない。むしろ、周囲の村からやってくる人々が通る外なる門と見なしている。よそ者たちは、薬局やギフトショップ、カフェ、映画館、煙草屋などでにぎわうハイ・ストリートに引き寄せられ――晴れた日には、ときたま手回しオルガンの奏者が登場して、「偉大なる大世界を廻しつづけよう」といった懐かしの名曲を演奏する――一週間分の買い物をしたり、図書館で本を借り換えたり、昼食を一緒にとったり、ひょっとすると映画を観にいったりするのだ。ここには、工場も炭坑もあり、多くの人に知られている戦争記念館、炭肺症として知られる、一種の塵肺症の専門治療で有名な病院さえある。それらはこの町の住民にとってはありふれたものにすぎないが、もしチャーリーとか、ケッチワースとかいったど田舎からやってきた人なら、わくわくする場所なのだ。ミルフォードは童話に出てくるような魔法の場所で、とてつもなく愉快な瞬間のために、人でいっぱいになるよう、人が住まうことになるよう、待ちかまえている（もっとも、長くは続かないが。実際、なにごとも長くは続かない）――その名を口にするだけで、笑いたくなる。ちょうど映画を見ていながら、それに出演しているみたいで。それがあまりに馬鹿げた行為でないとして、あたかも自分の目で世界を食べているような。ミルフォード！　まあ、こんなところでは、多少馬鹿をやるのも、簡単なのかもしれない。ここには素晴らしい植物園があり、そこの湖では白鳥が羽づくろいをし、少年たちがボートを漕いでいる。絵のように美しい通路で子守りが乳母車を押している。岸辺には、手漕ぎボートの乗船はしけや、おかしな形の低い橋のある運河、年季の入った美しいボートハウスがある。元気よくひと漕ぎして、運がよければ、ボートの管理人から、お茶をご馳走になりながら、丸型のアイディアル社製の湯沸かし器の近くで暖を取り、服が濡れていればそれを乾かし、ちょっとお喋《しゃべ》りができるかもしれない。そして、ミルフォードの彼方には、田園風景が広がり、石橋やきれいな小川や、パブやわびしい丘陵が見られる——汚れなき美しい風景だが、同時に恐ろしい風景でもある。まるでこの穏やかな風景のどこかに恐ろしい断崖が隠されているというか。その危険なまでに人を魅了する深淵の中に、人はまったき甘美的な狂気の瞬間に身を投げるかもしれないのだ。まあ、ある意味で、の話だが。

だが、夜になれば、それらすべてが消え去り、ミルフォード・ジャンクション駅だけになるのだ。それは、まるでミルフォードの住民が間違いであるかのようだ。あたかも、市民が誇る市場街というのが、毎日ミルフォード・ジャンクション駅の入口までやってきて、切符を諦めた客たちのために、上演される芝居にすぎないというかのように。毎日、客たちが帰っていくと、小屋がたたまれるのだ。午後のあいだ、パラジウムやパレスといった建物で上映される映画と同様、はかない、幻の舞台なのだ。人は見晴らしのいい陸橋を使って駅に近づくが、鉄製のフェンスの向こうに素晴らしい景色が（もし気づかないほど、何かに気を取られていなければ）、街の灯りに照らされて見える。湿原地の霧みたいに、線路から立ちのぼる蒸気は、いわば巨大な雲のシンボル（もし見る者が詩の中毒者ならば、避けがたく詩人キーツを思いだすはず）や、空中を漂う奇妙な幻影、それはときどき人々の目に入る砂塵をも投げかけてくる。その後に、長い下降がつづく。まるで心の落ち込みを暗示するみたいに。確かに快適な一日で、楽しい思いをしたはずだが——もちろん、それも困難の一つではないだろうか。ミルフォードでそんな日を待ちに待って、ようやく来たかと思ったら、始まることもないままにあっという間に終わってしまうので、どうっていうことのない一日に化す。それでも、何ごとも、人生さえも、長くは続かないということを思いださせてくれはする（まるで人が思いだす必要があるかのように!)。人の目に涙を浮かばせるほどの黄昏《たそがれ》であり、現に、ときどきは灰塵とかほかの物が気にならなくても、人は涙することになる。

プラットフォームには大きな待合室と、いつもミスター・ゴッドバイが目を光らせている改札口を通っていく。それから、もし目的地に行くのにそうする必要があるなら、さらに鋭い三角光が目印の地下通路を通っていくことになる。そこでは、頭上を列車が轟音を立てて通るたびに、ゴミ屑が舞いあがり、カップルたちが急ぎ足で通りすぎながら、ちょっと引っこんだ薄暗いところでこそこそとキスを交わす。まるで、この内臓のような通路のかすかに恥ずべき雰囲気を、たとえ短い時間でも、味わわなければならないとでもいうかのように。プラットフォーム自体には、黒い人影が見える。普通のマッキントッシュか、ベルト付きのトレンチコートを着て、柱に寄りかかったり、新聞を読んだり、たぶんベンチに腰かけたり、パイプや煙草を喫《す》っている。ほかの客は鈍い裸電球の投げかける光の輪の中から出たり入ったりしている。手に傘や一泊用の旅行鞄を持ったり、脇の下にハンドバッグを抱えたり、時計を見たり、苛立《いらだ》ちや疲労の気配を見せたり、舞台に出たり入ったりする俳優みたいに姿を現したり消したりしているが、ひょっとすると何とも表現できない淫らなことが行なわれているのかもしれない。ただ、下の地下通路で見られた秘密のキスのように、妙に隔離されたこんな場所では、なぜか人は我慢できなくなるのだ。列車の発着があるたびに、急に人々の動きが活発になる。地下道を急ぎ足で通り、列車に飛び乗ったり降りたり、興奮した抱擁やキスを交わしたり、別れ際に見つめ合う。それから、汽笛が鳴り、大きなシュシュという音がして、客車のドアがばたんと閉まり、叫び声がして、金属の車輪の廻る音がし、最後の瞬間に約束を引き出したりする（「次の木曜日ね！」「分かった、次の木曜日に！」）。列車が音を立てて駅から出ていくと、赤いテールランプは暗闇の中に消えていく。その後の静寂の中で、残された乗客たちはふたたび柱に寄りかかったり、灯りの下に入ったり出たりする。ポーターが荷物を載せたカートを運んでいき、駅長が時計を確認して、線路を歩いて渡ると、ひょいと二番線三番線のあるホームに上がり、頭上の掲示板にシルエット状に描かれた手の指差しの方向に歩き、一杯のお茶を求め休憩室に入っていく。

もちろん、やがてケッチワースとかチャーリーとかにある家に到着するだろう。でなければ、場所はどこであれ、夫や妻のもととか、病気の子供のもととか。もちろん子供は一人じゃないかもしれないし、元気な子も病気の子もいるかもしれない。それから、女中と一悶着あったり、荷物を解いて、ミルフォードの話で盛りあがったりする（「本当にそうするつもりだったのよ。フレッド。本当に！」「へえ、そうかい！」）。それから、隣近所のおつきあいに出かけるとか、家で静かに夕食をとるとかして、その後、ブーツ書店で手にいれた最新刊の本を開くとか、ラジオで音楽を聴くとか、クロスワード・パズルでもするとか、電話をかけるとか（たとえば、もしその人が町医者ならばの話だが）、野生の馬でも引きちぎれそうにないかごを編むとかして。それから、ようやくベッドに横になる。だが、まずは家のあるところに向かう列車に乗りこむ前に、ほとんどいつもミルフォード・ジャンクション駅の休憩室で一杯のお茶を飲む時間がある。実際、ミルフォードでの一日は、それなしには完結しない。パラジウムで長ったらしい映画を見たり、こちらが絞め殺したくなるまで、ゴシップ好きの知人が延々とお喋りを繰りだしたりして、ぎりぎりで駅に飛びこんだと思ったら、列車が構内に入ってきて、お茶の時間がなくなったら、それだけで、すべてが台なしになってしまう。

いや、休憩室に特別なところがあるわけではない。ごくありきたりな部屋で、青白い壁に暗い木造細工、アーチ型のドア、窓は不透明に塗られて曇りガラスになっているところに〈休憩室〉という文字が裏返しに書かれている。素朴な木製のテーブル、あちこちに散らばる曲げ木の椅子、部屋の真ん中には古びた鉄製の石炭ストーブ、片隅にミニバーとティカウンターがある。そこでは、お茶がたっぷりすぎる牛乳を入れて出てくるし、サンドイッチやパンは、店のかけ声とは裏腹に、たいてい新鮮ではない。たえずすきま風が吹いていて、顔に白粉《おしろい》を塗る場所さえなく、店員は〈三ツ星〉ブランディの中毒になっているのだ。しかし、ここにいるとごく普通に和《なご》んだり、心安らかな気分になることが可能だ。そのことは、決して取るに足らないことではない。ふたたび家路につくことを望むならば、たったの一杯のお茶の代金で、望めるのはそれぐらいしかない。もちろん、こんな部屋なら容易に頭に思い浮かべることはできる。プラットフォームにちょこんと乗って、いうなれば島の中にある島のようなところで、偶然の出会いに格好の場所というべきか。そうでなければ、新しく友達をつくるとか、高貴なロマンスが生まれることさえあるかもしれないし、その手の向こう見ずな行動につきものの極端な幸せと苦しみにつながっていくことだってあり得る。だが、たいがい、ここを通りすぎるのは、分別のある人たちだ。控えめで恥ずかしがり屋で気難し屋でもある（ここの気候がそのことと関係があるという人もいる）。ここで見ず知らずの人と出会ったり、古くからの知り合いにばったり再会したりすることさえ、興味が湧かない。あまりに疲れすぎているのだ。彼らがここに来るのは休むため、帰郷の長旅に備えて英気を養うためであり、それゆえにここは休憩室と呼ばれているのだ。お茶を買い、あるいは菓子パンかチョコレートも買い、疲れた足でそろそろと空いているテーブルまで運ぶと、一人密《ひそ》かに湯気の立つカップに顔を寄せたり煙草を喫ったりする。ひょっとすると本か新聞を読むかもしれない。ハンドバッグの中を手探りしたり、少し化粧をしたり、ちらっと顔をあげ、何となく、まるで白日夢を見るかのように、他の客の出入りを眺める。あるいは、いつものように働くカウンターの女性——上品な声を持った女性だ——の挙動を見守る。実は、ときたまマナーの悪い無責任な輩がいて、突然、気分が高まっておかしな振る舞いに出たりする。汽車に乗り遅れ、何かを忘れた振りして、休憩室に舞い戻ってくる。ロマンティックな空想にふける女子生徒かやけに興奮した男子生徒みたいにハイテンションになって大騒ぎする。互いに取っ組み合いをしたり、叫んだり、茫然として途方に暮れたり、埃が目の中に入ったこととか、ちっぽけな不運を愚痴ったりする。ときどき暴力沙汰も引き起こす。自分たちの心身に対しても、他の人に対しても。そして、疾走する臨港列車に身を投げたり。もっとよくあるのは、テーブルの下に身を投げること。みっともない乱闘——そういう表現を使う人もいよう——を始めたり、自分自身の感情にまかせてレインコートや外套を脱ぎ捨てたり、濡れたソックスや靴を脱いだり、ひどく恥ずかしいことに、ガーターベルトまで脱いでしまったり（「まだ時間はたっぷりある！」と、一人が喘ぐように言う。まるで苦痛をこらえるように。もしくは恍惚となって、あるいはただ単に驚いて。すると、相方がこう応える。「我々はすでに単なる中年だ。全然時間などない！」）。帽子が彼らの目のすぐ上まで滑り落ちる。テーブルとカップが顔のすぐそばに倒れてくる

（「ベリル！」と、カウンターの女性は慣れたもので、これらの騒動に負けない声で呼びかける。ハンカチを鼻に持っていくのは、ありがちだが、ストーブの煙突が壊れて落ちてきたからだ。石炭の塵がいたるところに吹き飛び、パンやお茶が台なしだ。よく知られているように、人の肺にも入り込み、炭肺症を引き起こすのだから。「ミスター・ゴッドバイにちょっとこっちに来てって言ってくれる？」）。何と言うか、隠された奥底にあるものを日の目に晒《さら》そうという、狂気じみた暴力的エネルギー、盲目的なフラストレーション、根深くセンチメンタルではないが、ひどく猥褻な欲望をあっというほど見せびらかす。しかも、できるだけ早く——「ほら、気をつけて！　俺たち、切り抜けられないよ」「左を引っ張ってみて！」「いやはや。わしには右も左も——」「お願いよ、あなた！」「いや。まだまだ！」「あたしはやるわよ」ほとんど間髪を入れずに——カウンターの女性が人を馬鹿にするようなそぶりを声に出すように、まさに歳月人を待たずというわけで——女性がカップル二人を鼻ごしに見くだす。さもなければ、取るに足らないほどのカップルの人生は、これ以上はないほど苦痛に膨れあがる。恐怖で寄り目になって痙攣《けいれん》を引き起こし、目に入っていた炭塵が飛びでてきて、とんでもない一悶着が巻き起こるが、始まったときと同様、収束も早い（「こんなに早く終わっちゃうなんて、信じられない！」）。カップルは離ればなれになり、そういう表現が可能ならば、一種のトランス状態に陥る（「この部屋、傾いているのか？」）。それから、ある種ばかばかしくて気絶するような呪いをかけられて、奇妙にうつろな沈黙の中で、何をいうべきか言葉がまったく思い浮かばない。例外的に思い浮かぶのはたぶん、ただ「きょうはとても良かった。きょうの午後は、ものすごく楽しかったよ」とか、「なんて優しいんだ、きみは。あれこれ世話をかけてしまって」「とんでもない！　汽車が来たから、行かなきゃ。さよなら」とかいうことかもしれない。

さて、ミスター・ゴッドバイが、いつもの「やあ、やあ、やあ。ここはどうなってるのかな？」と陽気なかけ声をかけながらやってきて、口を結び、両方の親指をベストのポケットに差し入れる、その頃にはすでにチャーリー行きの五時四十分の列車は、向かいの四番ホームから動きだしている。五時四十三分出発予定のケッチワース行きは三番ホームに入ってきている――結局のところ、偉大なる世界は動きつづけていて、何の障害もない（「一緒に行くぞ。何ぼけっと、そこに突っ立ってんだ！　それから、ベリル、あとでストーブに石炭を足してといてくれ！」）。臨港列車が、ガタピシ揺れながら疾走してきてすら、炭塵による新たな犠牲者はひとりもいない。これもまたミルフォード・ジャンクション駅の、ごくありふれた夕べである。プラットフォームでは、客車のドアが音を立てて閉まり、最後の別れの挨拶のために窓が開けられる（「来週の木曜日。同じ時間で？」）。汽笛が鳴り、スピーカーからは間近に迫った発着便のアナウンスが聞こえてくる。車内の客室に入った乗客は、買い物袋や荷物を頭上の棚に載せたり、空いている席に置いたりすると、列車がそれほど混まないといいなと願いながら、楽しみの少ない帰り道をやりすごそうと新聞や本を取りだす（そう、人にはそれぞれ心のふるさとがあるのだ）。もしその場にいたなら、知人と挨拶を交わしたり、ひょっとしたら赤の他人とも挨拶を交わして。それというのも、特に理由があるわけではなく、単に礼儀を失しまいとしただけだ。それから、席にゆったり腰をおろして、窓からミルフォード・ジャンクション駅に最後の一瞥を加える（休憩室にミスター・ゴッドバイの姿が窺われるかもしれない。そこで、ちょっと前に諍《いさか》いがあったかもしれないが、いまはミスター・ゴッドバイも落ち着いてお茶を啜《すす》っていて、たぶんカウンターの女性とお喋りをしているか、彼女のお尻をぴしゃりと叩いているかもしれない。気分がよいときか、さもなければ、報われない愛に熱心になっているときに、情熱の炎か、何らかの危険な感情に任せて、よくそんな行動に出るのだ。危険な感情と言っても、たとえ何らかの変化を起こそうとしても、あなたがそれに慣れていなければ、海峡を渡る汽船での船酔いに似た気分なのだが)、プラットフォームは、まるでパラジウム館の映画の最後のクレジットみたいに、すでにゆっくりと夜の中に滑るように消えていく。プラットフォームの暗い人影は、名のない生き物とほとんど変わらないようにリアリティがなくなり、すぐにすっかり姿を消す。いわば、列車の窓に縁取られた疾走する風景は、次第に人々の夢や記憶のための、一種の遠いパノラマ的背景となっていき、どこかの奇妙でぼやけた空間を切り取って映しだしているだけだ。空間といっても、多かれ少なかれ窓ガラスがあるあたりにすぎないが、窓それ自体ではない。むしろ、不思議な空間で、なぜかそこにありながら、そこにないともいえ、にもかかわらず、リアルでもあって。少なくとも、ほんのしばらくの間、忘我状態になる魅力的な場なのだ。チャーリーとかケッチワースとかの家に帰る旅の途上の話だが。やがて誰かが親切心を起こして、あなたの体を揺り動かし、真面目ぶって、残酷にもこう言うのだ。「起きて！　着いたよ！」と。そして（すでにそうなりかけているのだが）あらゆる馬鹿げた夢が消えてゆく……。

シルクハット

男たちは、灯りのついていない照明の下、鉄塔のふもとを黒っぽい服を着た聖歌隊の集団となって動く。シルクハットをまっすぐかぶり、陰のさした顔は誰のものか分からず、しかも交換可能だ。彼らは力を持っていないことを想像させ、儀式のような厳格さ、あるいは静けさをもって移動する。彼らの秘密の動機は明かされないままで。歩行用のステッキを神によって選ばれた者の象徴として持ち運び、それが彼らを代弁してくれることを願っているように見える。

突然、礼儀正しい動きは打ち破られる。夜の消失点から、新たな人物が出現して、颯爽と彼らの真っただ中に歩いてくるからだ。まるでドアが開いたかのように。その人物に照明が当てられ、賽が投げられる。誰もが後ずさりする。最初は、彼らの仲間のように思える。その人物もまたシルクハットをかぶり、燕尾服を着て、白いタイにスパッツ、ステッキをたずさえているからだ。だが、着こなしは彼らと同じようであり、同じようでない。シルクハットは、人を挑発するように斜めに片方の耳の上にかかり、ステッキは神聖な秘跡の謎を通俗的に解明するかのようにくるくると回り、燕尾服のラペルは、雪のように白い胸を見せびらかすかのように、片手を入れて大きく折り返される。その手はズボンのポケットから、トカゲの舌みたいに、ちらちら出たり入ったりする。その人物は間違いなく（顔は開けっぴろげで人懐こい笑顔で、ぱっと明るくなる。孤高の人であり、度を越した存在であり、人を引きつける力は強い）ここでは部外者《アウトサイダー》だ。しかも、人々を挑発するつもりなのだ。

他の者たちは、あたかも傷口を覆うかのように、後ろから列を閉じ、心配そうに見守る。ひょっとしたら、自分たちの仲間なのかもしれない。まだ、未熟なだけで。そんなことがあり得るのか？あたかもその疑問に答えるかのように、あのいやらしい動きをした手は中に潜《もぐ》りこみ、一枚の紙切れを取りだす。「私は郵便で招待状を受け取った」その人物は報道発表みたいにその紙切れを振りながら、そう自慢げに言う。彼らはステッキに寄りかかり身を乗りだして、この気取った侵入者をしげしげ見つめる。一瞬だけこの異端児を面白い人物だと思うのかもしれない。それがおそらく彼らの弱点だ。「今夕、貴兄のご臨席を賜りたく。フォーマルな儀式ですので、シルクハット、白いタイに燕尾服で！」その人物はその紙切れをステッキでぱたぱた叩く。まるで売り子の叩き売り、牧師の説教、令状の開陳みたいだ。だが、いま紙切れをくしゃくしゃと丸めると、不敬にも――後ろにいた者たちは身を硬くして、ステッキを股間でしっかり握りしめる――ぽいっと投げ捨てる。信任状？　けっ、そんなもの、誰に必要なんだ？　今度はステッキをくるくると振りまわし、ふんぞり返って彼らの前を行ったり来たりする。ニヤニヤ笑いながら彼らの服装や儀式、先住民が「存在理由《レゾンデートル》」と呼ぶものをあざける。「それと、私がアクセルを踏んだときに出る埃《ほこり》は、どうぞお許しください！」と言い、笑う。彼らがためらいがちに同じ足取りで前進してくるのに対して、偉そうに肩肘を張って、彼らを後ろに押し戻す。

そのとき、怒り狂ったようにステッキをバンと打ちつける音がして、思わず立ち止まる。ためらい、肩をすくめる。なるほど、たとえ奴らがイカれた連中だとしても、ローマに入れば（もしそこがローマだとして）何とかっていうしな（ひょっとして、心の底では、これこそ男が本当に望んでいることなのかもしれない。たとえ世界一《ナンバーワン》だとしても、結局、この世で孤独に生きるのは楽しくないのだ）。彼らの正式な行進に加わる。だが、それも長続きしない。なぜかしっくりこないのだ。彼らは向きを変える。たぶん男を来たところに後戻りさせるために。だが、まだ帰宅する気分ではない。少なくとも、こんな風には。一歩か二歩、彼らの後を追うが、それから、まるで誘惑に打ち克つかのように（あらゆる社会形式は、最終的には、陰謀じゃないだろうか、そうだろ？）さっと彼らから身を離し、大げさに肩を上下に揺らし、腰を振りながら、自分が何さまであるかを彼らに知らしめる。ステッキで大きな音を立てて、一度に踵《かかと》とつま先、手足を使って立ち去り、まるで自分の領地を主張するかのように、ステッキを突き立てる。彼らは自分のステッキをこっそり隠して、無表情で見ている。男はさらに大げさに再度異議を唱える。まるでその場から出ていくつもりであるかのように、肘を張って。

そこで、動きを止める。男は勝訴したのか。肩ごしに後ろを振り返る。いや、連中はまったく心を動かされてさえいない。彼のいたときと同じ動きを繰り返しているが、真面目に一糸乱れぬようにやっている。それは一種の叱責である。技術的に動くことはできるのだが、エゴイズムの解放は無理だ、と。男はさらにずっと異端の発作に駆られて自己主張をし、ステッキを鞭みたいに頭上で振りまわす。もはや手に負えない。野蛮人だ、怒って羽を広げるクジャクだ。完全な白人のようには思えない。彼らは男のもとを離れる。

いや、ひょっとして、私は彼らが去るのをどこかで望んでいて、打ち捨てられたおとぎ話、みすぼらしい夢のように、自分の人生から追いだしたのかもしれない。私の知るかぎり、最初からこの物語に彼らの存在を、当然のように望んだのだ。私は本拠地から遠く離れていた。何でも起こりえるように思えた。確かに、彼らは影のように姿を消し、あとに残された見知らぬ街路は煌々《こうこう》とした灯りに照らされ、私の気持ちを明るくさせた。私には時間が経っているのが分かった。自分の手と足が下のほうでチクタク音を立てているのが聞こえたからだ。だが、私がそのとき感じていたのは、のんびりした穏やかさであり、秒刻みで計られる不安からの甘美なる一時的な解放だった。私の人生は変わりつつあったが、この一瞬だけ、一時休止していた。

私は、少し勝手に悦に入っていたかもしれない。というのも、いまたった独りで、急に自分の体が落ちていくのが感じられ、発作のように腰が元気にくねくねと動きだし、ほとんど止めようがなくなったからだ。たぶん、それは侮辱するための行為だった。彼らの燕尾服の裾は垂れさがり、私のは、ふわふわとなびかねばならなかった！　ちょうどそのとき私が律儀にステッキを突き立てると、私の脚は——少なくとも四本あって、いちどに動くように思えた——ステッキを蹴って飛ばした。ステッキはそれ自身の生命を獲得して、私はめまいがするほどぐるぐる回され、大空を切って、硬い地面に叩き落とされた。こんなのはまったく経験したことがなかった。もう少しで、このいまいましい帽子を吹っとばすところだった。

私は自分が人生を変えるために、この場所にやってこなければならなかったことをわかっていた。いや、むしろ、自分の人生が変わらなければなかったからこそ、この場所にやってくる必要があったのだ。招待状が届いたのは、このことを示唆しているように思えた。つまりこれが特別な機会であるのだ、と。だが、私は突然、地面に刺さったステッキを軸にして、めまいのするほど、くるくる回っている自分に気づいたが、その変化の本質がいったい何なのか、想像もつかなかった。ひょっとしたら、あの老人たち（私は老人たちのことを思いだしているようだった）に関係しているかもしれなかった。あるいは、この場所そのものに。そこにあるようであるのと同時に、そこにないような場所に。ちょうど楽譜に書かれていないメロディに似て、場所というよりオーラと呼ぶべきものである。殺風景でありながら魅惑的であり、メランコリックな嵐雲に覆われている。不吉な暗がりが次第に広がりつつある……。

ちょっと待って！　私は立ち止まり、酔っぱらったように千鳥足になり、両脚を広げて倒れないように踏ん張る。ここはどこだったか？　ここでいったい何をやらかしていたのか？　私は肘を引き寄せる。私はあの招待状を当然のことのように受け取ったけど、差出人は誰だったのかしら。思いだせない。ひょっとして最初から知らなかったのかも。雲が低く垂れこめた空を見あげると、ステッキを両手でつかみながら、自分が虚しく忘れられた存在のように感じられた。それでも、ステツキの感触はよかった。街灯はすでに点いていた。その灯りを浴びて、一人の少女が立っていた。「たぶん、これは」と、少女が私の足を見ながら言った。足は私の意志とは関係なしに動きつづけていた。「ある種の障碍《しょうがい》かしら」

「そそう、そう」と、私はドモリながら言った。「そ、それ――障碍……」私はステッキを下ろした。彼女の強烈な鼻声は、あまりに訛りがなくて私を驚かせた。彼女は頬とヒップにたっぷりと贅肉がついていて、オシャレなネグリジエを着ているが、それは安っぽくあり、王道からはずれた感じで、彼女には、近所の女の子にありがちの、あたしをナンバー2扱いしないでね、といった世俗的で気難し屋のところがあった。以前にどこかで彼女に会った気がした。私は自分の試練の性質を理解し始めていた。

あたしはどこか外国にいた。灯りは暗かったが、その男が地元の者でないことは容易に見て取れた。しゃれた服は正装だったが、どこか浮いて見えた。まるで服に合わせて成長しているのと同時に、服に合わなくなっていくみたいに。男はまるでオナニーをするみたいに、しゃれたステッキを弄《もてあそ》んでいた。あたしのほうをあんぐりと口を開けて見ていることから判断して、男の目には一瞬私の乳房と舌しか映っていないように思えた。直ちに、男は自分の乳母たちのまわりをうろつき出した。乳母というのは、つまり自分の母のことだけど。この場所は完全に僻地で、にもかかわらず彼は正装で――つまり、男はとても上等な動きをしたけど、そんな俊敏な動きも、牛の糞を踏まないようにつま先立ちで歩いて覚えたに違いない。あたしの想像では、彼にとって子守り女たちにいちばん近いのは、大草原に住むおばあさんで、焼いた瓜や、ルバーブのパイをスプーンですくって食べさせたり、朝市のおとぎ話を聞かせたりしてくれたのだろう。ウソが混じっていてもいなくても、メッセージははっきりしていた。つまり、その男が欲していたのは自分の母親だって。

　奇妙なことは、男がごまかすのをやめなかったこと。まるで誰かにぐるぐる縛りあげられた上に、鍵を捨てられてしまったかのように。やったのはバルコニーにいるあの老人たちだったのかしら。あたしは偶然、男がその地面に刺して立てたステッキのまわりを、まるで好きでたまらないというみたいに、ぐるぐるまわっているところに遭遇した。この人のペニスもどきか、あたしはそう思った。でも、それだけじゃなかった。真ん中に穴があり、そのまわりを一日中ぐるぐるまわりつづけ、絶対に中に入れないみたいだった。それが、苛立《いらだ》ちのタネだった。「オレは自由だ。オレだぜ」と、大声で叫び、それで自分自身ひどく怖くなり唾液が乾く。ついにステッキを自分の服の中に戻すと、千鳥足で歩きだし、ほとんどまっすぐ立っていられない——でも、両脚は、まるで聖ウィトゥス[▼1]の踊りを踊っているみたいに、カタカタ動いていた。そこで、あたしが声をかけた。あたしは何かの障碍でしょうか、と言った。男はそうです、障碍です。一人にしないでください、と答えた。あたしにもそれが理解できたので、両脚にすね当てをつけたらいかが、と提案した。あたしはこの男が頭のおかしい変態だけれど、どこか魅力的なところがある人だと思っていた。あたしはただホームシックにかかっていただけかもしれない。あるいは、金持ちの仕立て屋の、安っぽい愛人でいることに疲れていたのかも。そうした派手な生活には、ほとんどの人には見えない裏があるものなの。

表立っては見えないのだ。理由は何であれ、男が「醜い雲さんとふわふわした雲さん」に喩えて、艶《つや》っぽい歌を始めたとき（この人はからかっているのかしら。これまでセックスの相手は、羊だけだったのかしら……）、あたしはこう考え始めていた。この際、どうにでもなれだわ。もしそれでこの人の気分がよくなるんなら、おっぱいでも何でも吸わせてやるわ。あんなふうにめそめそするのをやめてくれるんだったら。

そのときだった。あの人たちが現われたのは。

連中が誰なのか、訊かないでほしい。あたしだって、一体何者なのか分からないのだから。彼らは地面から、まるで当然のごとく浮びあがった。このごろつきたちは取り引きをしたがっている。狙いは、ふわふわした雲さん、あたしのお尻かしら。あの子は農場の家にとどまっているべきだったんだわ。そうあたしは思った。少年はまるでこれからうんこを垂れるみたいな顔をして、股のあいだにステッキをはさんで腰を屈めた。目深にかぶった帽子は大きな耳を押しつぶしそうだった。ぴくぴく引きつっていた脚はぴたっと動きを止めた。この田舎っぺも、一巻の終わりだわ！　可哀想に、と思っていると、何てことなの！　少年は突然、起きあがり、あの小さな先端が白いステッキを魔法の豆鉄砲に変身させて、大勢の敵を一斉に殺し始めたの。パカポカパカ、敵が逃げてゆく、血だらけで、脳みそがあちこちに吹っ飛んで、素晴らしい腕前。ヘイ、この人、行けるわ！　とあたしは思った。

彼らは出ていったときと同じように戻ってくる。まるでそうすることを余儀なくされているかのように。植物のように土から現われて。あの娘のために、呼び戻されたのだろうか。あの娘に道徳的な選択肢を授けるために。それとも、あの男を人間の世界に呼び戻すために。彼らは、ある雰囲気を持っていて、それは文化のようでも、法のようでもあり、より大きな全体としての美しさに対して意志を従属させるような雰囲気を持っているのだが、こうした雰囲気は彼らの身に、決まりごとというよりむしろ苦痛のようにのしかかる。というより、ひょっとしたら、あの四角四面の帽子のせいかもしれない。

彼らは、一列に並んで休めの姿勢をとった兵士のように立ち、一時的に動きを止める。ステッキは股のあいだに挟み、白い手袋をはめた手がステッキの頭を、まるで性器を護るかのようにしっかり包む。あるいは性器を空に向けて構えるように。彼らはすぐにでも行動に移れるようだが、どのような行動を取るのか知らないように見える。男は列に加わるべきなのか？　彼女は彼らを美しく飾り立てるべきなのか？　それとも男と彼女は自分たちが排除されている——いわば存在論的に——ドラマのただの目撃者なのか？　男がある種の答えを提供する。ステッキを上に掲げ、縁日の射的ゲームのライフルみたいに狙いを定めて、彼らのひとりを撃つ。パン！　そいつは倒れ、空をつかみながら、下に落ちる。

何も変わっていない。しかし、すべてが変わっている。よそ者はここでは殺される。そう思える。彼ら、男の主人たちは、ここで死ぬのだ。ふと驚くべき模範的な慈悲の念にとらわれながら、男は一人ずつ処刑していく。だが、最初の驚きのあとには、驚きはやってこない。パン！　パン！　彼らは消えていく。胸や顔を掻きむしり、暗くなる空に必死に手を伸ばして。

少女はその間、狂おしいまでに恋に落ちている――いや、ついに本当の恋人と再会を果たしたのかもしれない――その顔は一種神秘的な恍惚感で紅潮している。いつの間にか、愛のこもったコンチェルトに乗せて男と一緒にステップを踏んでいた。だからと言って、体に触れているわけではなく、生まれつき共有しているはずの本質的な類似性、というか人生と芸術への熱意――パン！　パン！――を発見、いや再発見しているのだ。頭上から撃ったかと思えば、腰から撃って一度に二人を倒し、片足をあげて、その下から撃つ。あたかも、彼らの逃れられない、魔法にかかったような屈辱的な死をさらにおとしめるかのように。少女は犠牲者のあいだを動きまわる。靴のかかとは臨終の音をコツンコツンと鳴らし、スカートは最後に緞帳《どんちょう》が降りるみたいに、ひらひらする。

男はもう一人やっつける。肩ごしに盲滅法撃ちまくり、腹のあたりでステッキを構えて――パン、パン、パンと――苛立ったように大勢の者を機銃掃射する。撃たれた者たちはくるくるのたうちまわり、血が体から飛びでてくる。まるで内側からの気泡を発散させるみたいに。彼らの死刑執行人は大きくなり、ほんの一瞬、まるで歓喜に酔いしれたかのようによろめく。大きく見開いた目を少女のほうに向ける。少女は近づき、最後の姿を完全なものにしようとする。それはどうも、その表情からすると、まさにオルガスムの形に他ならないようだ（ひょっとしたら、それはすでに少女の体を捉えており、男の両腕が伸びてくると、目を閉じて、口をあんぐり開けて、背中から倒れる）――

いや、待て！　まだ一人立っている者がいる！　こいつはなぜか小さい、というか遠いところに立っているからか。冷静に両手でステッキの頭を包んで、鉄塔のふもとに、まるでこのよそ者の人間性の欠陥を指摘するみたいに突っ立っている。よそ者は少女を手放し（少女は倒れながら、空をつかみ、喘ぎ声をだす）まっすぐ姿勢を正す。顔には少年っぽいにやにや笑いを貼り付かせ、銃を放つ。男は体を片方に傾け、銃弾をよけて言う。「あんたが何をしようとしているか知っているさ。マイフレンド。あえてあんたの揚げ足とりをするつもりはない。ただ、無制限に幸福を追求するのはいいが、ちょっと無分別にやりすぎたようだ。というのも、破ることができない約束が残っているし、発することができない言葉が残っているからだ。これは、ただの趣味の相違だけじゃない。ただの喧嘩じゃない。あんたの追求しているのは、殺人を通じて――」

死刑執行人は、いまだニヤニヤ苦笑をしているが、汗をびっしょりかいて、歯を食いしばっている。それは男らしい決意からなのか、それとも、解き放たれた恐怖心からなのか（少女は、うめき声をあげて、どっちつかずの気持ちを抱きながら、彼の足もとで痙攣《けいれん》をおこしている）。死刑執行人はふたたび銃を撃つ。男は静かに反対側によけて、言葉をつづける。「あんたの追求しているのは、その、殺人を通じて、あんたが探求しているものの中心にある曖昧性の克服なんだよ。だが、あんたが殺しているのは、あんた自身の中の何ものかなのだ。だから、殺人が終わって、何かが残っていることなんてない。マイフレンド、あんたは存在しないものを祝福することはできない。アダムはいない。あんたがどんなに望んでもね。そもそも最初からいなかった。あの嘘つきの連中が自分たちの不満を説明するためにでっちあげたのだ。あんたはとんでもない思い違いをしたようだ。あんなに焦ってアクションを起こして、とんでもない結果をもたらして。いいかね、ちょっとばかしの才能や勇敢さ、愚かな笑みだけじゃ、解決は――」

怒り狂った新参者は、粋なステッキをポンと路上に突いて弾ませる。まるで自分の才能と勇気を主張しようとするかのように。そして、パカッと（ただのテクノロジーじゃない。新しい精神《ニュー・スピリット》なのだ！）跳ね返ってきたステッキをうまくつかむと、インディアンが挨拶するように、それを高く掲げる。「待った！」と、鉄塔のふもとの男が叫ぶ。上からぶらさがる電球は、その胸に光が当たるように、うまく一列に調節されている。「最後まで、オレの言うことを聞け！」少女があの派手なネグリジェ姿で暗がりの中に這っていくのが目に入る。たぶん、一眠りして、夢でも見るために。「確かに、あんたの直感は確かだ。だが、あんたのやり方はおめでたすぎる！　問題は、帽子が誰のものかじゃなくて、誰が――」敵の男は弓を引く――というか、引いたように見える――なぜ弓なのか謎だが――そして矢を放った。パチンッと、ライフル銃のような鋭い音を立てて、鉄塔の男が叫んだ。「ノー、ノー。そうじゃない。撃つのは、あのひひひ――ひれつな――！」片手を空中にあげて、体を曲げて、顔から暗闇の中に落ちていく。

いま侵略者は、ひとり路上に残される。その他は、たくさんの死体、それは齧られたりんごのように、あるいは石塚のように、ダンスの型のゲートみたいに、あたりに積み重なっているだけだ。夜のとばりが降りてくる。彼はステッキを脇に挟むと、白いタイをまっすぐに直して、まるで古い暗号を思いだすかのように、燕尾服の裾のしわをさっと払う。両足を見る。ようやく静かになったようだ。そのことに思わず苦笑を浮かべると、肩をすくめ、腰をぶるぶると振る。重たい沈黙の中で（彼は絶対に、絶対に、変わらないのだ）、帽子を脱ぐと、蜘蛛のような弓を手に取る。

▼1　てんかん、神経障害の守護聖人。

きみの瞳に乾杯

リックのアパートは暗い。暗く、重苦しい理想主義者の黒人リーダー。声なき告訴状のように、かすかに聞こえるしわがれ声――それも、眠りのように短い――を発する以外は無言だ。リックがドアを開けると、玄関の間の灯りが鋭く射しこんでくる。まるでボーイがスペースを作り、積もった埃《ほこり》によって（部屋には、ある人物がいる）ある出来事の前触れをしめすかのように（それはイルザだ）。リックはあとを追うが、夢中になりすぎて気づかない。彼の店は閉店している。人々が射殺され、彼は厄介なことに巻きこまれた。それでも、さっと手際よく小さな灯りをつける（何という明るさ！　影が後退し、すべてが後退する。壁はどこだ？）。そこに彼女がいる。彼と向かい合っている。遠くの窓のカーテンを、ナイトガウンの前身頃を開けるみたいに開けたままにする。灯りが静電気のように白く、執拗に彼女の顔にちらちら当たる。リックは一瞬驚いて立ち止まる。イルザはカーテンに隠れているのをやめて一歩前に進みでて、奇妙に乱れた灯りの中に立ち、彼の視線を捜す。

「どうやって入ったんだ？」と、リックは尋ねる。おそらく頭にあったのはそうした疑問ではない。

「非常階段からよ」

その返答は彼を喜ばせたようだ。結局のところ、彼はいかに自分が無防備であるか知っている。それが自分の生き方――ドアが常に開いていて、頭には毛がなく、タキシードは雪のように白い――だが、そのことはさして重要でない。大事なのは、そうした返答によって、一種の必然性が導きだされつつあることだ。サムがそれを歌にしている。「きみに今朝、言ったよね。きみは戻ってくるって」と、リックは言う。まるで彼女を懲らしめたい欲求を伝えようとするかのように、唇を丸めて。「だけど、これは予定よりちょっと早めだ」彼女はじかにリックを見据える。肩幅は広いが、ヒップは小さい。腰のあたりにホルスターのようにサッシュベルトを巻いている。こわばった左手に、何かきらきら輝くものが握られている。リックはあたかも何も持っていないということを示すかのように両手をあげる。「よかったら、座らないか？」

その誘いの言葉は、ひやかしであれなかれ、彼女の心を和らげる。彼女は、いからせていた肩を落とす。乳房が前に押しだされる（いや、携帯している小さなハンドバッグだ。たぶん、歯ブラシ、化粧品、ホテルのキーぐらいしか持っていない）。顔の表情が和らぐ。「リチャード！」彼は驚いてさっと後ずさる。両手は腰に移動させて。「あなたに会わなきゃならなかったの」

「それでまた他人行儀な名前で呼んだわけか」リックは唸《うな》って一歩引き、二人のあいだに障壁ができる。彼女は立ち止まる。リックはあたかも気の利いたセリフを捜そうとするかのように、ポケットに両手を突っこむ。「オレたちはパリに戻ったってわけか」

おそらく、そうではなかった。二人に似合いの曲が部屋の中に流れこんでくるように思える。どこか真っ暗な外から。いや、ずっとこの部屋に流れていたのかもしれない——たぶん、サムが階下の灯りを消したバーから、アフリカ人特有のやり方で、太鼓のリズムの効いた警告を送ってきているのかもしれない。「軽はずみは禁物ですぜ、ボス。情熱でいっぱいの心、信用ならない。ボス、嫉妬と憎悪ですぜ。釣りにいきましょう。このサムと」「おねがい！」と、彼女が熱い眼差しを向けて言うが、リックの心は動じない。

「あんたのこのような予期せぬ訪問は、通行証と関係ないと？」ひょいと頭をさげる。上唇には、悔しさと心の痛みがにじむ。「この通行証を持っているかぎり、オレはずっと孤独じゃないようだな」

だが、言うまでもなく、これから常に孤独に悩まされることとだろう。現に、これは秘密の告白なのだが（「言い値でいいわ」と、彼女が言っている）、真意はつぶやくような付け足しの言葉に半ば隠されてしまっている。つまり、リック・ブレインは天涯孤独な身の上である。可哀相な男だ。その身に消し難くほとんど根源的にそうした雰囲気が漂う。白いタキシード姿で孤独にチェス盤に向かい、騒々しい悪辣なやじ馬たちに囲まれて、物思いにふけるように煙草をくゆらせる。彼自身が好んで周りに集めたやじ馬たちだ。チェスの歩《ポーン》を引き抜き、白の騎士《ナイト》を動かし、背の高い黒の女王《クイーン》を優しくなでながら、唇にあざけりの笑みを浮かべる。自分自身をあざけるかのように、運命自体を弄《もてあそ》んでいるように見える。リック・ブレインは彼自身に対しても（だが、彼の言葉は忘れてほしい——いまもイルザに背を向けて、こう言う。「オレが興味を持つ唯一の人物は、オレなんだ……」）その他の人々に対してと同様に無関心。ぜんぶ、クソだ。だから、どうにでもなれだ。

イルザは空いているスペースを見つめている。少し前までリックがそこを占めていたのだった。いま彼女は何かを考え込んでいる。交渉は決裂しそうだ。そのことを心配しているのかもしれない。リックは、彼女の最終的な提案（「言い値でいいわ。あの通行証をちょうだい！」）を無視し、彼女の夫の理想主義《ヒロイズム》を、そもそも最初に二人をパリで結びつけるきっかけとなった人物をあざ笑ったばかりだ。どうしてそんなことができるのか？　いま、唐突に彼女に背を向けて（彼はそれがただセックスだけだと思っているのか。あの時から何が彼の身に起こったのか）、バルコニーのドアのほうに向かって歩いていく。見たところ、彼女の提案を断るつもりなのだ。彼女は深呼吸をすると、唇をきりりと結ぶ。両手で小さなハンドバッグをつかんで、彼のあとを追うために向きを変える。

「リチャード！」この手はかつてうまくいった。いまもうまくいく。リックが振り向いて、近づいていく彼女と対面するからだ。「あたしたち、かつては愛し合った仲なのに……」彼女の声は喉もとで詰まる。目には涙が浮かぶ。彼女は切れ切れの影の中で美しく映る。髪が耳もとでほつれている。目はきらきら輝き、喉もとはフリルのついたVネックの開衿ブラウスから無防備に剝きだしになっている。服の趣味がいい。しっかり手に持っている小さなハンドバッグでさえ素敵だ。服の内側にそっと隠されているもう一つもそうだが。彼女は悲しく懇願して、かすかに首を横に振る。

「もしあの日々が……あなたにとって何かイミあるものだったなら……」

「もしオレがあんただったら、パリの日々のことは話題に持ちだしたりしない」と、リックは冷たく言い放つ。「まるで下手なセールストークだ」

イルザは息を呑み（彼女はそんな話題を持ちだしたりしなかったのに。彼は気でもちがったのか？）、頭をあげ天を仰ぐ。「おねがい！　あたしの話を聞いて！」彼女は目を閉じて、まるでそこが傷ついたかのように、下唇を前に押しだす。「何があったのか、あなたが分かってくれるなら！　シ、シ、シンジツを分かってくれさえするなら——！」

リックはこうした彼女の感情の発露をムーア人の処刑人のように冷淡に、上から見おろしている（そのとおり！　彼はあの血なまぐさいアラブ人になっているのだわ、と彼女は感じる）。「あんたが何を言っても、オレはあんたを信じたりしないぜ」と、答える。リックはエチオピアで見たのだ。イタリア人士官を暗殺しようとする陰謀があったあと、一夜にして千六百人のエチオピア人が一斉に検挙され、報復のために射殺されたのを。多くの者が彼の友人だった。少なくとも、お客ではあった。だが、なぜか彼女の裏切りのほうがそれより堪《こた》えた。「欲しいもののためになら、何とでも言える」と言いながら、リックはふたたび背を向け、その場から離れる。

イルザはじっと彼を見つめ、驚きのあまり声も出ない。まるで一年半前にパリであったことがふと目の前をよぎり、ある残酷な言葉によってそれが忌まわしい出来事と化したかのように。ため息が彼女の口から漏れたが、大げさすぎて、まるでオナラみたいだった。彼はふと頭をあげ、するどく右を向いた。イルザは彼の足を見ながら、あとを追う。「あなたは、自分を可哀想な男と思いたいのね」と彼女は叫ぶ。驚いて（彼は飾りテーブルの上の何かに手を伸ばす。葉巻のケースかもしれない）リックは彼女のほうを向く。「いろんなことが危険に晒《さら》されているというのに、あなたの頭には、自分自身の感情しかないのね」と、イルザは毒づく。ふたたび唇を結び、息づかいは荒く、怒りと苛立《いらだ》ちで目に涙が浮かぶ。「女がひとりあなたを傷つけた。それで、あなたは世界中にフクシュウしたいのね」息が詰まり、ほとんど言葉が出てこない。英語の発音も怪しくなっている。「あなたオクビョーだわ。それにヨワムシ、それに――」

彼女は言葉に詰まる。何を言っているのか。リックはそんな彼女を見守る。あたかも、少し面白がっているように。「いいえ、リチャード。ゴメンなさい!」心からの涙が溢れる。言いすぎたのだ! それがイルザの顔の表情に現われる。窮地に追いつめられて、必死に逃げ道を探している。「ゴメンなさい。でも――」頬の涙をぬぐい、ふたたび夫を持ちだす。リックと彼女の二人が共に、いや世界中が尊敬する偉大で勇敢な男を。「――あなたが最後のトリデなの。あなたが助けてくれなかったら、ヴィクトル・ラズロはカサブランカで死ぬことになるでしょう!」

「それがどうした?」と、リックは言う。こうした機会を待っていたのだ。それを弄び、引き延ばしている。顔を背け、煙草に手を伸ばす。アーチ状のドアから射しこむ灯りが頭のまわりで後光のように光る。「このオレはカサブランカで死ぬことになる。絶好のスポットだぜ」このセリフは冗談のつもりだったが、イルザは恐怖にかられた。彼女は大きく目を見開く。息を止め、目を背ける。リックは煙草に火を点け、自分に満足げに、ゆっくりと吸いこみ、煙を吐く。「さて――」と、リックは言い、彼女のほうを向く。「もしきみが――」

ふと動きを止め、横目で見る。イルザが拳銃を突きつけているのだった。歯ブラシとかホテルのキーとか、とんでもない思いこみだった。「いいこと。あなたとはリセイをもって話したわ。やれることはやったわ。あたしは通行証が欲しいの」遠くのほうから、愛と栄光を求める戦いを暗示するメロディが流れてくる。やるかやられるかのアイロニーが感じられるメロディだ。「あたしのために、手に入れてほしいの」

「そうするまでもない」と、リックはジャケットの胸に手をやる。「ここにあるから」

「テーブルの上に置いて」

リックは微笑み、首を横に振る。「嫌だ」脇に持っている煙草から煙が環を描いてのぼっていく。ちょうど五時発マルセイユ行きの汽車を取り巻く蒸気のように。イルザの目は涙で溢れる。彼女はさらに執拗に迫るものの（「これが最後よ……」）、分かっているのだ。「嫌だ」が最終回答であることを。リックの皮肉な笑みの背後には、深い悲しみが感じられる。最終的には、根本的なことは変わらないという、運命論者の悲しい諦観が。時は過ぎ去り、あとに何も残さない。このような瞬間さえも。「ラズロたちの運動の大義がそれほど大きな意味を持つなら」と、リックは彼女の不安定な立場をあざける。「どんなことでも、やめないはずだろ」

リックは消えかかったように見える。煙草はどこかに消えた。煙もだ。彼の悲しみは、熱意と似ていなくもないものに取って代わられる。「さあ、撃てよ。オレの願いを聞いてくれるんじゃないのか？」

イルザは愕然とした様子だ。目は涙で湿り、唇は腫れて、開いている。灯りが彼女の顔をかすめる。リックは精神的に高みに立って、じっと彼女を凝視する。ふたたび煙がリックの手からゆらゆらあがる。白いタキシードに、拳銃の銃身が押しつけられていた。イルザは目を閉じ、銃を下におろした。喘《あえ》ぎながら「リチャード！」と、言う。それは祈りの言葉ようだった。でなければ、信仰の告白のようだった。「あえて遠ざかろうとしたの」と、ため息をつく。目を開け、惨めに降伏して、下から彼をじっと見つめる。涙が口の端に向かって頬をゆっくりこぼれ落ちる。秘密の暗号みたいに。「二度とあなたには会えないと思ってた……あたしの人生から去ったって……」イルザは目を瞬かせ、かすかに「ああ！」という声を発すると（リックはついに考えが変わった様子で、高慢な男の仮面が汗がしたたるように脱げた）、背を向け、まるで苦痛に耐えるかのように、顔を片側にねじる。

突然、リックは心配になって、というか心配に似た気分になって、彼女の背後に歩み寄り、両手で乳房をつかみ、髪の毛に鼻を押しつける。「あなたがパリを離れた日に……」と、イルザはすすり泣きながら言う。自分でも何を言っているのか分からないようだ。リックの片方の手は、すでに彼女の股間にあり、もう片方の手はブラウスの中だ。ブラジャーから乳房を押しだそうとしている。「あなたがわかってくれさえしたら……あたしが……」リックはうめき声を発し、片方の耳を舐める。股間にある手が彼女の体をもう少しで床から持ちあげそうになる。リックの骨盤がくり返し彼女のお尻に当たる。「これで……いいの？」イルザは喘ぐ。

「オレ、オレは知らない！」と、リックは唸り、乳首を指で挟んで乳房をもみつづける。「考えられない！」

「でも……考えてくれなきゃ！」とイルザは叫び、腰をくねらせる。涙がとめどなく頬を伝わり落ちる。「その……その……ために」

「何のために？」と、リックは喘ぐ。ブラウスを剝ぎとり、乳房を引きだす。まるで肩ごしにキスをしようとするかのように、後ろに引っ張る。あるいは、まるでそれを食べようとするかのように。突然、食欲旺盛になったようだ。

「何だか……あたし、思いだせない！」と、イルザはすすり泣く。後ろに手を伸ばし、彼の股間をまさぐり（ほかに何ができようか？　神の愛にかけて）、自分のサッシュベルトを剝ぎとり、スカートのファスナーをはずす。指が震えている。

「なんてこった！」と、リックはぜいぜい言いながら、片手をガードルの中に押し入れると、スカートがすとんと落ちる。彼の頰もまた涙で濡れている。「イルザ！」

「リチャード！」

二人は床に倒れ落ち、互いの服をつかんだり引っ張ったりしている。リックはブラウスと絡みついているブラを脱がそうと躍起になる。イルザは彼のベルトに手こずり、黒ズボンを引っ張り、ねじ開ける。ズボンのボタンが飛び散り、ストラップは弾ける。どこかシルクの生地が裂けるような柔らかい音、バックルの音、小銭が落ちる音、喘ぎ声、うめき声、欲情きわまってすすり泣く声。リックはもつれ合っていた下着を剝ぎとり（ありとあらゆるストラップや芯地。どうやってこんなトチ狂った弾力性のあるものを身につけたりはずしたりできるのか）、イルザは彼のズボンを抵抗するお尻からずりおろし、彼の靴を手探りする。「あなたの肘が――――！」

「ウムムー！」

「あっ――――！」

イルザは彼のズボンとボクサーパンツを脱がし、体をかがめてくるりと向きを変え（彼は、管制塔の灯りがときどき当たる彼女のお尻を撫でながら、自分の体の上で彼女の二つの剝きだしの乳房が揺れるのを眺める。あっという間の出来事で、リックはゆっくりとした展開に持ちこみたい。良い場面をくり返したいのだ。たとえば、いま四つん這いになった彼女のかすかに揺れるお尻の肉を眺めているとか。お尻は彼のラッキーナンバーである22という数字の形みたいだ。だが、二人は切羽詰まった状況にあり、一刻の猶予も許されない)、リックの上に跨《また》がり、彼を自分の中に導き入れる。ちょうど列車を駅の中に導き入れるように。「好きよ、リチャード!」と、息絶え絶えに告白する。もっとも、目をきつく閉じて、胸を揺らして、彼ではなく、(誰かそこにいるとして)天井の誰かに向かってしゃべっているように見えるのだが。リックの目もいまは閉じられていて、両手は柔らかい彼女のヒップをつかみ、引き寄せる。短く苦しそうな鼻息を漏らし、顔は泣き腫らしている。崩れた顔には、いつものように、深く傷つき、無防備な表情が浮かぶ。それをペルシャ絨《じゅう》毯《たん》が額縁のように包む。リック・ブレインという男。孤独と裏切りによって強固に鍛えられ、だが、希望それ自体が——おそらく絶望的に——弱点になっている。彼は、悲劇的な意味で、真の革命家なのだ。あくびのように大きく開けた口がそれを物語る。口の端の唾、いまは見開かれ、未来と言えなくもない、どこか果てしない遠くを見据える目、ゲジゲジ眉が。腰を持ちあげ、彼女の芯まで突き刺す。「ああ、いい!」と、イルザは悲鳴をあげ、エビ反りになる。口はあんぐりと開け、まるでフランス国歌「ラ・マルセイエーズ」を歌いだしそうだ。

いま、しばらくのあいだ、彼らは小休止。このように結合した感触を確かめている。リックのイチモツは彼女のヴァギナの温かい湯船につかる。イルザの火照《ほて》る子宮は強く脈打つペニスを、まるで母親が迷子になっていた子を抱きしめるようにそっと締めつける。「あなたがただわかってくれるなら……」彼女は言いかける、かつて口に出していて、今も耳に残っているその言葉を。リックは乳房を優しく撫でる。イルザは彼のシャツを剝ぎとり、胸の上をなぞり、前に乗りだし、彼の唇と乳首にキスをする。彼女の中にいるのは、ヴィクトルではない。ヴィクトルは長い「剣」の持ち主だけど、こんな恥ずかしい逢い引きはめったにないのだ。これは虚《うつ》ろな穴を持ち、小賢しいプロの技を見せるイヴォンヌではない。これは愛なのだ、湿り気を帯びた謎、究極の結合、自らの心を奪うようなメッセージとしての。女が男を求めるように、男は伴侶を必要とする、それは当然のことだ。彼らのアイデンティティは分裂しているように見える。ときどき互いの名前を囁《ささや》きあうようになっているが、それはまるでそこから後戻りできない究極の歓喜に到達しまいと何度も抵抗しているかのようなのだ。それから、ゆっくりとイルザは彼の上で腰をくねらせ、リックはその波のような動きに合わせるかのように腰を突きあげる。二人は、はーはー息を切らしながら、互いをしっかり抱きしめる。イルザは胸を彼の胸に押しつけ、腰から下だけを動かす。両太股《ふともも》を内側に滑らせ、彼のペニスを挟む。まるで傷ついているが降伏しない地下逃走中の仲間をそこに隠すかのように。リックは靴下をはいたままの脚を持ちあげ、まるであぶみに足をかけるみたいに、彼女の膝の裏側に置く。上にある彼女の尻は、汲みあげポンプみたいに締めつけたり緩めたり、締めつけたり緩めたりする。彼女の自慢の発光は本当だったのだ。ほとんど内側から光を放っているようだ。縮むイルザの尻は、それ自身のめくるめく輝きで後光を射している。

「すごく気持ちいいわよ、リチャード！　そこ……あたし——ああ！——とても孤独だった……」

「ああ、オレもだ。ダメだ。しゃべるな……」

イルザはふたたび太股を彼の太股に絡めて、彼の腰のそばに引きあげる。子供がテディベアの縫いぐるみに抱きつくように。膝は彼のあばら骨にあたり、お尻は上下に動き、とんがったものを優しく撫でる。頭が大事な記憶を引きだすように。リックはそこに一瞬、受け身の姿勢で横になる。大の字になり、目は閉じて、このような温かくリズミカルな沐浴を受け入れている。ちょうど子供が、その甘美な無垢の時代に乳母のじれったい入浴を、母親の世話（世話というが、リック自身がしばしば述べたように、彼はそれによって抑圧された）を受け入れるように――というか、受け入れるように見えた。現に、リックの体はどこもかしこも、かすかに震えている。まるで、ものすごい困難を伴いながら、最後まで残っているそのプライドと苦々しさ、心から分離したその中立性をかなぐり捨てようとするかのように。それから、ゆっくりと彼女の下にあるリック自身の尻が激しく動きだし、両膝が思わず持ちあがる。イルザは彼の耳を舐め、尻はずっと激しい音を立てて上下し、彼の喉や鼻、ひび割れた唇にキスをすると、上半身を持ちあげ、背中を曲げてエビ反りになり、それから頭をひょいと元に戻し（いまや髪の束はほどけ、広がり、青白い頬や喉に赤味がさしている。かつて固い決意だったものはいまや剝きだしの激情に変わり、かつて脆《もろ》さであったものは、いまや口をぽかんと開けた放心に変わっている）、彼をもっと深く中まで招き入れる。リックの尻も次のリスボン行きのフライトが離陸を試みるかのように、床から浮きあがり激しく滑走する――

「ああスゴい！　オモシロいわ！」と、イルザは叫ぶ。背中ごしに手を伸ばし、睾丸を鷲づかみする。リックはその手を両手で包み、太股を広げる。イルザは前に倒れ、二人はくるりと位置を交換する。こんどはリックが上になり、ぐりぐり攻める（彼女は例の輝きを失う。むしろ、リックの尻が灯りを吸いこみ、二人のまわりに夜霧のような、ノスタルジックな暗さを引きだし、それは二人のあいだの本質的な距離を、抗しがたい関わり合いを暗示している）。イルザは白いジャケットの内側に手を滑りこませて彼の背中を、ヒップを、太股を爪で手探りする。イルザの獰猛な下の口は彼に飛びかかっては、腰を後ろに引き、まるでぬるぬるする棒登りに熱中するみたいに、その動作をくり返す。こうした獰猛なリズムに身を任せて、二人が体をぶつけ合うスピードをあげればあげるほど、まるで、自分たちから複雑なものを取り去り、うめき声や喘ぎ声や頼りない小さなオナラを出しながら、もはやリック・ブレインやイルザ・ラントではなく、どこか二人のあいだの、時空の、何か名もない結合と化しているようだ。その結合自体も、二人の光り輝く情熱の焦点が素早く搾られていくことで新しい意味を持つことになる——そのとき、突然、リックは上半身を起こす。顔が瓢箪《ひょうたん》のように膨れている。イルザは叫び声をあげ、足を蹴りあげ、リックの硬直した尻を包むように足を絡める。しばらく二人はふらふらと、まるで地球の重力から解放されて、宙吊りになったかのように漂っている。それから、バタン！　と音を立てて、二人はふたたび床に打ちつけられる。二人の体はぶつかり合いつづけるが、それほど規則的ではない。突っこんだり引き抜いたりして、この叫び声の対話を引き延ばし、その強度が薄れてきても、それを何とか長引かせようとするのだ。それは欲求というより告白になり、告白というより質問となる。イルザは足を解き、ゆっくり床にスライドさせる。「フーッ……おお！」二人はそこに横になり、頰と頰を寄せ、互いの体をきつく抱きしめ、息を切らす。二人の太股は最後の痙攣《けいれん》に打ち震え、股間の奥深くに、快楽の爆発の薄れゆく余韻が走る。

「まったく」と、リックが息を切らして言う。「オレは、この瞬間を一年半も取っておいたんだ」

「こんなすごいフォック《セックス》、したことなかったわ！」イルザは大きなため息をつきながら、そう答える。そして彼の耳にキスをして、彼の髪を指で撫でる。リックは体を引き離そうとするが、彼女がしっかりつかんで離さない。「ダメ……待って！」より深い、より大きな快楽、とはいえ熱狂的というわけでないが、それでもより感動的な快楽がいま彼女の内奥から沸きあがってきたようで、膨れた訪問者を心地よくしっとり濡れた子宮の中に押しとどめる。かつては気心の知れた友であり、愛し信頼した仲間であるが、いまはほとんど他人のようになった人を、死者の世界から蘇った者のごとくに迎え入れるのだ。

「うっ……！」と、リックは喘ぎ声を出す。なんてこった！　まるでミルクを搾られているみたいだ！　それから、イルザは抱擁を緩める。一種の震えるような感謝をこめて、温かく濡れたスポンジで包むようにそっと彼を包む。「うっ……！」

リックはイルザの湿ってシルクのような太股のあいだに横になる。体は重たく、頭の中は柔らかく拡散したように感じた。リックのものは、まるである種の病的な特性であるかのように、やがて干あがるだろう。倦怠感が侵略する軍隊のように襲ってくる。顎も力なくたるむ。指も（三本で力なく先端が黒く尖った乳房を包んでいる）元気がない。まだ真っ白なタキシードと、艶《つや》のある黒いソックスを身につけたたままだ。それを包むイルザの太股の白さによって、リックの憂鬱な尻は——少年時代にお仕置きで打たれ、海で波に打ちつけられ、連合軍の小競り合いでやせ細り、エチオピアで灼熱に焼かれ、スペインで銃弾に撃たれた――これまで以上に陰鬱に映った。浅黒く、未練たらしく、いまや一種の英雄的な悲しみで緩んでいた。暴力的な優しさとでも言おうか。リックの尻は、いわば、孤独のポーズの最高の見え方かもしれない。誇り高く、にがにがしく、悲嘆に暮れて。あの警視総監ならば、とんでもなく魅力的だ、と言ったかもしれない。ペニスはヴァギナから抜けでて、ゆっくりと縮む陰唇に、太い足の指のように力なく当たっているが、イルザはきつく抱きついて離さない。彼女は自分でもよく分からないものにしがみついている。それは自由という広大な夢、修道院の花園、あるいは電気の発明のようなものかもしれない。「蓄音機をかけているの、リチャード？」

「何だって――？」イルザの問いにリックは驚く。彼の尻はぴしゃりと閉じて、体を起こし、うめき声をあげる。通行証に手を伸ばしかけたように見える。「あっ……違う……」彼はふたたびリラックスして、体重を後ろにかける。ただし、片方の太股を彼女の上に乗せ、両腕をまるでもつれを解くかのように広げて、顔を背ける。陰嚢は、彼の内面の平静さや寛大さを暗示するかのように、彼女の太股の上で大きく膨らんでいる。上品さが皮肉や絶望の仮面の下で輝くように、しばしば陰に隠れているのだ。リックは深く息を吸う（キスはキスにすぎない、というのがその歌の内容だ。ため息……）「おそらく、歌っているのはサムだ……」

イルザはため息をつき（そして、ほかにもいろいろ……）、頭上の天井を凝視する。部屋にいくつかある電気スタンドの灯りの円が天井で重なり合って、ある模様をなす。空港の誘導灯の光がその上を定期的に流れていく。欲情そのもののように、もどかしそうに、しかし確実に。

「あたしのことを嫌っているのね、たぶん」

「サムが？　いや、いい奴だぜ。オレと同じことを、奴も考える」

「あたしたちが昨夜、バーに入っていったとき、『恋は売り物』を演奏しだしたわ。それで、誰もが振り返って、あたしを見たわよ」

「その曲じゃなかったよ、スイートハート。振り返ったのは、きみの服が素敵だったせいさ。カサブランカじゃ、誰も――」

「それから、あたしのあとを追いかけてきて。あたしがあんたのヤクビョー神だって言ったわ」リックは驚くとよく狂ったゾンビみたいに白目を剝いたが、彼女にはいままたそれが見えた気がする。

リックは曖昧な返事をした。「きみは彼のことを『ボーイ』と呼ぶのをやめるべきかもしれない」果たしてそうだったのだろうか。「でも、映画じゃ――」なるほど、翻訳の問題かもしれない。

彼女がこれまでしばしば遭遇してきた困難だ。ときに言語は、彼女の下にある床板のように硬くなる。彼女は気持ちよかった。リラックスしたリックの体が自分の上に乗って、彼の心臓が乳房のすぐそばで鼓動し、彼の性器の柔らかい塊《かたまり》が彼女の股間に押しつけられていたからだ。だが、いまや彼女の下の床は、ある種の厳格なキリスト教原理主義者みたいに厳しく叱責しているように冷たく感じられ、彼女の股間にも、よそよそしくべとつく不快感がある。リックがそこから抜けでてしまったからだ。「ここにビデはあるの、リチャード？」

「もちろんさ」リックは気だるげにうめき声をあげて、片側に体重をかけ、寝返りを打つ。漠然としながら、いま得た快楽のことを思い、どのくらいこれが高くつくか考え（どうにでもなれだ）、立ちあがって煙草を捜す。力がどこに残っているかと思う。ワイシャツの裾を伸ばし、それで股間を拭い、顔を後ろに向けて言う。「あそこにある」

イルザは上半身だけ起こし、両脚を広げて、下をじっと見ている。「この素敵なカーペットを汚しちゃったかもね、リチャード」

「それがどうした。愛のしるしにそのままにしておけ。何か飲むかい?」

「ええ、いいわね」イルザは前のめりになり、彼にキスをする。彼女の顔はまだ紅潮したままで、目は湿っているが、いまは微笑んでいる。立ちあがり、腕いっぱいにもつれた服を掻き集める。

「何か焼ける匂いがしない?」

「何だって?」リックは起きあがる。「しまった。タバコだ。ソファの上に落としたんだ!」そこまで這っていき、灰を払う。火は消えているが、そこに大きな穴ができている。たむしみたいに、黒く縁取られて。「まったく」よろめきながら立ちあがり、転げるように煙草ケースまで行き、新しい煙草を一本取りだし、火を点ける。何だって、ただのものはない。そう考え、気が少し晴れる。

「何にするかい?」

「下のバーじゃ、コアントローを飲んでたわ」と、隣のバスルームから、水の流れる音に負けない声で呼びかける。リックはグラスにたっぷりのウィスキーを注ぎ、それをぐいっと飲み干す(頭を上に傾けたときに、灯りが滑るように射しこんできて、皺の寄った額を捉える。どこか悪いところでも?)。さらに、もう一杯ウィスキーを注いで、デカンタに入ったグランマニエを見つける。彼女に違いなど分かるまい。パリじゃ、シャンパンとスパークリング・サイダーの違いが分からなかったのだから。ロゼだと思って、赤ワインしかないポマールを注文していたし、味が分からずにジンを飲んでいた。半ば燃え尽きた煙草を口にくわえたまま、もう一本予備を耳の裏にはさんで、バスルームに二つのグラスを運んでいく。イルザはビデに跨がり、股間に水を当てている。遊覧船の航跡のようだ。誘導灯はここまで入ってこない。まるでその視界から抜けでているかのようだが、だからといって、安心できるわけではない（何かが気にかかる。いまに始まったわけではないが）。リックはグラスを彼女の口まで持っていってやる。イルザは酒を啜《すす》ると、悪戯《いたずら》っぽい目で彼を見あげて、しばらく濡れた片手で骨盤を支える。パリにいたときでさえ、飲酒のほうがセックスより淫らな行為だと思っているようだった。そのせいで、ときどき酒浸りになった。イルザが顎で示したので、彼はグラスを洗面台に置いた。「あなたのことをあれほど愛さなければよかった」と、何気なく言い、唇を噛み、股間を石鹼で擦《こす》ると、泡ができる。

「おいおい、どういう意味だい？」リックは煙草をくわえたまま訊く（これだったのか。その一部だったのか。彼は肩ごしに不安そうにちらりと後ろを覗く。まるで自分のした質問の答え自体が彼の顔を見つめているというかのように。あるいは、まるで、後ろから、彼の顔をめがけてやってくるかのように）。「きみが『これが正しいの？』って言ったときだけど」

「いつのこと……？」

「しばらく前のことさ。オレがつかんだろ、きみの、その――」

「オー。分からないわ。キミョーな感じよ。よく思いだせないけど」イルザはなめらかな腹部や太股の内側にまで石鹼の泡を塗りたくり、石鹼をお尻の奥に走らせる。「テンカイがあまりに早かったから」

　リックは物思いに耽《ふけ》りながら、煙草を吸いこむと、吸い殻を便器の中にぽいと投げこむ。「ああ、その通りだ」煙草の煙が、まるで四コマ漫画の吹きだしみたいに、彼の鼻の穴からぷかぷか出てくる。「確かに、何から何まで、なぜか奇妙に思える。起こってはいけないことのように――」

「そうよ。あたしは結婚してるのよ、リチャード」

「そういう意味じゃない」だが、ひょっとしたら、そういう意味かもしれない。イルザはいま水洗いをしている。乳房がぴしゃぴしゃ音を立てる水の上で、陽気に揺れる。気持ちを集中させて何かを考えることは難しい。だが、リックはただの人妻にちょっかいを出しているのではない。これは、国際地下組織のヴィクトル・ラズロ、彼が英雄と仰ぐ男の妻なのだ。いや世界的な英雄のひとりだ。それがそんなに重大なことか？　空いているほうの手をジャケットのポケットに突っこむが、煙草は見つからない。酒を飲み干す。「ともかく」と、息をぜいぜいさせながら言う。「きみの言うところだと、オレたちがパリで会ったときには、すでに結婚していた、と。だから、それはその――」

「こっちへ来て、リチャード」と、イルザは、優しく、しかしゲルマン人特有の頑固さで彼の言葉を遮る。こっちにいらっしゃい。リックは背中を正し、目を細める。昔のリック・ブレインが戻ってくる。孤独なアメリカ兵士。堕落を知らない、憂鬱そうな、自分自身の運命の主人、誰にも顧みられない。だが、そのとき、イルザが手を伸ばし、宿命の女神のように、リックを手でつかんだ。「逃げないで」と、イルザは囁き、彼女の足の間にあるビデまで彼を引っ張る。「絶対に逃げられないから」

イルザは彼をつかんだその手を離さない（彼はだんだん大きくなる。ソフトで暖かい鼓動をさせて彼女の手の中で大きくなっていく。イルザがカサブランカに来て以来、彼女の身にはいろいろと起こったが、そんなことよりもずっと、サムの歌よりもずっと、まさにこの興奮が、彼女をあのパリの時代へと戻してくれるのだ。サーカスから映画へ、遊覧船からダンスホールへ、二人がどこへ行こうと、彼女の手の中で、こんなふうに大きく膨れたものだった）。もう一方の手で彼に石鹼を塗る。「どうして割礼してるの、リチャード？」と、イルザは訊くが、大きく膨れた亀頭（興奮すると、青黒く見える）が彼女の親指と人差し指のあいだからぬっと顔を出す。パリでそんなふうにぐりぐり彼女を突きながら、リックがいつも言っていたことがあった。彼女は物欲しげに見つめ、一人ほくそ笑む。

「親父が外科医だった」と、リックが答え、深く息をする。空っぽのグラスを置いて、煙草に手を伸ばす。どこかに消えてしまったようだ。「そうすることが衛生的だと思ったんだ」

「フィクターには、まだ皮がついてるわ。もちろん、ヨーロッパじゃ、割礼をするユダヤ人と間違われないことが重要だから」イルザは香りのよい石鹼を手にして（闇市の最高級品。フェラーリがリックのために手に入れてくれる）、ペニスをそっと擦り、泡のついた手で亀頭を撫でる。まるで、そっと先端の帽子を脱がすかのように。二人が初めて逢ったその日に、イルザは幌つきのオープンカーの中で彼のズボンを脱がし、エトワール凱旋門の真下で、手で彼を慰め、それから、ほとんど時間を置かずに、というかそう彼には感じられたのだが、ブローニュの森に行き、そこで見事なばかりのフェラチオをしてくれたのだった。リックは細かいことを一つ残らず覚えている。最高の場面を一つ残らず。あれほど素晴らしい出来事には、あれ以来、一度も出会ったことがなかった。今夜までは。

イルザは石鹸の泡を洗い流し、残っていたグランマニエ（彼女はコアントローと思っていたが）を一種の献酒として彼のぎらつく急所に注ぎ、まるで軽く肉に肉汁をかけるかのように、ほどよく設《しつら》える（彼は考える、次の一戦の準備か、と）。微かに悲しげな笑みがイルザの口もとに浮かんだように思える。「もう一度言ってよ、リチャード」

「何を？」

イルザはにこりと笑う。だが、あれ、目に浮かぶのは涙か？「昔を思いだして。もう一度……」「ああ」そうだ、リックは忘れていた。しばらくやっていなかった。リックは喉を鳴らし、彼女の濡れた頬と耳の裏に手を走らせる。「きみの瞳に乾杯……」

イルザは唇をすぼめ、亀頭にキスをすると、寄り目で微笑み、口を大きく開けて一気にかぶりつく。「なんてこった！」と、彼は喘ぎ声をあげる。彼女の分厚い筋肉が繰りだす唾液の泡で、洗われた気持ちなる。「お前に夢中だぜ、ベイビー」

「んーっ！」と、イルザはうめき声をあげる。リックは以前、その言葉を彼女に向けて言ったことがあった。間違いなく一度ならず（イルザは両腕を彼のジャケットの内側のヒップにまわし、抱きしめる）。だが、イルザが思いだしていたのは、ある日の午後のパリの映画館の出来事だった。当時、流行っていたアメリカの探偵映画を見にいったのだ。本編の始まる前に、ニュース映画がかかり、その月のナチスによるコペンハーゲン、オスロ、ルクセンブルク、アムステルダム、ブリュッセルの陥落を報道していた。「五つの首都の陥落」というタイトルだった。オスロのシーンでは、短いながら、ナチスの秘密警察《ゲシュタポ》が彼女の子供の頃の思い出の詰まった通りを、膝を曲げずに脚を高くあげるグーステップ行進する姿が映しだされた。イルザは恐怖心を覚えると同時に、ノスタルジアも掻き立てられ（彼女の中の何かが叫んでいた。「いったい私は何者なの？」）、思わず衝動的にリチャードの手を取ろうとしたが、彼女がつかんだのは、夫ヴィクトルが「戦友」と呼ぶものだった。彼女は慌てて手を引っこめようとしたが、リチャードはそれを許さなかった。気づいてみると、イルザの顔は彼の膝の上にあり、しくしく泣いて、まるで死んだ母の乳房に吸いつくみたいに、吸いついていた。ドイツの電撃戦の大騒音が彼の耳に鳴り響くなか、リチャードは彼女のうなじを、かつて彼女の父親がしてやったように、やさしく揉んでやる（いまリチャードは揉んでやりながらも、尻が彼女の腕に抱かれて緊張し、ペニスは怯《おび》えた鳥のように、口の中ではパタパタはためいている）、映画館の中にいるフランス人たちが、卑猥な言葉を吐き、彼女自身の心臓は、大砲のようにどきんどきん言っていた。「ゴッド！　お前に夢中だぜ、ベイビー！」と、絶頂に達したリチャードいななく（いま、彼の膝は彼女の膝と絡み合い、彼女の口の中は勢いよく飛びでた精液の懐かしいような未知の味でいっぱいになった。必死に「ああ、サイコーだぜ！　離さないでくれ……！」）。イルザは上半身を持ちあげたが、涙目で、涎《よだれ》をたらして、息を吸おうと喘ぐ（いま、息を吸うのも容易ではない。彼が感謝のあまり泣きじゃくりながら、イルザの顔を自分の毛むくじゃらの腹に押しつけ、しかも彼が上からのしかかってきて、イルザの口の中はいっぱいだから）。イルザがスクリーンに見たのは、喜ぶドイツ人たちで、勝利を祝い、花や野菜であふれる春の市場をのんびりぶらついたり、シェイクスピアの翻訳劇を見に劇場に向かったり、子供たちの写真を撮ったりしている姿だった。「おお、カミざま」と、彼女は鼻を啜《すす》る（いま、イルザはすべてを飲みこみ、吸いこんでは飲みこむ。まるでこのほとんど精妙なエキスから、ある大きな思い出の形を抜きだしているかのように）、「多すぎるわ！」それに対して、彼らの後ろの席にいた男が身を乗りだして言った。「それなら、マドモアゼル、オレのを試してみなよ。ご覧の通り、オレのはあんたのナチの友達みたいにデカくはないぜ。ここフランスじゃ、人間は大きくしても、アレは大きくしないんだ」リチャードのフランス語はひどいものだったが、「あんたのナチの友達」というところは理解できた。ペニスをズボンの中に戻してもいなかったが（べとべとのそれは、いま彼女の顎を滑りおり、彼女の胸の前に垂れさがった。イルザの腕に抱かれた彼の尻はバターみたいに柔らかくなる。つかみかけた甘美な記憶が形を失いつつあり、溶けて単なる感覚へと化す）、ジャンプして、後ろの男に一発食らわせた。それで、映画館の中は大騒ぎになり、誰もが他の誰かをファシストだの売女だのとあげつらう。当然、二人は映画館から放りだされ、リチャードの名は、露出狂として、警察のブラックリストに載った。だから、二人は二度とあの探偵映画を見にいけなかった。それでも、あの頃二人はそれを笑いのタネにすることはできたが……。

いま、彼はビデの先端に腰を下ろし、膝はイルザの膝と絡まり合い、シャツの裾は水の中に沈み、頬は彼女の大きな肩の上に預けたまま、腕はなんとなく彼女を抱いて、心は素晴らしくリラックスして、懐メロのように心地よく（それはまだどこかその辺にある月光とラブソング。昔ながらの歌詞——ひょっとしたら、配水管を伝わってくるのかもしれない）、ここで一服できさえすれば、完壁なのだが。耳の裏に挟んでおいた煙草は、汚水のたまった浴槽にぷかぷか浮かんでいる。イルザはだらりと垂れたイチモツに、まるで洗礼を施すかのように、のんびりと水をかける。かつて彼女は、コンドームみたいに素敵なサテンのガウンを脱ぎながら言ったものだった。たったひとつの答えだけで、あたしたちの疑問のすべてが解ける、と。彼女の言ったことは正しかった。いつもそうだ。彼がいつも複雑なモラルとか、耐え難いプライドを持ちだして、事態をめちゃくちゃにしてしまうのだ。ルイスがかつて彼をそう呼んだように、「病的なロマンチスト」だった。彼自身はそのことをあまりわかっていなかった。イルザは身近にいるただ一人の現実主義者だった。そのことを頭に留めておかなくてはいけない。いまでも、彼女の言うことは理に適っているのだから。「お尻の感覚がなくなっちゃったわ、リチャード。タオルで拭いて。部屋のほうに戻りましょう」

だが、立ちあがろうとすると、膝が歯磨き粉みたいにへなへなに感じられ、リックはふたたび腰をおろさねばならない。すぐにビデまで戻り、結局、紅茶の中にドーナッツをつけるみたいに、尻をビデに落とす。イルザは悟ったようにやさしく微笑み、バスタオルを自分の肩にかけて、医薬品の棚を漁《あさ》ると、イヴォンヌのコールドクリームの瓶を見つけ、それから彼の肘をつかむ。「さあ、リチャード。ダイジョーブよ。あたしに寄りかかって」その言葉で、彼は思いだす（頭はなんとか働いているようだ）スペインでの一夜、ハラマ川の「自殺の丘」▼1の中腹のことを。あのとき、これが最後の夜だ、と思ったのだ。彼が誰かに言った、あるいは誰かが彼に言ったのかも。ああ、もしここで撃たれて死んだら、どうしよう、と。彼はあのことを懐かしんだのか。希望と苦悩、懐疑主義と畏怖のまじり合った表情が、疲れた顔に浮かぶ（このクリスマスで、三十八歳になる。もしシュトラッサー少佐の言葉が正しければ――なんてこった。時が過ぎていく！）、旋回する空港の誘導灯がその表情を捉える。イルザは水のしたたるジャケットを脱がし、シャツも脱がしてやる。彼がソファに倒れこまないうちに、お尻をタオルで拭いてやり、それから、部屋の向こうの飾りテーブルのところまで行き、煙草ケースから煙草を一本抜き取る。イルザはタオルをマントのようにまとっているが、お尻は丸見えで、スパンコールをちりばめたようにきらきら光る。彼女はいつも、ある種の歩く光というべきか、正面から見ても目を瞠《みは》るほど美しいが、今、背中を向けてソファのほうに向かう姿も素晴らしい。タオルの凹凸織りの質感が、滑らかな喉から胸にかけての艶《あで》やかな質感、そしてみずみずしく滑らかに輝く腹部と見事に対比されて。

彼女は煙草を二本、口にくわえ、両方に火を点け（ライターを扱う仕草がちょっとぎこちない。手先が器用ではないのだ）、リックのほうを悲しげに見つめ、一本を手渡す。彼は苦笑する。「おいおい、いったいどこでそんなこと覚えたんだ？」イルザは謎めいた目つきで肩をすくめ、彼にタオルを手渡すと、彼の膝の上にまたがる。彼が煙草をくわえたまま、タオルで乳房、腹部、股間を拭いてやるあいだ、イルザは彼のアパートを見渡す。粗く漆喰を塗った白亜の壁、金線条細工と象眼模様のムーア風の家具、官能芸術の小品（サイドボードの上には、股間の濡れたペニスに見えなくもないラクダの像があり、少年か少女、あるいはその中間に見えなくもない、奇妙な女性のヌード像もある）、白く滑らかなランプ、観葉植物、彼女のような北欧の人にはエキゾチックに映る羽根板式のブラインド。彼にはスタイルがある、そうイルザは思いながら、空いているほうの手でコールドクリームをうなじや肩に塗る。彼にはいつも……。

イルザは彼がタオルで拭きやすいように片脚をあげ、続けてもう片方の脚をあげる。心の中で喘ぎ声をあげる（思わずぜいぜい息を切らし、誤って煙草の煙を吸いこむ。彼は苦笑いしながら自分のくわえ煙草を抜き取ると、彼女の吸いさしも取ってやる）。リックはタオルで彼女の股間を拭いてやる。彼女は向きを変えて、コーヒーテーブルを抱くように前屈みになる。リックはタオルを手にしたまま、一瞬立ち止まり、漂う煙草の煙の向こうに、燦々《さんさん》と輝く彼女のお尻をじっと見つめる。そこに、天国への通路とか永遠とかを絵に描いたような、ほとんどこの世ならぬものを読みとる。今夜、こんなに素晴らしいものを見過ごしていたのか？　たぶん思いだせないだけかもしれない。いまは、このような光景を堪能できる。欲情に目が眩《くら》むこともなく。それは文字通り、夢が叶ったことを意味している。この一年半というもの、あまりにしばしば二人の思い出に耽っていたので、このような発見ほど、彼を感動させるのにふさわしいものはない。リックはタオルを持った手をお尻のほうに伸ばすと、自分がある奇妙な閾《しきい》を越えつつあるように思える。まるで霊的存在がある媒体から別の媒体へと乗り移っているかのような。彼がお尻を拭うと、それがしなやかな弾力を持って彼の手を弾み返してくるのを感じる。だが、肉体の一部には違いないのに、どこか霊的というか、触れることはできるのに手に届かないもののような、物体なのにその存在が一種の無であるような、そんな感じを受ける。もしリック・ブレインが天使の存在を信じるならば、イルザの透明なお尻こそ、天使の化身のように思える。

「今夜はこんなふうになるって、思っていたのか？」と、リックは煙草をくわえながら訊く。紫煙がまるで想念に臭いがあるみたいに鼻からくるくると出てくる。空港の誘導灯が一つづきのフィルムの齣《こま》みたいに部屋の中を移動していくたびに、彼女のお尻は、カフェアメリカンのネオンサインのように、ぱっと光るように見える。時間というのも、これと同じかもしれない、とリックは思う。時間とは、終わりのない流れというより、むしろ、連続していない断片のあいだの小さな隙間をすばやく、連続して飛んでいく電子の飛躍だと。それこそ、時間に関して、よく彼が「連結＝かぎ爪理論」と呼ぶものだった。もちろん、その理論は彼が発明したものではないが。

「このシナリオ、完璧じゃないかもしれないけど、ねえ、リチャード。でも、あたしがあなたを撃ち殺すよりマシでしょ？」

「いや、そうじゃなくて……」いや、このままにしておこう。彼女の言う通り、銃弾を撃ちこまれるよりマシってことだ。現に、思ってもみない上出来な展開になっているではないか。彼は濡れたタオルで煙草を消すと、ぽいっとわきに投げ捨て、両手で彼女の太股に手をまわし、彼女のお尻を（彼の頭は、まだ連続して動くフィルムの齣としての時間のことを考えている。その齣、その古びた役に立たない内容というより、むしろ齣と齣とのあいだの隙間だ。なるほど二次元的に見ると極小だが、三次元的に見ると、宇宙のごとく深みがあり神秘的でもあるその世界を）自分の顔のほうに引き寄せ、まるで子どもが蒸気で曇った窓ガラスから外を見るように、顔をお尻に押しつける。キスをして、洗い立てのふたつの尻肉をそっと噛み（万が一、ふたつの齣のあいだに滑り落ちたらどうなるのだろう？　そう彼は思案する――）、舌で彼女のアヌスを（――どこにいることになるんだろう？）舐めながら、二本の指を使って、硬いキャンディの塊のような恥丘のふくらみをマッサージしてやる。イルザは片膝をクッションの上に乗せ、それからもう片方も乗せる。肘を床につけて前かがみになり（ああ、なんていいの、と彼女は思う。血流が一度に反対方向に走り、空っぽの齣を埋めるかのように、頭と性器の両方に広がっていく。時間とは、なんと奇妙なめくるめく夢なのかしら！）股間にしがみつくイソギンチャクに似たものを持ちあげ、彼の注視にさらす。言い換えれば、毛深い豆の莢《さや》、裂けたチンチラ、開けっ放しのガマ口《ぐち》、ふたつに割れた果実を。だが、彼を感動させたのは、性器の外見ではなく（その名称の、想像上のカタログを作るのは例外だが）、その匂いだった。その匂いがリックを、一気に完全にパリに引き戻した。いまこの瞬間まで彼がなくしていたパリに（だが、彼女はパリにいない。股間をいじられて、彼女は少女時代と結びついた、ある広漠とした無次元の領域にいる。真夏の部屋の夜の灯りの中に）、いま戻っている。いま、そしてずっと。彼は舌をスポンジのように柔らかい窪みに行ったり来たりさせる。舌と硬い上唇（戦争で負傷した古傷）でやさしく陰唇を挟むと、それが充血し、鼓動を打ち、口をすぼめるようにしてキスして寄越すようで、彼はパリの彼女のアパートで過ごしたあの夜の映像を見ているように感じる。まるでやさしく動くお尻がスクリーンとなって、その映像が徐々に映しだされているかのように。あの夜、彼女は初めてリックに「キスして、リチャード、ここよ。下の口があなたを愛したがっているの」と言ったのだった。彼はそれだけはしたことがなかった。世界中を旅してまわり、戦争に加わり、警官と喧嘩をして、刑務所に入れられ、拷問を受け、売春宿に隠れ、飛行機からパラシュートで飛び降り、ほとんどあらゆるものを食ったり飲んだりして、爆撃を受けて船の甲板から吹っ飛ばされ、数えきれないほどの男を殺し、この地球上のあらゆる種類の、いろいろな肌色をした女性と寝たが、それまでそれだけはしたことがなかった。もちろん、イルザがブローニュの森でもうちょっとで彼の車を大破させそうになったあの日以前にも、他の女性たちからフェラチオをされたことはある。だが、それは自分に対するサーヴィスで、実際、金を払ってさせたものだった。結局のところ、オレは男なのだ。お返しに、女のあそこを舐めてやることは、どこかオカマっぽいことだ、男らしい奴がやるべきことじゃない、とつねづね思っていたし、実際しなかった。だが、あの夜、シャンパンをたくさん飲んでいて、狂おしいまでに恋に落ちていた。これは単なる事実で、リック・ブレインにとって、女陰《カント》を賞味するほどエキゾチックな体験はなかったのだ。それまではずっと不幸な人生の不適合者《ミスフィット》だった。よく言えばロマンチックな放浪者、悪く言えば下劣な武器商人、臆病な外人部隊（もっとも、彼自身がそれら以上のものを望んでいたかは神のみぞ知るだが）、さらには女たらしでヤクザ者、だらしない飲んだくれで、イルザ・ラントのような女性がこれまで彼の前に現われたことなどなかった。だが、そんな奇跡的なことがその夜、起こっていることを彼自身、信じられなかった。彼が直ちに得たものは——いま、貪欲に吸いつきながら、正直に認めるが（彼女は北の森を父親の馬に跨がり、ギャロップで疾走していた。森の木で薄暗く、と同時に射し込む日の光がまぶしく、自らの下に野獣を押さえつけ、彼女が神の真実と思っているものに向かってまっしぐらに突き進んでいた。聖者たちの名前が呼ばれたときに、永遠はかくのごときであったと思えるような光を、彼女は鞍の上から放っていた）、彼女のぴかぴかのお尻に映る自分自身の姿を見ながら、びくつきながら改宗する無神論者のように、生まれて初めて女陰に向かって跪く——恍惚感ではなかった。そう、オリーブや自家醸造酒、アラブ料理に慣れるのと同様、そうした行為に慣れるには少々時間がかかった。だが、彼女は外陰部を舌で撫でつけるやり方で、いわゆる

「尼僧の帽子」がどこにあるかを見つける方法を教えた（イルザはそこを「あたしのかわいい妹」と呼んだが、彼には奇妙なだけのものに思えた）。さらに、それを外に引きだす方法や、指や鼻、顎、陰毛や耳さえ使うことを教えたのだった。彼女のために訓練すればするほど、リック自身にとってもそのことが好きになってきた。彼女の快楽は（リックの目に見えた。まさに彼の鼻の下で開花して、彼の暗い人生をそれまで思ってもみなかったような色彩で明るくしてくれたのだ）リック自身の快楽を増してくれた。やがて自分の欲望が底なしであることを発見するまでは。ああ、ニューヨークで一緒に過ごしたあの悪友たちがこれほど堕落した彼の姿を見たとしたら、笑い転げることだろう。他の女たちにも試してみたが、リックが気に入ったのは一人だけだった。イヴォンヌは、最悪で、苦く、油っぽかった（彼女自身そのことをうすうす知っていて、快楽を感じないようだ。彼が下のほうを攻めると、しばしば気難しくなったり意地悪くなったりする。一度など嚙みついて、体を引っ搔いたりした。「ファックしたくないの？」と、悲鳴をあげたのだった）。そういう理由で、彼はイヴォンヌに対して興味がなくなった。そのことと、彼女の毛深い脚のせいで。

お尻のスクリーンは狭くなりつつある（イルザの両膝は、彼の肩の上にまで持ちあげられ、ヒップは小さなコブみたい丸まり、床の近くにある彼女の肩甲骨が見えるようになった。彼女は這いつくばって、喘ぎ声をあげ、ひいひい叫び、カーペットを嚙んでいる）が、過去に対する彼の想像力はますます広がりつつあり、まるで彼女のお尻が縮んだり膨らんだりする「ふいご」みたいに、開いたり閉じたり、開いたり閉じたりして彼の記憶の中の出来事をどんどん膨らませる。もはや思いだすために、スクリーンは必要でない。というのも、いま思いだすのは、あれやこれやの征服した相手でも、あれやこれやの出来事でもなく、彼女が着ていた服とか、彼女や彼が言った言葉でもないからだ。むしろ、リックが思いだすのは、それよりももっと奥深いもの、盲目の人が見るような仕方で、あるいは切断手術をした人が触れるような仕方で、経験するような何かだったからだ。出来事の肌触りが彼のもとに戻ってくる。輝く合体の雰囲気、印象、言葉では言い表せぬふわふわとした味わい、永遠の柔らかいまどろみ、「現在《いま》」の力が。それらすべてを、イルザのジューシーに弾む女陰に見いだす。それだけではない。両体共存説▼2や、無限を信じたくなるような愛の幻想が（ああ、彼はあの日、雨の中、リオン駅で何を失ったか知っている）、現実世界への甘く苦い墜落が、人が自分のエゴを、自分の孤立感を忘れる秘密の囲いが、パリが、いまここで純粋なアウラとして再発見されたのだ。生き生きとして、暗喩的に。いわば、神の存在する舞台、神聖な陳列ケースとしてのカフェ〈美しい夜明け《ラ・ベル・オーロラ》〉。

　なんてこった、とリックはごちる。イルザの弾むお尻によって背中からカウチに倒される。彼女の太股が耳をぴしゃりと打つ（イルザは起きあがるが、高まる興奮とは逆に血の気が引いていく。空港の誘導灯の光が移動しながら、インスピレーションが炸裂するかのように、彼女を照らしだす。彼女は考える。少女時代は忘れて、大人の世界を存在させなくては。ヴィクトルがいなければ、リックも存在しなかったのだ！　それから、何も考えられなくなる）。〈ラ・ベル・オーロラ〉！　あの店で、彼をひどく傷つけてしまったのだ。「キスして」と、イルザは言い、両手で自分の体を抱きしめる。痛みが体からこぼれでないように。「もう一度だけ最後に」リックは彼女のためにしてやる。アンリは気にもしなかった。クソったれ、ドイツ軍はすでにやってきていたし、その他の支持者《パトロン》たちも、それはご愛嬌だと思っていた。ただサムだけが気分を害して、それが終わるまで、トイレに行ってしまった。それから、イルザは去った。永遠に。というか、ヴィクトル・ラズロと一緒に、一晩前に姿を現すまでは。ああ、彼はあの日の〈ラ・ベル・オーロラ〉でのことをすべて覚えている。イルザが何を着ていたか、ドイツ兵たちが何を着ていたか、アンリが何を着ていたか、を。忘れようと思っても忘れられない日だ。ドイツ兵たちは街はずれにいて、市内に爆撃を加えていた。彼らのすぐ間近で、すべての建物が文字通り崩壊しかけていた（彼女はいまリックの顔にお尻を押しつけ、太股で挟んで窒息させそうになる。彼はイルザを持ちあげ仰向けに倒し、両腕で彼女の太股を広げる）。二人はゴミくずや死体を掻き分けながら這っていき、バリケードを突破して、なんとかそのいまいましいカフェにたどり着いたのだった。車で逃げだすのは無理だ。幸運にも、彼はFYファンドが十分残っていて、それで二人分の列車の切符を買うことができた。それから、あの裏切りが。「彼女が見つかりません、ミスター・リチャード。すでにホテルをチェックアウトしています。このメモが出てきたのです。あなたが出ていってからすぐに！」ああなんてこった。いまでも、リックは泣きたい気分になる。「あなたとは一緒に行けません。二度と会うことも」まるで勝ち誇っているところを彼に見せつけるかのように、きれいなパーマー式筆記体で書かれていた。リックはかわいそうなサムをその列車に乗せてはるばるマルセイユまで行かせ、自分がばかだったと認めた。魔術にかかっていたのかもしれない。あの日は、何でも信じられるような気がしたのだ。いま、イルザの突きだすお尻がぽんぽんと彼の口元に当たり、イルザの陰毛は驚くべきサイズになり、陰唇は外に開いて旗みたいにひらひらはためき、それらに挟まれた真ん中の溝は、べとべとの空気みたいに、香りよく湿っている。リックは顔をあげて、彼女に問いただす。「どうしてオレに正直になってくれなかったんだ？　どうして結婚してるのを隠していたんだ？」

「なんで、リチャード。いまさら——」

彼女は正しい。確かに、そんなことをいま持ちだすのは不適切なように思えるが、彼女がこのいまいましい町に姿を現したとあっては、真っ当なことなど何もないように思える。まるで二つのまったく異なる場所、二つのまったく異なる時間が強引に一緒にさせられ、重なり合い、そこでは交わるべきでないものが交わり、宇宙の中で一種のワープが生みだされたかのようだ。彼自身という個人的な宇宙だとしても。リックはこの失われた恋人、裏切り者の人妻、他人を信じて疑わない子供を見下ろすが、彼女は両手で股間をおさえ、お尻を依然として激しく動かし歯止めが効かなくなっている（「おねがい、リチャード！」と、歯を食いしばりながら、涙を浮かべ、やさしくおねだりする）。リックは考える。所詮、これは終わりのない物語なのだ、と。いや、それを言うなら、始まりも真ん中もない物語だ。イルザの顔は、血が他の場所に流れていったみたいに蒼白で、だが、いきり立つ白い乳房の上の喉もとは、文字通り血のように真っ赤に染まっている。リックはその喉に手を触れ、両側の柔らかい乳房を撫で、黒ずんだ乳首が愛国者のようにピンと立つのを観察し——すると、突然、あらゆる疑問の解答が（だが、もうひとつだけ疑問があるが、その答えは結局、難しくない）向こうから自然とやってくるように思える。「あのさ、やってみたいことがあるんだが——？」

「ええ、いいわ！　いいわ！　でも、早くして！」

リックはコールドクリームを見つけてきて（ついに！　彼はのろまなのだ！）、それをペニスに塗り、彼女の胸の谷間に滑りこませる。両膝をくびきのように、彼女の肩に上におく。イルザは彼の顔を自分の焦熱地帯に押し戻し、両腕で彼のヒップを抱えこみ、喉から弱い喘ぎ声を出しながら、まるでストップした心肺を蘇生させるみたいに、自分の胸を休みなく強く押しつける。イルザはぶるんぶるん弾むお尻に気持ちを集中させようとするが、お尻は、皮肉と正直が混じり合ったというか、疲労と気前のよさがまじり合ったような感情を訴えてきて、もう少しで心が折れそうになり、これまでにない酩酊を覚えるのだった。お尻の暗い穴は、悲劇的に分けられた二つの世界での唯一の生き残りみたいに、ひょこひょこと動いている。彼だ！「ああ、いい！」と、イルザが泣き声を出す。彼女だ！　イルザの股間にかかる緊張は、ほとんど耐え難いほどになる。「もうだめ！」そこからすべてがばらばらになり始める。イルザは自分が、まるで宇宙の裂け目を通っていくみたいに（イルザは彼を待っていられない。イルザが行くところに、彼はついていけない）、時間切れで、モノ切れで、ある驚くべき輝きの中へ落ちていくのを感じる。移動する誘導灯が、イルザの覚醒した視界の前をぴかっと光る。まるで銀河系で周期的に星の爆発的な形成が起こっているみたいに。音楽の音量が高まる。すべての強度が増す。イルザの目が炸裂する。耳が跳ねる。歯が歯茎におさまったままガチガチ言っている――「ああ、リチャード！　ああ、いいわ！　好きにならずにいられない！」

リックは顔をイルザの香しいプディングの中に突っ込み、その甘い汗をぺろぺろなめながら、彼女の股間が激しく痙攣するのを感じる。ちょっといじるだけで、彼女はこんな風に数分間ずっと痙攣しつづけるだろう。一方、リックは狂人みたいに、彼女の乳房と乳房のあいだにペニスを挟んでピストン運動をくり返し、もはや欲望を抑える気もなく、自分自身の快楽をひたすら追い求める。その快楽が弱まるのは（いや、ひょっとしたら強まるのかもしれないが）、ただひとつ彼女の夫、あのいまいましい英雄野郎への憐れみを感じるときだ。ああ、ヴィクトル・ラズロは、リックにとって、ほとんど父親のような存在になっている。ラズロはカヴェルネ・ドゥ・ロワでの地下集会に出ている。あの聖者さまのケツは銃で狙われているというのに、鬼のいぬ間に洗濯とばかりに、ヤンキーのうぬぼれ強いトンマ野郎こと、リック・ブレインは、酒場の上にある自分の部屋に隠れて、ぬけぬけと英雄さまのご夫人を押し倒し、タコのできた硬い鼻を夫人の高貴な洞穴に突っこんでいる。まるでナチの突撃隊チームのために斥候を務めているかのように。こん畜生、これはフェアじゃない、とさすがのリックも考える。それから、そうした事態を笑い飛ばしながら、絶頂に達して、彼女の滑らかな腹部と自分の下腹部に精液を噴出させる。リックの顔は依然としてがっちり股間に挟まれたままで、イルザは両腕で強く彼を抱きしめる。まるで精液を絞りだすかのように。

リックは横になったまま、完璧に身動きしない。顔はイルザのたるんだ腿と腿のあいだにあり、膝は彼女の肩の上に置き、両腕はだらんと伸びた彼女の下半身を抱いている。イルザの手が軽く彼のお尻の上に置かれているのを感じる。彼女の温かい息が片脚にかかる。いつ二人が動きをやめたのか、リックには思いだせない。たぶん、眠ってしまったのか。全部夢だったのか？　いや、リックは少しだけ体を動かし、二人のくっついていた臍《へそ》のあいだから、べとべとにたまった精液がこぼれるのを感じる。リックが動いたのでイルザは目を覚ます。イルザは微かに鼻を鳴らし、ため息をつき、彼の脚の内側にキスをして、片側のお尻を気だるげに撫でている。「あのお風呂の石鹼の匂い、サイコーね」と、彼女はささやく。「カサブランカの女の子は誰でも、ここでお風呂に入りたがるわね」

「ああ、一種の公共サーヴィスのつもりなんだ」と、リックは口ごもる。陰毛が口にはさまり、うまく発音できない。いつもルイスに、いや他に知りたい者がいれば誰にでも言っていた。オレは誰にも余計なことなどしない、と。だが、結局は、誰に対しても余計なことをしてボロを出してしまうんだ。「オレは基本的に公共心のある人間なのだ」

公共心じゃなくて、ただの狂信じゃないの、とイルザは思うが、それは言わずに、胸の中にしまっておく。少なくともいまは、リックの気持ちを傷つけるようなリスクは冒せないのだ。彼女は、まだオルガスムによって到達した地点から戻ってきているところだった。奥深く強烈な体験だったが、それでも、その直接の原因――彼女の鼻の前にある、この不機嫌にすぼめた穴ではない、上の穴にあるあの筋肉質の舌のおかげで――からあまりに遠く離れたところにきてしまって、不安を感じる。自分が何者なのか、どこにいるのかも、分からない。もちろん、彼女には分かっている。勇敢な地下組織のリーダーの身なりのいい妻という役割は、単なる見せかけだ、と。その見せかけの下には、別人、別物が隠れている。たとえば、リチャードの愛人とか。あるいは、母親や父親、養子にとってくれた叔母、彼女の生理が始まる前に関わったすべての人をなくした、幼いみなし子とか――しばしばそんな気持ちになり、こんなときには特にそうなのだ。だが、もしヴィクトル・ラスロの妻としての人生が現実でないとすれば、その他の役割だって、もはや現実ではないのか？

彼女は一人の人間、複数の人間？　それとも何者でもないのか？　彼女が少女時代について持っていた考えはどんなだったのか？　イルザはそこに横になり、リチャードの毛むくじゃらの尻を抱きしめて（リチャードのものなのか？　そもそもお尻なのか？）、イルザの青白い顔は、彼の広げた両脚に挟まれ、そこから抜けでようと四苦八苦している。彼女がカサブランカに着いたときから、彼女とリックは互いに身の上話をしようとしてきた。リックが指摘したように、いい話ばかりではない。ひょっとしたら、本当の話でもないかもしれない。ひょっとしたら記憶とはワナで、幻覚を現実に変え、現実世界を魔術のように、見ている人の前で消失させたりするのかもしれない。人は記憶の中に沈みこみ、すべてを見逃してしまうことだってある。そうイルザは思う。賢いヴィクトルがしばしば彼女にそのことを警告しなかっただろうか？　だが、ヴィクトルは英雄だし。ひょっとしたら、現実世界はたいていの人にとって手に負えないのかもしれない。ひょっとしたら物語をつくるというのは、人が狂気に陥らないための手段なのかもしれない。一粒の涙が片方の目の端に浮かぶ。イルザは瞬きする（パリとカサブランカという、このあり得ない地理的配置は何なのか？　この宇宙の中で、彼女はどこにいるのか？　「どこ」とは何なのか？）。涙がほお骨と鼻のあいだの窪みに流れ落ち、そこから片方のほおの真ん中に向かって進路をとる。彼らの歌の中にこういう一節がある（そう、まだそこにある。きらきらと光りながらどこかへ消えていく。ちょうど壁の中のネズミのように。誰かが彼女の頭を狂わせようとしているのか？）つまり、「私たちが生きているこの日、この時代が、不安のタネとなる／スピードと新発明と三次元のようなものによって……」イルザはいつも、作詞家の馬鹿ばかしいミスだと思っていた。だが、いまはそうとも思えない。というのも、本当の謎というのは——イルザはいまそれが分かる、いやそれを感じることができる——それまで思っていたように、四次元のことではなく（涙はほおで止まり、消えようとしている）、それを言うなら、三次元のことでもなく……一次元のことのなのだから。

「まだオレの質問に答えてくれてない……」

一瞬、間がある。たぶん、彼女は白日夢を見ていたのかもしれない。「どんな質問、リチャード？」

「しばらく前に。浴室で……」彼もまた、ついさっき起こった事柄を反芻していた。たんに出来事だけでなく（もちろん、それだけでも素晴らしかった。ブラックリストに載ってしまい、一年半前にパリからほうほうの体《てい》で逃げてきて以来、こんな連続したオルガスムを感じたことなどなかったから。しかも、まだ手始めだというのに）、彼ら二人の「近況」についても思案していた。いつそれらが起こったのか？「起こる」という言葉が正しいのか？あるいは、それは絶対的なもの、その他の「他者」というか、果てしない不変の数字との一瞬の結合だったのか？もしそうならば、いまとは「いつ」のことなのか？たとえば、彼がドアを開けて、この部屋の中にいるイルザの姿を見つけてから、どのくらいの時間が経ったのか？多少とも時間は経っているのか？「きみは『これでいいの？』って言ったけど、それはどういう意味だい、って訊いたんだ」

「ああ、リチャード。あたしには何が正しいのか、もう分からないわ」イルザは、彼の陰気な想像力を消そうとするかのように、片方の太股を彼の顔の前にあげた。彼はそれを撫でながら、考える。まあ、いいさ。どうでもいいことだし。「もう一杯いただける？」

「もちろんだよ」リックは体を起こして、彼女のそばに座り、湿ったタオルで煙草の吸いさしを消して、腹をさっと拭うと、タオルを彼女に渡す。「同じやつで？」

「シャンパンがいいわ。もしあれば。シャンパンを飲むとパリを思いだすから……それとあなたのことも」

「了解」リックはやっとの思いで立ちあがり、どたどたと歩いていき、煙草ケースの前で立ち止まり、新しいタバコに火をつける。「もし残ってたらだけど。あんたの旦那は、在庫にあるやつをミネラルウォーターみたいに飲んでくれてるからな」これが初めてのことじゃない。リックは自分が見張られているような印象を持っていた。ラズロか？　誰が知ろうか。地下の集会は、何かのたくらみだったのかもしれない。目の前でそんなことをするのは愚かなことだ。とりわけ、この町にシュトラッサー▼3がいるとあっては。よかった、アイスボックスの中にシャンパンボトルが一本ある。だが、氷はない。リックはボトルに手を触れる。冷えてはいないが、飲めなくはない。ふとリックは思いつく。あいつがいまバルコニーに出ているんじゃないか、地下組織の奴らと一緒にすっかり飲んでしまって。ヨーロッパ人は始末におえない。とりわけ、あの上流の金持ちの酔漢どもは。リックはコーヒーテーブルのところまで、シャンパンとグラスを運んでいく。まるでダーツのように、口にタバコを挟んでいる。むきだしの尻は、急に暑いような寒いような感じになる。「あんたの夫は暴力を振るったりするのかい？」と、煙草をくわえながら訊き、ボトルの留め金をはずし、コルクをつかむ。

「いいえ。戦争で人は殺したことがあるけど、暴力を振るったりなどしないわ」イルザはタオルでお腹を拭きながら、考え深げに微笑む。空港の誘導灯が通りすぎ、彼女の胸の谷間にニスのような輝きを放ち、開いた口に歯がきらきら光り、鼻の頭が異常に光を反射する。コルクがぽんと飛び、シャンパンがテーブルの上にこぼれる。グラスの中にも少し。そのことが、なぜかある閃《ひらめ》きをもたらす。あるいは、思い出を引きだす。演奏している音がまるで解き放たれたみたいに、もう一度下からのぼってくる。「嫌だわ、リチャード」と、イルザはため息をつき、苛々しながら思い切って立ちあがる。「あの曲は、癪に障るわ!」

「ああ、わかってる」この音楽は、ドイツ軍の空爆がパリで二人のロマンスを粉々にしてくれたのと同じくらいに間が悪い。空爆はときには、二人の抱擁と抱擁のあいだにやってきて、頭痛のタネになった。いま、音楽が同じようにジャマをして、彼らにいつキスをしていいか、いつしてはいけないか、命令しているかのようだ。それでも、彼女が耐えられるなら、オレも耐えられるけど、とリックは煙草をふたたび口に突っ込んで考える。シャンパングラスを二つ手にして、ひとつを彼女に差しだす。「忘れなよ。これでも飲んで」リックは自分のグラスを上に掲げる。「ああ、きみの瞳に——」

イルザは彼の乾杯の合図を待たずに、放心したようにぐいっと飲み干す。「それにあの空港からの灯りだけど」イルザは言葉をつづける。まるでシッと追い払うかのように、通過する灯りにまばたきする。「こんなところで、よく眠れるわね」

「カサブランカじゃ、誰も安眠できないことになっているよ」と、リックは世知に長けた苦笑を浮かべながら答える。リックは知っている、それが自分の最高の表情だと。だが、イルザはそれには注意を払わない。リックは煙草を口から取りだし、彼女のグラスに酒を注ぎ、暗い顔でタバコの煙を吹きかける。「ねえ、きみの瞳に——」

「待って！」と、彼女が制止する。彼女の耳がぴんと立つ。「あれ？」

「何？」よせやい、上等なものは忘れようぜ。リックはシャンパンを飲み干し、ボトルに手を伸ばす。

「時間って、通りすぎるの？　あの歌にあるように」

リックは驚いたように、顔をあげる。「面白い。オレはちょうど——」

「あなたの時計で、いま何時？　リチャード？」

リックはボトルをテーブルの上に戻し、何もつけていない手首に目をやる。「さあ？　オレの時計は、取れてしまったみたいだ。さっきオレたちが……」

「あたしのもないわ」

二人は一瞬互いを見やった。リックは例によって、少し顔をしかめて。イルザはまるで「お話」か「お囃し」と言っているように唇を動かして。そのとき、ちょうど空港の誘導灯が、セリフを書いたプロンプターみたいに通りすぎ、リックはまばたきして、「ちょっと待って。下のバーに時計があるから」と言う。靴下をはいた足で、わざとらしくドアのところまで歩いていき、ドアの前で一瞬立ち止まり、片手でドアノブをつかみ、深呼吸をする。「すぐに戻ってくる」と、リックは告げ、ドアを開け（イルザは彼の名前を大声で呼びそうになる）、階段に足を伸ばす。が、すぐさま部屋に戻ってくる。ドアをしっかり閉めると、ドアに寄りかかる。顔面蒼白だ。「皆んな下の階にいるんだ」と、リックは言う。

「何？　誰が下にいるの？」

「カールにサムにアブドゥル、あのノルウェー人――」

「ヴィクトルは？」

「ああ、みんなだ。シュトラッセー。あのいまいましいブルガリア人も。サシャもルイスも――」

「イヴォンヌは？」

いったいどうして彼女はイヴォンヌのことを訊くんだ？「みんなだって言っただろ！　下のバーにいるんだ！　何かを待っているみたいに。でも……何を？」リックは声が高ぶるのを抑えられなかった。クールで、斜に構えて落ち着いて、シニカルでいたかった。なぜなら、少なくとも、他の連中にそういうところを期待されているのだから。とはいえ、リックは自分がバーの中で見たことに、いまだに震えていた。もちろん、ズボンを穿いていれば、問題ない。少なくとも、手を突っこむポケットはある。なぜかイルザは彼の股間をじっと見つめている。まるで本当に恐ろしいものすべてがそこにあると言うかのように。あるいは、ひょっとして、下のバーの沈黙するやじ馬たちを見透かしているのかもしれない。「それって、よく分からないけどその、その場所から機密か何かが漏れてくるみたいでさ！」

彼女は肩のあたりで両手を交差させて、肘を引き、乳房を腕で抱く。足が扁平足になったみたいだ。太股は広がり、尻はなぜかブラインドの陰に隠れ、垂れさがり、背骨が曲がっている。「漏れるって？」と、イルザは、北欧風のソフトな物言いで、意味なく訊く。顔は水から凍てつく寒空に出てきたばかりのスイマーのようだ。リックは遠くのドアにぐったりもたれ、彼女をまるで赤の他人みたいに見ている。いや、鏡を見ているのかもしれない。なぜか年をとって、疲れた気がする。胸は落ちこみ、腹が出て、膝が曲がり、股間の性器はドライフルーツみたいにしなびている。見ていて、ぞっとしない光景だ。もちろん、リック自身が見栄えのする男ではない。チビで気難しく、酔っぱらいと来てる。ヴィクトルは彼のことを人間のクズだと称している。奴といると、卑屈な気分になる、と。確かにそれは正しく、リックには野卑なところがある。ヴィクトルと一緒にいると、彼女は自分が清廉潔癖と感じるが、リックと一緒だと、薄汚れた豚になった気分なのだ。じゃあ、どうしてそもそもそんな男と関係を持ってしまったのか？　イルザは孤独で、何も持たずに、希望もなかったのだ。だから、リックのペニスをつかんだときは嬉しくて仕方なかったのだ。ヴィクトルがよく言っていたように、良かれ悪しかれ、われわれそれぞれに運命があり、彼女の運命がリックだったのだ。いまや、運命は下の階の連中によって裏づけられた――というか、決定されたように思える。「彼らは何も待ってはいないわ」と、イルザは言う。閃いたのだ。もう終わったのだ。

リックはそれに対して、不平の声をあげる。たぶん、彼女の言葉が聞こえなかったのだろう。イルザはひどく喪失感を抱いている。リックは黒い靴下姿で足を引きずって、煙草ケースのところまで歩いていく。「ちぇ、煙草まで切れているのか」と、暗い顔で愚痴る。「どうしてカサブランカくんだりまで、来なきゃならなかったんだ？　ほかに行く場所は腐るほどあるだろうに……」空港の誘導灯が通り過ぎていき、リックのやつれた顔に浮かぶ鬼の形相を捕らえる。イルザは知っている、彼が理解不能のことを理解しようとしているのを。解答のない問題を解こうとしているのを。アメリカ人というのは、そうなのだ。パリでは、リックはどうして自分たちがそんなに素早くあちこち動きつづけるのか、つねに不思議がっていた。「まるですべてが加速させられたみたいだ」とリックは息を呑み、彼女のアパートが近くにまるで湧きでるみたいに現れると、精神錯乱したように彼女の股間に手を伸ばすのだった。いま、リックは、なぜどこにも行くところがないように思えるのか、不思議に思っているだろう。なぜ突然、自分たちにあるのは時間だけになってしまったのかと。リックは、所詮、すれてない男なのだ。イルザとの情事が最初の情事なのだ。

「知っていたら、ここに来なかったわ」と、イルザは乳房を押さえていた両手を開き、皺だらけのブラウスを手にして（ボタンはなくなっている）、ショールのように羽織る。空港の誘導灯が通りすぎ、部屋はまるで息をしているみたいに、光で広がったように見える。「あたしのスカート、見える？　ここにあったんだけど。でも、何か暗くなったかしら？」

「オレの言いたいのは、この町にいろいろと飲み屋がある中で――」と、リックはそこで話すのをやめ、顔をあげる。「何か言った？」

「あたしが言ったのは、その」

「ああ、分かってる」

二人は不安げにじっとあたりを見まわす。「まるで、あの灯りが通りすぎるたびに……」

「そうだな……」リックはじっと彼女を見つめる。彼女はソファの下でぐったりとなって、ガーターベルトをロザリオの数珠みたいにいじっているが、まるで誰かに自分のプラグを引き抜かれてしまったように、生気のない顔つきをしている。「この世界は、いつだって、恋人たちを歓迎するだろう」という曲が聞こえてくる。二人の状況をあざ笑うのではなく、悲しむように。リックは下の階にいる連中のことを考えている。あまりに静かで、あまりに動きがない連中のことを。ほとんどリックの内面を表している。つまり、何か死にゆくものを。あるいは、すでに死んでしまったものが露呈したのか。なんてことだ、以前にも同じことがなかったか？　イルザは、青白い生気のない灯りを浴びて、幽霊みたいに見える。まるで自分の肌に自分の霊をまとっているかのように。一体リックは、そのどちらを愛したのだろうか。彼女が震えているのが見える。彼女の鼻のわきを涙が流れる。いや、そう見えるのか。よく分からない。リックは自分が盲目になった感じがする。「いいかい。ひょっとしたら、もう一度やり直せるとしたら……」

「いいえ、あたしは疲れたわ、リチャード……」

「そうじゃないんだ。つまり、あんたがやってきたところに戻って。通行証とか何とかの。ひょっとしたらオレたちは間違ったんじゃないかって。あんたのおっぱいに手を置いたところから……」

「間違った？　あたしのおっぱいに手を置いたことが間違いだって言うの？」

「そうカリカリしなさんな。ただオレは——」

「ひょっとしたら、あたしがこのおっぱいを持ってきたことが間違いだったのね！　あたしが銃の引き金を引かなかったことが間違いだったのね！」

「そうぎゃあぎゃあ喚きなさんな。オレはただ——」

「ああ、何てバカだったの、あたしって……。あなたに……」

「やめてくれ、イルザ。泣いてるのか……イルザ？」リックは苛立ち、ため息をつく。リックは女性というものを決して理解できないだろう。イルザの頭はまるで諦めたというかのように、うな垂れている。夫が近くにいるときにはしばしばこんな彼女の姿が見られたものだ。イルザはブラウスの空っぽのボタン穴を眺めている。ひょっとしたら、リックが思っていた以上に彼女はバカな女かもしれない。薄暗い灯りが通りすぎるとき、イルザの目のふちあたりに涙が光る。顔を覆う陰の中に浮かぶ小さな数点の光。「泣くのをやめな。あのカーテンのそばに行くだけでいい。オレがこの部屋に入ってきたときに、あんたがいたあの――」

「話していい、リチャード?」

「だめだ、イルザ。灯りがほとんど消えかかっているし――」

「そうね、うまくいきっこないわ」

「何が?」

「もういちどやり直すってこと。うまくいかないわ。同じようには行かない。ガードルも穿けないし」

「そんなことは問題じゃない。誰も知らない。さあ、やろう。少なくとも、オレたちにゃ――」

「だめよ、リチャード。無理だわ。いま、あなたは別人だし、あたしも別人になってる。あなたはペニスにコールドクリームを塗ったし――」

「だから――」

「あたしの化粧だって、落ちちゃったし。絨毯だってしみだらけだし。あたしにはピストルが必要だし、どうやってこの暗闇で見つけるの? そう、もう無理だわ。リチャード、ねえ、時間は過ぎ去るのよ」

「でも、それはそうかもしれないが……」

「それに、煙草はどうするの？　煙草もなくて、やりきれるの、リチャード？　お笑いだわ。どこにいるの、リチャード？」

「落ち着けよ。こっちだ。バルコニーのそばだ。ちょっと考えさせてくれ」

「空港の灯りもなくなっちゃったし」

「ああ、何ひとつ見えない」

「あなた、いつも言ってたわね。欲しいのは……」

「何？」

「何って？」

「何て、言ったんだ？」

「そう、これが……そう、あたしたちが求めていたものかもしれないって……。夢が実現したのかもしれないって」

「もうちょっと大きな声で言ってくれ。聞こえないんだ」

「あたしが言ったのは、あたしたちがセックスしてたときに――」

「ちがう、そんなことじゃ、何も変わらない。いまオレには分かる。オレたちは、なんとか現実の世界に戻らなきゃならない。そうでないと、オレたちは後悔することになる。きょうは、違っても」

「何が？　あたしたちがそれを忘れるって？」

「ちがう。オレが言ったのは――」

「何なの？」

「気にするな」

「何を忘れるの、リチャード？」

「オレが言ったのは、機会があったときに、サムと釣りに行きゃよかったって」

「よく聞こえないわ……」

「いや、ちょっと待って。きみの言う通りかもしれない。元に戻るってのは、よくないかも……」

「リチャード……？」

「そうじゃなくて、将来のことを考えるとか……」

「リチャード。怖いわ……」

「ああ、そこのソファに座ってなよ。オレたちはセックスしたけど、大丈夫、そんなことは誰も頓着しない。確かシャンパンが残っていたが――」

「もうすでにあたし、忘れかけているような……」

「オレに話したかったことをオレに話せばいいさ――聴いてる？　いい話を。それでうまくいくさ。何でも感動的な話を。そのあいだに、ちょっと考えさせてくれ。オレが、そうだな、腰をおろして――いや、ここのドアのところに寄りかかって――おっと！――何だ！　どけたのか？」

「リチャード……？」

「誰がいったい配置を――あぅ！――修正したんだ？」

「リチャード。世界は狂ってるわ……」

「ああ、ここだ！　ここは同じ感じだ。こんな感じだ。いまオレは何を――そうだ！　きみが話をしてたんだ。それで、オレが言おうとして……」

「あなたがどこにいたとしても……」

「それから――？　ああ、それでいいんだ。このことをほとんど思いだしつつあるみたいだ。話すのをやめたけど、つづけてほしい。頭の中にあることを全部だしてほしい。そしたら、オレは空白を埋められるし……」

「……たとえ何が起こっても……」

「オレも言っただろ。それからって？　さあ、オレの声が聞こえるかい？　下の階にいる連中のことを忘れるなよ。やつらの命運は、オレたちにかかっている！　それを忘れるな。そのことを思えば、きみにはできる！　それから――」

「あなたに知っててほしいの……」

「それから……？　ああ、こまった、イルザ……？　どこなんだ、きみは？　それから……」

「……愛してるわ……」

「それから……イルザ……それから、どうする……？」

▼1　一九三七年のスペイン内戦での「ハラマ川の戦い」での激戦地につけられたあだな。
▼2　聖餐式のあとも、キリストの体と血は清められたパンと葡萄酒と共存しているという説。
▼3　ナチス突撃隊のリーダー。

訳者あとがき

本書は、ハリウッド映画の古典をネタにしたクーヴァーの快作*A Night at the Movies or, You Must Remember This*（New York: Simon & Schuster, 1987）の全訳である。

ハリウッド映画の古典といえば、『駅馬車』や『赤い河』など、ジョン・ウェイン主演の西部劇を思い浮かべる方も多いと思うが、初期の無声映画の傑作としてチャップリンやキートンの喜劇も忘れがたい。また、ヒッチコックによるスリラー映画やサスペンス映画、ディズニーの動物アニメ、『マルタの鷹』をはじめとする退廃的なフィルム・ノワール、『巴里《パリ》のアメリカ人』や『雨に唄えば』などのミュージカル映画、『十戒』や『クレオパトラ』などの、聖書や古代ローマ史に基づくスペクタクル映画、といったように、ハリウッド映画は様々なジャンルを作りだしてきた。

そのために、ハリウッド映画は、実に多くの文芸作品を原作に採用している。話をアメリカ文学に限っても、メルヴィルの『白鯨』、ホーソーンの『緋文字』、アーヴィングの『スリーピー・ホロウ』、ポーの『モルグ街の殺人』、ウォートンの『エイジ・オブ・イノセンス』、ヘミングウェイの『武器よさらば』、フィッツジェラルドの『グレート・ギャッツビー』、キージーの『カッコーの巣の上で』、サリンジャー『キャッチャー・イン・ザ・ライ』など、枚挙に暇《いとま》がない。

だが、それらは、文芸作品とは似て非なるものである。たとえ原作があったとしても、映画は映画独自のメディア――音響（セリフを含む）と映像からなり、それらの媒体によって物語を組み立て、知的、感情的に観客に訴えるからだ。

一方、文学の側からの映画へのアプローチとして、よくあるのは映画のノベライゼーションである。ハリウッドでは、ノベライゼーション専門の作家によってオリジナル脚本から小説が書かれることが多く、実際に製作現場で脚本が変更・修正されることが多い映画作品とは、当然ながら、粗筋の細部や心理描写で違う点が出てくる。

むろん、本書は、そうした映画のノベライゼーションでもないし、古典作品のパロディーでもない。確かに、クーヴァーは西部劇をはじめとして、様々なジャンル映画の枠組《フレーム》みや、よく知られた登場人物（あるいは俳優）を借りている。ハリウッドの古典が題材になっているのは、デビュー作『ブルーノ教団の起源』（未訳）で狂信的な新興宗教の勃興が、また『ユニヴァーサル野球協会』でベースボールが題材になっているのと同じように、それがアメリカの「神話」だからだ。その世界で使われるイディオムと思想が「共同幻想」を形づくり、アメリカ人の生活と文化の中に溶け込んで、生き方や考え方を左右するからだ。

とはいえ、本書が「神話」の主人公（あるいは俳優）たちの行動をなぞるのは一瞬にすぎず、すぐさまジャンルのコンベンション（約束事）やステレオタイプな人物造型を破壊しながら、クーヴァー独自の世界へと突入していく。

それは、一言でいえば、文学のメディアである「言語」を最大限に駆使して、読者の想像力に訴える世界である。

その特徴を簡単に述べると――

①スクリーンの内と外の境界（「現実」と「虚構」の境界）が曖昧になる。

②性的なグロテスク・ユーモアが横溢したドタバタ喜劇の中で、レジェンドの主人公や俳優がつぎつぎと失墜し、偶像が破壊される。

③伝統的な価値観や倫理観の転覆がはかられる。

これらの特徴は、どれも結局、小説の枠組みを大きく押し広げるものである。日常の出来事の中に、幻想の出来事もヴァーチャルな世界も取り込んでいくことで、小説の世界を新しいものに変革する。クーヴァーはそうした小説の脱構築のためにハリウッド映画の古典を「一時借用」しているにすぎない。

典型的な例をいくつか取りあげてみよう。

冒頭の「名画座の怪人」には、映写技師が登場する。映写技師は、制作者や監督や俳優と違って、映画の世界では完全に脇役である。だが、映画館では、映写技師がいないと映画は始まらない。作曲家でも奏者でもないが、この人がいないと演奏が始まらない交響楽団の指揮者のような存在である。実は、映画館では、姿の見えない主役なのだ。

この映写技師が抱いている悩みは、視点（主体）と対象のあいだにつねに存在する距離をどうやったら埋めることができるのか、というものである。つまり、見る者（スクリーン外の人間）と見られる者（スクリーン内の人間）の距離である。通常、それは埋めることはできない。が、劇場が真っ暗になり、音響や映像やストーリーの魔力によって、その距離が一気に縮まる。

二つの世界の距離は縮まるが、一つにはならない。そこで、映写技師は誰もいない映画館で過激な実験をする。「二つの映画では飽きたらなくなると、一度に二本、三本、いや数本の映画を映写機にセットして、彼自身の分割スクリーンやモンタージュ、多重映像《スーパーインポジション》を作りだした。あるいは、多重映写機を使い、一連のありえない画面融合《ディゾルヴ》や、心臓を止めるような飛躍したカットやコマ止め、人を不安にさせるような、ゆっくりした映像と速い映像の同時併置、呼吸困難の人みたいな、フェードインとフェードアウトなどの流れを生み出す。ときには……（中略）分厚いコラージュを作りあげる」

映写技師は言う。「場面が進行し、音楽が大きくなり、銃が火を噴き、リールがカタカタ廻るあいだ、映写技師はそこに天使たちの姿を見たような気がする」と。

そう、「天使」は一種の精霊だから、あの世とこの世の境界、天上と下界の境界をすり抜けることができる。スクリーンの内外の境界を越えることもできる。ひょっとしたら、映写技師は、正気と狂気の境界を越えた世界に没入したのかもしれない。あるいは、クーヴァーは映写技師を「多重人格者」に仕立てたのかもしれない。まるで、私たち現代人はフェルナンド・ペソアのような複数のアイデンティティを備えている、と言いたいかのように。

また、「休憩時間《インターミッション》」という作品では、若い女性が客席を離れて、ロビーに出てゆく。彼女は、映写技師と同じように古い館内をうろつきまわり、映画の中の出来事とも現実の出来事ともいえない境界領域《ボーダー》をさまよい歩く。さらに、あるジャンル映画から別のジャンル映画へと、約束事の壁をすり抜けて移動する。

実は、言語というメディアで物語を紡《つむ》ぎながら、虚実の境界を越えようとする創作家クーヴァー自身にも、彼女と同じことが言えるのだ。時空の枠組、ジャンルの枠組にとらわれない志向をポストモダン作家の特徴とすれば、「名画座の怪人」や「休憩時間」は、その面目躍如たる小説の実例と言える。

ロラン・バルトは、作家自身の逆説的な革新についてこう述べている。「著作家は、その〈形式=客体〉を見つめ、それに対決し、それを引き受けなければならないのであって、著作家としての自分自身を破壊することなしに、それを破壊することはけっしてできないのだ」(『エクリチュールの零度』森本和夫・林好雄訳、ちくま学芸文庫)

そうした自己破壊は自己再生への道である。ジャンル映画を破壊する小説を書くのは、新しいジャンル映画のためというより、むしろ、小説の刷新のためであり、そのことは本書の他の作品にも当てはまる。たとえば、「ジェントリーズ・ジャンクションの決闘」は、西部劇のパターンを踏む。それは白人保安官と悪漢のメキシコ人ガンマンとがそれぞれ象徴する正義と悪の二項対立の構図である。だが、クーヴァーの西部劇は、同じ弱肉強食の荒野を舞台にしながらも、ハリウッド映画のそうした二元論的な世界を脱構築する。偏在するピカレスク・ヒーローとしてのメキシカン、ドン・ペドが主役となり、アメリカのピューリタニズムの倫理を踏みにじり、性と暴力のかぎりを尽くす。ときどき出てくるスペイン語(メヒカニスモ)が、十九世紀初頭までヌエバ・エスパーニャと呼ばれていた「西部」の民族的な多様性を浮き彫りにするだけでなく、英語を中心にしたアメリカ小説の形式すらも刷新する。

また、「ラザロのあとに」では、台本のようなスタイルを取り、ミニマルな行動シーンを重ねて、ある田舎町の葬儀シーンを描く。聖書では超能力を有する男がヒーローになるが、こちらの物語では抜け目なく棺桶にもぐり込んだ男が住民たちによってヒーローに仕立てられる。偶像破壊と再生がテーマであり、テクノメディア・スペクタル時代のヒーロー像についての思索をうながす。

小品三つは、すべてジャンル映画のフォーマットを使いながら、そこからの逸脱をもくろみ、ジャンル映画を破壊する。「ギルダの夢」は、リタ・ヘイワース主演のシネ・ノワール『ギルダ』を下敷きにして、ファムファタール（運命の悪女）が運命を操るのではなく、逆に運命に操られる倒錯した世界が展開する。「フレームの内部で」は、荒野の田舎町を舞台にした西部劇を下敷きに、インディアンの襲撃エピソードを扱うが、ハッピーエンディングではない。むしろ、中途半端なオープン・エンディングで恐怖サスペンスはつづく。「ディゾルヴ」は、ある娘が『不思議の国のアリス』よろしく、虚実の曖昧な世界に迷い込むが、田舎の牧場から大都会の舞踏会まで、あるいは海賊の出てくる大海原からある家族の食事風景まで、様々なジャンル映画のウィアードでシュールなエピソードが脈絡なくディゾルヴでつなぎ合わされる。

他の中編も同工異曲で、破壊と再生の逆説的なパターン、虚実のあわいをゆく語り、多重人格的な人物像といった特徴が見られる。

「ルー屋敷のチャップリン」は、チャップリンの道化芝居で始まり、次第に過激なほどにグロテスクなホラー映画と化す。お子様向けのマンガ映画も、現実とフィクションの境界を侵犯し、生の人間とマンガの中の人間、あるいは現実の車とマンガの車が混在する、滑稽というよりシュールレアルな世界が展開する。「きみの瞳に乾杯」は、プロパガンダ映画と呼ばれる『カサブランカ』における男女二人の禁断の恋を扱い、完全にポルノ映画に変身を遂げている。女主人公の裸の尻が「スクリーン」や「天使の化身」として描かれ、虚実皮膜に迫る美しい瞬間がある。

「ポストモダンのアーティストや作家は、哲学者としての立場にたたされている」と述べたのは、ジャン＝フランソワ・リオタールである（『子どものためのポストモダン』管啓次郎訳、ちくま学芸文庫）。管啓次郎によれば、リオタールにとって、哲学者とは「周縁的」存在だという。社会の「異人」として、既成の規則に頼らずに、作品によって規則を探し求める者。あるいは、「規則も参照モデルもないままに、そのつど「正しさ」の判断を探る態度」（異教の実践《パガニスム》）を有する者。当然のことながら、少数者の運命を引き受けなければならない。小説形式や思想における革新を試みることで、クーヴァーもまたリオタールの言う「哲学者」としての道を歩んでいるといえよう。

　最後に、編集や校正作業でお世話になった神田法子さん、本書を担当された作品社編集部の青木誠也さんに深く感謝いたします。

二〇一六年六月吉日

駿河台にて

【著者・訳者略歴】

ロバート・クーヴァー（Robert Coover）

1932年生まれ。トマス・ピンチョン、ジョン・バース、ドナルド・バーセルミらと並び称される、アメリカのポストモダン文学を代表する小説家。邦訳に、『ノワール』（上岡伸雄訳、作品社）、『ユニヴァーサル野球協会』（越川芳明訳、白水Uブックス）、『老ピノッキオ、ヴェネツィアに帰る』（斎藤兆史・上岡伸雄訳、作品社）、『ジェラルドのパーティ』（越川芳明訳、講談社）、『女中《メイド》の臀《おいど》』（佐藤良明訳、思潮社）、「グランドホテル夜の旅」、「グランドホテル・ペニーアーケード」（柴田元幸編訳『紙の空から』所収、晶文社）、「ベビーシッター」（柳下毅一郎訳、若島正編『狼の一族』所収、早川書房）などがある。

越川芳明（こしかわ・よしあき）

1952年生まれ。明治大学文学部教授（米文学）。著書に、『あっけらかんの国キューバ』（猿江商會）、『壁の向こうの天使たち』（彩流社）など。訳書にスティーヴ・エリクソン『きみを夢みて』（ちくま文庫）、ロバート・クーヴァー『ユニヴァーサル野球協会』（白水Uブックス）、ポール・ボウルズ編『モロッコ幻想物語』（岩波書店）など。

ようこそ、映画館へ

2016年7月25日初版第1刷印刷
2016年7月30日初版第1刷発行

著　者　ロバート・クーヴァー
訳　者　越川芳明
発行者　和田肇
発行所　株式会社作品社
〒102-0072 東京都千代田区飯田橋2-7-4
TEL.03-3262-9753　FAX.03-3262-9757
http://www.sakuhinsha/.com
振替口座00160-3-27183

編集担当　青木誠也
編集協力　神田法子
本文組版　前田奈々
装　幀　水崎真奈美（BOTANICA）
装　画　華鼓
印刷・製本　シナノ印刷株式会社

ISBN978-4-86182-587-3 C0097

【作品社の本】

逆さの十字架

マルコス・アギニス著　八重樫克彦・八重樫由貴子訳

アルゼンチン軍事独裁政権下で
警察権力の暴虐と教会の硬直化を激しく批判して発禁処分、
しかしスペインでラテンアメリカ出身作家として初めてプラネータ賞を受賞。
欧州・南米を震撼させた、アルゼンチン現代文学の巨人
マルコス・アギニスのデビュー作にして最大のベストセラー、待望の邦訳！

ISBN978-4-86182-332-9

天啓を受けた者ども

マルコス・アギニス著　八重樫克彦・八重樫由貴子訳

合衆国南部のキリスト教原理主義組織と、
中南米一円にはびこる麻薬ビジネスの陰謀。
アメリカ政府と手を結んだ、南米軍事政権の恐怖。
アルゼンチン現代文学の巨人マルコス・アギニスの圧倒的大長篇。
野谷文昭氏激賞！

ISBN978-4-86182-272-8

マラーノの武勲

マルコス・アギニス著　八重樫克彦・八重樫由貴子訳

「感動を呼び起こす自由への賛歌」――マリオ・バルガス＝リョサ絶賛！
16～17世紀、南米大陸におけるあまりにも苛烈なキリスト教会の異端審問と、
命を賭してそれに抗したあるユダヤ教徒の生涯を、壮大無比のスケールで描き出す。
アルゼンチン現代文学の巨匠アギニスの大長篇、本邦初訳！

ISBN978-4-86182-233-9

誕生日

カルロス・フエンテス著　八重樫克彦・八重樫由貴子訳

過去でありながら、未来でもある混沌の現在＝螺旋状の時間。
家であり、町であり、一つの世界である場所＝流転する空間。
自分自身であり、同時に他の誰もである存在＝互換しうる私。
目眩《めくる》めく迷宮の小説！
『アウラ』をも凌駕する、メキシコの文豪による神妙の傑作。

ISBN978-4-86182-403-6

【作品社の本】

悪い娘《こ》の悪戯《いたずら》

マリオ・バルガス＝リョサ著　八重樫克彦・八重樫由貴子訳

50年代ペルー、60年代パリ、70年代ロンドン、80年代マドリッド、そして東京……。
世界各地の大都市を舞台に、ひとりの男がひとりの女に捧げた、
40年に及ぶ濃密かつ凄絶な愛の軌跡。
ノーベル文学賞受賞作家が描き出す、あまりにも壮大な恋愛小説。

ISBN978-4-86182-361-9

チボの狂宴

マリオ・バルガス＝リョサ著　八重樫克彦・八重樫由貴子訳

1961年5月、ドミニカ共和国。
31年に及ぶ圧政を敷いた稀代の独裁者、トゥルヒーリョの身に迫る暗殺計画。
恐怖政治時代からその瞬間に至るまで、
さらにその後の混乱する共和国の姿を、待ち伏せる暗殺者たち、
トゥルヒーリョの腹心ら、排除された元腹心の娘、そしてトゥルヒーリョ自身など、
さまざまな視点から複眼的に描き出す、圧倒的な大長篇小説！

ISBN978-4-86182-311-4

無慈悲な昼食

エベリオ・ロセーロ著　八重樫克彦、八重樫由貴子著

「タンクレド君、頼みがある。ボトルを持ってきてくれ」地区の人々に昼食を施す教会に、
風変わりな飲んべえ神父が突如現われ、表向き穏やかだった日々は風雲急。
誰もが本性をむき出しにして、上を下への大騒ぎ！
神父は乱酔して歌い続け、賄い役の老婆らは泥棒猫に復讐を、
聖具室係の養女は平修女の服を脱ぎ捨てて絶叫！
ガルシア＝マルケスの再来との呼び声高いコロンビアの俊英による、
リズミカルでシニカルな傑作小説。

ISBN978-4-86182-372-5

顔のない軍隊

エベリオ・ロセーロ著　八重樫克彦・八重樫由貴子訳

ガルシア＝マルケスの再来と謳われるコロンビアの俊英が、
母国の僻村を舞台に、今なお止むことのない武力紛争に翻弄される
庶民の姿を哀しいユーモアを交えて描き出す、傑作長篇小説。
スペイン・トゥスケツ小説賞受賞！　英国「インデペンデント」外国小説賞受賞！

ISBN978-4-86182-316-9

【作品社の本】

嵐

ル・クレジオ著　中地義和訳

韓国南部の小島、過去の幻影に縛られる初老の男と少女の交流。

ガーナからパリへ、アイデンティティーを剥奪された娘の流転。

ル・クレジオ文学の本源に直結した、ふたつの精妙な中篇小説。

ノーベル文学賞作家の最新刊！

ISBN978-4-86182-557-6

迷子たちの街

パトリック・モディアノ著　平中悠一訳

さよなら、パリ。ほんとうに愛したただひとりの女……。

2014年ノーベル文学賞に輝く《記憶の芸術家》パトリック・モディアノ、魂の叫び！

ミステリ作家の「僕」が訪れた20年ぶりの故郷・パリに、封印された過去。

息詰まる暑さの街に《亡霊たち》とのデッドヒートが今はじまる――。

ISBN978-4-86182-551-4

失われた時のカフェで

パトリック・モディアノ著　平中悠一訳

ルキ、それは美しい謎。現代フランス文学最高峰にしてベストセラー……。

ヴェールに包まれた名匠の絶妙のナラション（語り）を、いまやわらかな日本語で――。

あなたは彼女の謎を解けますか？

併録「『失われた時のカフェで』とパトリック・モディアノの世界」。

ページを開けば、そこは、パリ
ISBN978-4-86182-326-8

幽霊

イーディス・ウォートン著　薗田美和子、山田晴子訳

アメリカを代表する女性作家イーディス・ウォートンによる、
すべての「幽霊を感じる人《ゴースト・フィーラー》」のための、珠玉のゴースト・ストーリーズ。
静謐で優美な、そして恐怖を湛えた極上の世界。
ISBN978-4-86182-133-2

【作品社の本】

海の光のクレア

エドウィージ・ダンティカ著　佐川愛子訳

七歳の誕生日の夜、煌々と輝く満月の中、
父の漁師小屋から消えた少女クレアは、どこへ行ったのか――。
海辺の村のある一日の風景から、その土地に生きる人びとの記憶を織物のように描き出す。
全米が注目するハイチ系気鋭女性作家による、最新にして最良の長篇小説。

ISBN978-4-86182-519-4

地震以前の私たち、地震以後の私たち
それぞれの記憶よ、語れ

エドウィージ・ダンティカ著　佐川愛子訳

ハイチに生を享け、アメリカに暮らす気鋭の女性作家が語る、母国への思い、
芸術家の仕事の意義、ディアスポラとして生きる人々、そして、ハイチ大地震のこと――。
生命と魂と創造についての根源的な省察。カリブ文学OCMボーカス賞受賞作。

ISBN978-4-86182-450-0

骨狩りのとき

エドウィージ・ダンティカ著　佐川愛子訳

1937年、ドミニカ。
姉妹同様に育った女主人には双子が産まれ、愛する男との結婚も間近。
ささやかな充足に包まれて日々を暮らす彼女に訪れた、運命のとき。
全米注目のハイチ系気鋭女性作家による傑作長篇。
アメリカン・ブックアワード受賞作！

ISBN978-4-86182-308-4

愛するものたちへ、別れのとき

エドウィージ・ダンティカ著　佐川愛子訳

アメリカの、ハイチ系気鋭作家が語る、
母国の貧困と圧政に翻弄された少女時代。愛する父と伯父の生と死。
そして、新しい生命の誕生。感動の家族愛の物語。全米批評家協会賞受賞作！

ISBN978-4-86182-268-1

【作品社の本】

ランペドゥーザ全小説　附・スタンダール論

ジュゼッペ・トマージ・ディ・ランペドゥーザ著　脇功、武谷なおみ訳

戦後イタリア文学にセンセーションを巻きおこしたシチリアの貴族作家、初の集大成！
ストレーガ賞受賞長編『山猫』、傑作短編「セイレーン」、
回想録「幼年時代の想い出」等に加え、
著者が敬愛するスタンダールへのオマージュを収録。

ISBN978-4-86182-487-6

人生は短く、欲望は果てなし

パトリック・ラペイル著　東浦弘樹、オリヴィエ・ビルマン訳

妻を持つ身でありながら、不羈奔放なノーラに恋するフランス人翻訳家・ブレリオ。
やはり同様にノーラに惹かれる、ロンドンで暮らすアメリカ人証券マン・マーフィー。
英仏海峡をまたいでふたりの男の間を揺れ動く、運命の女《ファム・ファタール》。
奇妙で魅力的な長篇恋愛譚。フェミナ賞受賞作！

ISBN978-4-86182-404-3

ボルジア家

アレクサンドル・デュマ著　田房直子訳

教皇の座を手にし、アレクサンドル六世となるロドリーゴ、
その息子にして大司教／枢機卿、
武芸百般に秀でたチェーザレ、フェラーラ公妃となった奔放な娘ルクレツィア。
一族の野望のためにイタリア全土を戦火の巷にたたき込んだ、
ボルジア家の権謀と栄華と凋落の歳月を、文豪大デュマが描き出す！

ISBN978-4-86182-579-8

メアリー・スチュアート

アレクサンドル・デュマ著　田房直子訳

三度の不幸な結婚とたび重なる政争、十九年に及ぶ監禁生活の果てに、
エリザベス一世に処刑されたスコットランド女王メアリー。
悲劇の運命とカトリックの教えに殉じた、孤高の生と死。
文豪大デュマの知られざる初期作品、本邦初訳。

ISBN978-4-86182-198-1

【作品社の本】

ノワール

ロバート・クーヴァー著　上岡伸雄訳

“夜を連れて”現われたベール姿の魔性の女《ファム・ファタール》「未亡人」とは何者か!?
彼女に調査を依頼された街の大立者「ミスター・ビッグ」の正体は!?
そして「君」と名指される探偵フィリップ・M・ノワールの運命やいかに!?
ポストモダン文学の巨人による、フィルム・ノワール／ハードボイルド探偵小説の、
アイロニカルで周到なパロディ！。

ISBN978-4-86182-499-9

老ピノッキオ、ヴェネツィアに帰る

ロバート・クーヴァー著　斎藤兆史、上岡伸雄訳

晴れて人間となり、学問を修めて老境を迎えたピノッキオが、
故郷ヴェネツィアでまたしても巻き起こす大騒動！
原作のオールスター・キャストでポストモダン文学の巨人が放つ、
諧謔と知的刺激に満ち満ちた傑作長篇パロディ小説！

ISBN978-4-86182-399-2